AF215820

Wali Farmer

Gewinnender Verlierer

Zum Buch:

Andreas liebt seine Arbeit und einen verständnisvollen Umgang mit Menschen. Für seine Familie, vor allem seine Tochter tut er alles. Den Forderungen seiner Frau gibt er meist, dem Frieden zu liebe, klein bei. Doch sie will mehr und so sieht er sich unversehens konfrontiert mit markanten Veränderungen. Als auch noch Probleme beim Job aufkommen und seine Tante stirbt, ist es vorbei mit seinem friedlichen, geruhsamen Alltag. Ob er die Probleme meistert und dazu auf Hilfe aus seiner Umgebung zählen kann, ist mehr als fraglich. Einschneidend sind die Veränderungen auf seinem Lebensweg. Doch ein guter Freund aus jungen Jahren steht ihm bei, die Stolpersteine zu meistern.

~ ~ ~ ~ ~

Diese Geschichte ist ein Roman. Handlungen und Personen sind frei erfunden. Ähnlichkeiten mit lebenden oder toten Personen sind nicht gewollt und rein zufällig.

~ ~ ~ ~ ~

Der Autor:

Wali Farmer lebt mit seiner Frau im schweizerischen Wettingen. Seine beiden Kinder sind längst ausgeflogen. Das gibt ihm Zeit und Muße, unter diesem Pseudonym Geschichten zu erfinden und niederzuschreiben. Sein Ziel ist es, in unterhaltenden Romanen über Menschen zu schreiben, die in ihrem Dasein mit den üblichen Gepflogenheiten der Gesellschaft ihre liebe Mühe haben.

Wali Farmer

Gewinnender Verlierer

Roman

Bibliografische Information der Deutschen Nationalbibliothek:
Die Deutsche Nationalbibliothek verzeichnet diese Publikation
in der Deutschen Nationalbibliografie; detaillierte
bibliografische Daten sind im Internet über http://dnb.dnb.de
abrufbar.

© 2019
Herstellung und Verlag:
BoD – Books on Demand, Norderstedt.
ISBN: 978-3-7481-3733-7

Dieses Buch ist meiner geliebten Frau Maggie und meinen Kindern Sandra und Christian gewidmet. Sie bedeuten für mich meine Welt, mein Zuhause.

Kapitel 1

Leise ein Lied vor sich hin summend, saß Jule am leicht abfallenden Hang unweit einer friedlich grasenden Ziegenherde. In Gedanken versunken zupfte sie langsam ein Blütenblatt nach dem andern von der Margerite, die sie kurz zuvor gepflückt hatte, und sah hinunter auf den ausgedehnten Baumgarten. Bis hin zum Haus gegenüber erstreckte sich unter ihr das flache, mit zahlreichen Obstbäumen und Beerensträuchern bepflanzte Gelände. Das Wohnhaus und eine kleine Scheune, fast versteckt hinter den großen Bäumen. Was Tante Hanni hier besaß, war ein richtiges Paradies. Sie war glücklich, dass sie an diesem Ort wieder einen Teil ihrer Ferien hatte verbringen dürfen. Auch wenn ihre Mutter dagegen gewesen war, hatte es Papa aber zum Glück durchgesetzt. Laut hatten die Eltern sich angeschrien, bis schließlich Papa, mit einer keinen Widerspruch duldenden Stimme bestimmte: »Jule fährt zu Tante Hanni in die Sommerferien. Und damit basta!« Sie liebte ihren Papa, denn er merkte immer gleich, was ihr gefiel und was nicht. Leider ganz im Gegensatz zu ihrer Mutter. Sie war sehr streng. Noch nicht mal ein Handy durfte sie haben. Und das obwohl sie doch bald vierzehn war. Fast alle ihre Freundinnen in der Schule hatten eines, nur sie nicht. Peinlich. Papa hätte ihr eines gekauft, aber Mutter hatte dieses 'Menschenverblödungsinstrument', wie sie es nannte, strikte abgelehnt. Ständig musste alles so sein, wie sie es für richtig hielt.

Aber wenigstens hatte sie jetzt dank Papa einen weiteren tollen Sommer im Landhaus von Tante Hanni verbringen können. Hatte gelernt, mit den verschiedenen Tieren umzugehen. Half der Tante, sie zu füttern, erntete die reif gewordenen Früchte und Beeren, um diese dann auf allerlei Arten zu verarbeiten. Es war für sie kurzweilig und spannend. Nicht wie zu Hause, wo sie meistens nur träge herumsaß, weil ihre Mutter keine Zeit hatte, mit ihr etwas zu unternehmen. Leider gingen jetzt ihre Ferien hier aber zu Ende. Auf die nächste, letzte Ferienwoche hatte sie gar keinen Bock. Zusammen mit den Eltern musste sie endlose Autofahrten durch Holland absitzen. Mutti wollte eine Museumstour absolvieren. So was Ödes. Einerseits war sie traurig darüber, dass es hier blöderweise zu Ende ging, aber andererseits freute sie sich auf ihren Vater, der sie abholen kam.

Ein leichtes Knacken und ein Schnuppergeräusch rissen sie aus ihren trüben Gedanken. Und schon schob sich ein Ziegenkopf von schräg hinten in ihr Blickfeld. Mit neugierigem Blick auf den Blumenstängel gerichtet, drängte sich eine junge Ziege heran. Sie erkannte sie sofort.

»Hallo Bettlerin, ich habe leider nichts für dich. Nur diese halbe Blume, wenn du möchtest«. Sie hielt ihr die zerzupfte Blüte auf der flachen Hand hin. Im Nu war sie im Maul des jungen Tieres verschwunden. Die Ziege schnupperte in Richtung des Armes, wo Jule ein aus kleinen Blumen geknüpftes Armband trug. »Oh nein, meinen Schmuck bekommst du nicht, sei nicht so gefräßig.« Mit einer Handbewegung scheuchte sie ihren Kopf weg. Gleich zu Beginn ihrer Ferien hatte sie sich mit dieser vorwitzigen Jungziege angefreundet. Kaum war sie in die Nähe der Herde gekommen, lief die Ziege immer sofort neugierig auf sie zu. Jule hatte dann angefangen, zuvor einige Kräuter abzureißen und ihr anzubieten. Damit hatte sie endgültig deren Aufmerksamkeit erhalten. Kaum erschien sie, kam die Kleine mit bettelndem Meckern auf sie zu. Deshalb hatte sie von ihr den Namen 'Bettlerin' bekommen.

»Juliane!«, ertönte die Stimme einer Frau aus der Ferne. »Wo bist du?«

»Hier oben, Tante, bei den Ziegen!« Sie stand auf und winkte der zwischen den Bäumen heraustretenden älteren Frau zu, die trotz Sommerhitze mit einem langen Arbeitsrock und einem Sonnenhut auf dem Kopf, bekleidet war.

»Ah, da bist du!« Die Hand wegen der blendenden Sonne über die Augen haltend, rief die Tante: »Ich brauche dich!«

»Ja, ich komme!« Jule kraulte der Ziege nochmals kurz den Kopf und lief den Hang hinunter zu ihrer Tante.

»Was möchtest du?«, fragte Jule kurz danach, als sie bei ihr ankam.

»Es gibt bald Mittagessen, sobald dein Vater da ist. Aber könntest du mir vorher kurz noch etwas helfen?«

»Klar.«

»Ich möchte gerne die Marmelade, die wir heute Morgen eingekocht haben, im Keller einlagern. Die Gläser sind jetzt abgekühlt. Du könntest sie mir auf die Ablage oben im Konfitürengestell einräumen. Du steigst da leichter hoch als ich.«

Als Jule etwas später, auf einem Hocker stehend, vorsichtig die gefüllten Konfitürengläser auf dem zweitobersten Ablagebrett aufstellte und zurecht schob, bemerkte sie, dass sich ein Ziegelstein in der Wand bewegte. Hatte sie sich das nur eingebildet? Sie drückte am Stein. Er ließ sich tatsächlich bewegen. Mit ihren Fingerspitzen bekam sie ihn an den Rändern zu fassen und konnte ihn aus der Wand ziehen.

»Tante Hanni, hier ist die Mauer kaputt!«, rief sie laut. Erschrocken starrte sie in das dunkle Loch. Hinter dem Platz, wo der Stein gewesen war, gab es eine Art kleine Höhle und darin schien etwas zu liegen. Fast wie ein Geheimfach, fand Jule.

»Wo ist die Mauer kaputt?«, fragte die Tante, die Treppe heruntersteigend. Jule zeigte ihr den Ziegelstein und das Loch in der Wand hinter den Marmelade-Gläsern.

»Ach, das meinst du. Nein, da ist nichts kaputt«, erwiderte die Tante mit einem Schmunzeln im Gesicht, »das war früher einmal mein geheimes Versteck. Da habe ich Schmuck und manch Anderes drin versteckt, damit es eventuelle Einbrecher nicht fanden. Später habe ich dann aber die wertvollen, wichtigen Sachen auf die Bank gebracht und das Geheimfach hier vergessen.«

Jule guckte angestrengt in das dunkle Loch. Beim schummrigen Licht hier im Keller war es schwer, etwas zu erkennen. »Aber ich glaube, da drin ist noch was. Sieht aus wie eine kleine Dose.«

»Das kann nichts Wichtiges sein, ich war da schon seit vielen Jahren nicht mehr dran. Hol sie doch mal raus.«

Aufgeregt von dem Fund, streckte sich Jule, wackelig mit den Zehen auf dem Hocker balancierend, um mit zitternden Händen bis nach ganz hinten ins Loch greifen zu können. Während die Tante sie von unten stützte, ertastete sie mit den Fingern das kleine Gefäß, kriegte es zu fassen, und zog dann eine flache Dose aus der Öffnung. Jule sprang herunter und streckte der Tante ganz aufgeregt die Dose hin. »Was ist da drin?« Jule sah mit großen Augen gespannt auf die Schachtel.

Die Tante schüttelte die Dose, aber nichts war zu hören. »Ach, die ist leer, hab sie wohl damals einfach da gelassen.« Sie öffnete den kleinen Verschluss und klappte den Deckel hoch. »Siehst du, leer.«

Enttäuscht guckte Jule in die mit Samt ausgelegte Dose, hatte sie doch einen richtigen Schatz erwartet. »Oh nein! Schade.«

»Tut mir leid. War leider nichts mit einer großen Entdeckung.« Die Tante wollte die Dose weglegen, hielt dann aber inne und streckte sie Jule entgegen. »Aber weißt du was? Du hast doch während der letzten zwei Wochen ein ganzes Säckchen voll von glitzernden Steinen aus der Höhle gesammelt. Du könntest doch alles da hineinlegen. Hier im Versteck aufbewahren, bis zum nächsten Mal.«

»Au ja, das ist eine gute Idee.« Jule war sofort begeistert. »Ich lasse alles hier. Zuhause würde mir Mama das sowieso wegschmeißen beim Aufräumen. So hab ich es noch, wenn ich wieder komme. Danke, Tante Hanni.« Schnell zog sie ihr Schatz-Säckchen aus der Hose, entleerte es in die Dose, verschloss sie und legte die Blechschachtel zurück ins Versteck. Dann schob sie den Backstein wieder fein säuberlich in die Lücke und baute die restlichen Konfitürengläser davor auf. Nichts war mehr vom geheimen Ort zu sehen.

»So, jetzt hast du ein Geheimfach nur für dich allein. Nur du weißt davon. Ich werde sofort total vergessen, dass es hier je so etwas wie ein Versteck gab«, meinte Tante Hanni verschwörerisch.

Gedämpfte Autogeräusche waren von oben zu hören und liessen sie aufhorchen. »Dein Vater scheint angekommen zu sein. Komm, gehen wir nach oben, um ihn zu begrüßen«, forderte sie ihre Großnichte auf.

Als Andreas Neumann aus dem Fahrzeug stieg, sah er seine Tochter und Tante Johanna auf die Veranda heraustreten. Die Tür auf der Beifahrerseite öffnete sich ebenfalls. Helga, die Mutter, war auch mitgekommen.

»Papa!«, rief Jule freudig, »Mama!«. Mit strahlendem Gesicht lief sie den beiden entgegen, während die Tante sich abwandte und im Haus verschwand.

Nach der stürmischen Begrüßung schritten alle drei die Stufen zur Veranda hinauf und Andreas rief: »Hallo Tante Hanni, da sind wir!«

Unschlüssig blieben sie stehen, wussten nicht so recht, ob sie einfach ins Haus treten sollten. Jule hatte sich bei ihrem Papa eingehängt. Hier draußen war doch bereits zum Mittagessen gedeckt.

Jetzt trat Tante Hanni, mit Geschirr in den Händen,

aus der Tür und legte ein weiteres Gedeck auf. Dann wandte sie sich den Gästen zu.

»Andreas! Schön dich wieder zu sehen. Holst mir schon wieder meine Jule weg.«

»Unsere Jule meinst du«, warf Helga sofort berichtigend ein.

»Pardon, natürlich eure Jule«, sagte die Tante rasch und umarmte Andreas innig. »Sie könnte gerne noch etwas hierbleiben.«

»Oh ja, bitte«, rief Jule hoffnungsvoll.

»Das geht leider nicht«, meinte Andreas. »Du weißt doch, wir drei fahren ab Morgen gemeinsam kreuz und quer durch Holland.«

»Ja, ich weiß«, winkte die Tante ab. Sie wandte sich zu Helga, um ihr kühl und distanziert die Hand zu schütteln.

»Hallo Helga. Andreas hatte vergessen, mir zu sagen, dass du auch kommst. Aber ich habe genug gekocht. Es reicht für alle«, meinte sie mit unverbindlichem Ton, drehte sich sofort wieder ab und lief ins Haus zurück.

»Entschuldige Tante, da hatte ich nicht daran gedacht«, rief ihr Andreas nach.

»Schon gut Andreas, kein Problem. Setzt euch doch hin, ich trage gleich auf. Hilfst du mir kurz, Jule?«, erklang es aus dem Haus.

»Ja, ich komme«, antwortete Jule und lief ins Haus.

Mist, dachte Andreas, als er sich an den Tisch setzte, das sah nicht nach einem entspannten Mittagessen aus. Die zwei Frauen waren sich alles andere als grün. Das war eine mehr als frostige Begrüßung der beiden gewesen. Sie vertrugen sich einfach nicht. Eigentlich war

Tante Hanni eine anspruchslose Frau. Mit ihr kam jedermann zurecht. Nur seine Frau nicht. Ständig hatte sie an der Tante was auszusetzen, ließ kein gutes Haar an ihr. Warf ihr jede Kleinigkeit immer sofort schonungslos an den Kopf. So wie eben die Redewendung von 'meine Jule'. Eine ganze Weile lang hatte die Tante stets alles geschluckt, doch eines Tages war es für sie offenbar genug und sie verlas damals seiner Frau die Leviten, wie's im Buche stand. Helga war sprachlos gewesen, hatte nicht mit einer solchen Gegenwehr gerechnet. Ab diesem Zeitpunkt war das Verhältnis zwischen den beiden tiefgefroren. Sie redeten nur noch das Allernotwendigste miteinander. Er hatte alles versucht, um die Wogen zu glätten, damit wenigstens für Jule die geliebten Besuche bei der Tante auf dem Lande möglich blieben. Aber je mehr es Jule hier gefiel, umso eifersüchtiger reagierte Helga. Mittlerweile wurden die Streitereien darüber immer häufiger. Es war ein Fehler von ihm gewesen, seine Frau mitzunehmen. Es war zu befürchten, dass dies möglicherweise Jules letzte Ferien bei der Tante waren. Wenn sie künftig einigermaßen Frieden in der Familie bewahren wollten, musste die Lösung wahrscheinlich sein, dass Jule auf weitere Besuche bei Tante Hanni verzichtete. Das würde traurig werden für Jule, aber vermutlich unumgänglich.

Als wenig später die Tante und Jule das Essen auftrugen, geschah dies wortlos. Doch kaum saßen alle am Tisch, begann Jule voller Freude von ihren Erlebnissen während der Ferien zu schwärmen. Mit leuchtenden Augen erzählte sie von den Tieren. Vom Ernten der vielen Früchte und Beeren und wie sie mit der Tante zusammen alles verarbeitet hatten.

»Sei still beim Essen. Du nervst mit deiner Plapperei«, unterbrach Helga ihre Tochter mit energischem Tonfall. Der freudige Ausdruck in Jules Gesicht erlosch schlagartig. Die Tante und Andreas blickten schockiert von ihren Tellern hoch, unterließen es aber beide, dazu etwas zu sagen.

»Es ist höchste Zeit, dass du nach Hause kommst. Es muss wieder Ordnung in dein Leben gebracht werden, wie es sich für ein bald vierzehnjähriges Mädchen gehört«, zeterte Helga weiter.

Jetzt sah Andreas zu seiner Frau. »Aber Jule hat doch hier bei Tante Hanni sicher eine tipptoppe Zeit verbracht. Sie sieht richtig gut erholt aus und strahlt jede Menge Energie aus.«

»Ach papperlapapp! Sieh sie dir doch an! Schmutzige Kleider, Arme und Beine. Am Ellbogen die Verletzung, diese Beule am Bein. Das nennst du gut erholt und tipptopp?«

Jule streckte den Arm hoch: »Das am Ellbogen ist, weil ich mal ausgerutscht bin, beim Steine meißeln in der Höhle am Hang oben. Tut aber schon lange nicht mehr weh. Die Beule ist von einem Wespenstich. Ist aber auch vorbei. Tante Hanni hat mir alles gut versorgt.«

»Ist ja gut Jule. Aber die Hände hättest du dir vor dem Essen wirklich waschen können«, meinte jetzt Andreas. Mit einer Kopfbewegung forderte er sie auf, dies nachzuholen.

Nachdem Jule im Haus verschwunden war, blickte Andreas auf seine Frau. »Bitte Helga, lass diese Bemerkungen. Tante Hanni hat sich sicher gut um Jule gekümmert. Ich bin froh, dass unsere Tochter nicht so ein verwöhntes, eigensinniges Stadtkind ist, sondern sich hier in der Natur mit den Tieren wohlfühlt.«

»Ach was verstehst du schon davon. Lässt sie in Felshöhlen herumhämmern, wo sie verschüttet werden kann. Ist doch offensichtlich, dass sie hier vernachlässigt worden ist.«

Tante Hanni erstarrte für einen kurzen Augenblick, starrte bewegungslos auf Helga. Dann schoss sie aus dem Stuhl hoch, stemmte die Hände in die Seiten und legte mit erhobener Stimme los.

»Vernachlässigt? Ich habe deine Tochter vernachlässigt? Das musst ausgerechnet du mir vorwerfen? Ich habe gut auf Jule geachtet. Zwar nicht darauf, dass sie ständig klinisch rein herumlief, aber dafür, dass das Mädchen sich zufrieden, aufgehoben und glücklich fühlen konnte. Darum gefällt es ihr bei mir eben immer gut. Aber davon verstehst du nicht wirklich viel. Zum Glück hat Jule wenigstens einen verständnisvollen Vater der verhindert, dass sie bei dir verkümmert.«

Mit offenem Mund starrte Helga auf die Tante. Sie war, was bei ihr nur selten vorkam, offensichtlich sprachlos. Eine solch klare Gegenwehr schien sie nicht erwartet zu haben.

»So! Das musste mal deutlich gesagt werden. Und jetzt fordere ich dich auf, dich zu entschuldigen oder mein Haus zu verlassen. Ich dulde nicht länger deine ungerechten, verletzenden Vorwürfe. Ich will endgültig nicht weiter immer nur streiten mit dir.« Mit weit ausgestrecktem Arm forderte sie Helga heraus.

Diese stand ruckartig auf, hob ihren Kopf, um zu

einer Erwiderung anzusetzen, doch Hanni blockte energisch ab: »Ich habe überhaupt keine Lust mehr, mit dir zu diskutieren. Entschuldige dich oder gehe! Du kannst, wenn es sein muss, im Auto warten bis dein Mann und Jule kommen. Ich habe es satt, mich von dir dauernd so gemein niedermachen zu lassen.«

Helga schloss erschrocken ihren Mund, warf empört ihren Kopf hoch. »Ich? Mich entschuldigen? Niemals.« Sie packte ihre Tasche und lief los. »Andreas komm, bring Jule mit, wir gehen!«, befahl sie energisch.

Fassungslos über das, was soeben vorgefallen war, stand Andreas wie erstarrt da, blickte abwechselnd zu seiner weglaufenden Frau und auf die vor Wut zitternde Tante. Wie konnte Helga der Tante nur derart ungerechtfertigte Vorwürfe an den Kopf werfen. Wenn er sich das genau betrachtete, war die harte Reaktion der Tante nur verständlich und nachvollziehbar. Mist, jetzt war mit Sicherheit das letzte Porzellan zerschlagen worden. Und die Leidtragende bei der ganzen Sache war die unschuldige Jule.

»Aber …, Helga … Tante, können wir nicht …«, setzte Andreas in seiner Ratlosigkeit stotternd, zu einem halbherzigen Schlichtungsversuch an.

Tante Hanni winkte ab. »Lass mal, Andreas, das hat keinen Zweck. Es tut mir unglaublich leid, dass es so weit kommen musste. Aber versteh mich bitte, dass ich solche immer wiederkehrenden ungerechten Vorwürfe deiner Frau nicht einfach so stehen lassen kann. Einmal ist das Maß voll.«

»Warum schreist du denn so laut, Tante?«, kam mit fragendem Blick Jule aus dem Haus. Sie sah ihrer weggehenden Mutter nach: »Wo geht Mama denn hin?«

»Ach weißt du Jule«, dämpfte jetzt die Tante mit einem Seufzer ihre Stimme und legte dem Mädchen eine Hand auf die Schulter, »ich habe mich leider mit deiner Mutter gerade arg gestritten. Es tut mir leid, aber es ging nicht anders.«

»Warum habt Ihr ge...«, setzte Jule nach, doch ihr Vater unterbrach sie.

»Lass das Fragen, bitte. Wir sprechen beim Heimfahren darüber. Geh, hol all deine Sachen, wir fahren gleich los. Wir wollen Mama nicht zu lange warten lassen.«

Nur schwer verkniff sich Jule mit Blick auf den gedeckten Tisch eine Erwiderung, um dann zögernd ins Haus zu gehen.

Nachdem sie im Haus verschwunden war, trat die Tante zu Andreas und fasste ihn am Arm. »Bitte verzeih mir meine harsche Reaktion, aber ich konnte nicht anders. Ich hoffe, es wird daraus jetzt nicht ein handfester Familienstreit bei euch Dreien. Beruhige deine Frau, sonst muss es die Kleine ausbaden. Versuch, die Wogen zu glätten, damit ihr Morgen auf eine entspannte Reise gehen könnt.«

Andreas legte beide Händen auf die Schultern seiner Tante. »Ich werde alles versuchen, dass Frieden einkehrt. Es wird zwar nicht einfach für mich, denn ich teile die Auffassung meiner Frau gar nicht. Wir sind uns seit jeher uneinig darüber, was für Jule gut ist und was nicht. Aber der Harmonie zuliebe und vor allem für Jule, versuche ich mein Bestes. Ich mache dir keine Vorwürfe, Tante. Ich kann dich verstehen. Helga ist immer so impulsiv und lässt es oft an Fingerspitzengefühl mangeln. Sie als Mutter hatte leider nie einen so feinen Draht zu Jule aufbauen können, wie du das in kürzester Zeit geschafft hast. Das spürt sie vermutlich und treibt sie so schnell in ihre eifersüchtigen Ungerechtigkeiten. Aber ich werde jetzt energischer darauf achten, dass sich alles wieder beruhigt.« Liebevoll schloss er seine Tante in die Arme.

»Danke, Andreas. Du und Jule sind natürlich jederzeit herzlich willkommen bei mir. Ich freu mich über jeden Besuch von euch zwei. Aber Helga lass bitte zu Hause, wenn es möglich ist. Ich wäre dir dankbar.«

»Ich danke dir, Tante. Ach ja. Du willst ja nie, dass wir dir etwas geben für den Ferienaufenthalt von Jule. Aber hier …«. Andreas zog ein Kuvert aus der Beintasche seiner Hose. »Wir haben dir hier eine kleine Dankeschönkarte mit Glücksinhalt, dafür, dass du unserer Jule immer so schöne Ferienzeiten bescherst«, und übergab der Tante den Umschlag.

Er unterließ es, zu erwähnen, dass es die Idee seiner Frau gewesen war, als sie unterwegs an einem Kiosk haltgemacht hatten, weil sie sich Zeitschriften kaufen wollte. Helga hatte die Karte gesehen und steckte dann kurzerhand ein Lotterielos, das sie ursprünglich für sich genommen hatte, dazu. Andreas hatte gestutzt. Großzügigkeit gehörte nicht wirklich zu den Eigenschaften seiner Frau. Wenn er dies der Tante erzählt hätte, würde sie den Umschlag sicher abgelehnt haben, aber das brauchte er ihr ja nicht zu sagen.

»Ich habe alles, glaube ich«, kam Jule mit Rucksack und Tasche aus dem Haus. Mit traurigem Gesicht stellte sie sich vor ihre Tante.

»Falls ich noch was finden sollte, schicke ich es dir zu, oder besser, du holst es einfach zusammen mit deinem Vater bei mir ab. Das würde mich sehr freuen.«

Dann umarmten und drückten sie sich gegenseitig zum Abschied, bis die Tante sich mit feuchten Augen von den beiden abdrehte und meinte:»Nun geht schon, die Mutter wartet doch.«

Seit einer Viertelstunde fuhren sie wortlos zurück nach Hause. Andreas überlegte krampfhaft, was er unternehmen könnte, um die miese Stimmung im Auto zu beseitigen. So durfte das nicht bleiben, denn ab Morgen würden sie eine Woche lang täglich viele Stunden im Auto verbringen.

Bei einem Blick in den Rückspiegel konnte er Jule auf der Rückbank sehen. Sie fingerte lustlos, die Augen halb geschlossen, an ihrem Blumen-Armbändchen herum. Wahrscheinlich war sie in traurigen Gedanken zurück beim Landhaus, oben bei den geliebten Ziegen. Tränen glänzten in ihren Augenwinkeln. Das war heute ein harter Bruch für sie gewesen. Einerseits das Ende der Ferien bei der Tante, wo sie die Zeit sicher genossen hatte, andererseits der Streit zwischen Tante und Mutter. Einmal mehr hatte sie einen Tiefschlag zu überwinden. Andreas bewunderte die Stärke seiner Tochter, musste sie doch viel ungeliebtes in Kauf nehmen bei ihrer Mutter. Aber er versuchte alles und bot ihr die Gelegenheit, dass sich Jule bei ihm wieder aufbauen konnte.

Mit einem Seitenblick sah er seine Frau auf dem Beifahrersitz, die sich ebenfalls in Schweigen hüllte und stur aus dem Seitenfenster blickte. Sie war offensichtlich beleidigt über die Standpauke, die sie von der Tante entgegennehmen musste. So etwas war sie nicht gewohnt. Üblicherweise war es eher sie, die austeilte. Da konnte er ein Lied davon singen. Es wurde immer schwieriger, mit ihr ein einigermaßen friedliches Zusammenleben aufrecht zu erhalten. Ihr egoistisches Denken und Handeln wurde zunehmend ausgeprägter.

Es blieb nur zu hoffen, dass diese miese Stimmung nicht anhielt und sie Drei die nächsten Tage deswegen als schweigende Lämmer durch Holland kurven ließ. Er wollte versuchen, das Interesse von Jule auf die Fahrt zu lenken, zu dem, was sie unterwegs alles sehen und erleben würden.

»Jule? Freust du dich ein wenig auf unsere Entdeckungsfahrt durch Holland?«, probierte er ein Gespräch in Gang zu bringen.

»Jaaahaa«, kam ohne Begeisterung die lahme Antwort. Nach einiger Zeit fügte sie an: »Muss ich denn wirklich mitkommen?«

»Wir können dich nicht alleine zu Hause lassen. Das geht doch nicht«, hielt ihr Andreas entgegen.

»Aber ich könnte so lange bei Tante Hanni bleiben. Es macht mir Spaß bei ihr und den Tieren«, meinte Jule.

»Das kommt überhaupt nicht in Frage«, keifte Helga schrill und fuhr auf ihrem Sitz zu Jule herum. »Wir drei touren ab Morgen durch Holland. Ich will einige Ausstellungen besuchen und du gehst mit Papa in Parks, Zoos, ins Schwimmbad oder an den Strand.«

»Aber bei Tante Hanni wäre ich viel lieber.«

Helga zog empört die Luft ein: »Es gibt keine Diskussion, du kommst mit auf diese Reise und damit basta.« Sie drehte sich auf ihrem Sitz nach vorne, um sich sogleich nochmals zurückzuwenden. Mit dem Zeigefinger auf Jule deutend stieß sie heraus: »Und noch etwas: Ich will kein Wort mehr von dieser grässlichen Person hören. Diese Tante existiert für uns ab sofort nicht mehr. Merk dir das ein für alle mal.«

Mit aufgerissenen Augen starrte Jule erschrocken auf ihre Mutter. Andreas konnte sehen, wie jetzt Tränen über ihre Wangen kullerten.

»Helga! Das kannst du nicht verlangen«, widersprach Andreas. »Jule liebt ihre Tante über alles und fühlt sich sehr wohl bei ihr auf dem Land.« Ein solches Verbot konnte sie doch nicht wirklich wollen. Er ärgerte sich einmal mehr über das rücksichtslose Verhalten seiner Frau. Wie oft hatte er schon versucht, sie von dieser herzlosen Umgangsart wegzuführen. Aber wenn sie sich etwas in den Kopf gesetzt hatte, vor allem wenn sie glaubte, sich verteidigen zu müssen, war sie nur ganz schwer davon abzubringen.

Mit einer Handbewegung wischte sie den Einwand ihres Mannes weg. »Ach du hast doch gar keine Ahnung. Diese Hexe will uns doch nur unsere Tochter abspenstig machen, damit sie jemanden auf ihre alten Tage hat, der sie in ihrer Wildnis da draußen versorgt, bis sie abkratzt ...«

»Helga! Lass das bitte! Nicht hier vor Jule. Wir zwei besprechen das in aller Ruhe zu Hause!«, fiel ihr jetzt Andreas mit energisch klingender Stimme ins Wort.

Helga verzog beleidigt ihr Gesicht, wandte sich ab, um demonstrativ wieder die vorbeiziehende Gegend zu betrachten. Auf der Rückbank hatte sich Jule die Hände vor das Gesicht gelegt. Ihr Körper zuckte.

Andreas bemerkte, wie schwer Jule die Worte ihrer Mutter zusetzten. Verdammt noch mal, was konnte er nur dagegen tun? Er kam einfach nicht gegen ihr herzloses Verhalten an. Für ihn selbst spielte es keine große Rolle mehr, er hatte sich daran gewöhnt, dass sie sich komplett auseinandergelebt hatten. Aber für Jule in ihrem jungen Alter waren diese kalten Umgangsformen mehr als nur abträglich. Er hoffte inständig, dass sie davon keinen Schaden nahm. Er musste alles versuchen, dies zu verhindern.

Sein Vorhaben, bessere Stimmung aufkommen zu lassen, war kläglich fehlgeschlagen. Im Gegenteil, er hatte es damit noch verschlimmert.

Die Fahrt ging wieder stumm weiter und daran wird sich für heute auch nichts mehr ändern. Es war nur zu hoffen, dass sich bis Morgen früh die Aufregung gelegt hatte. Er nahm sich fest vor, mit seiner Frau am Abend noch ein ernsthaftes Gespräch zu führen. So konnte es doch, wenigstens der jungen Jule zuliebe, nicht weitergehen.

Kapitel 2

Müde betrat Andreas an einem Freitagabend die Wohnung. Es war wieder eine anstrengende Woche geworden. Seit sein Chef, der Inhaber der Gartenbaufirma Lindner, einen Kreislaufkollaps erlitten hatte, hing das Meiste der organisatorischen Aufgaben an ihm. Die Arbeit machte ihm zwar Spaß, war aber auch sehr herausfordernd.

»Hallo mein Papa, schon zu Hause?«, begrüßte ihn Jule an der Garderobe stehend.

»Endlich Feierabend. Und du, mein Schatz? Wieder Ausgehen?« Mit Befriedigung betrachtete er seine Tochter. Sie war eine attraktive junge Frau geworden und was ihn ebenfalls freute, dass sie auch was im Kopf vorzuweisen hatte.

»Ja, meine Freundin Susanne hat Geburtstag. Heute wird gefeiert. Kann spät werden.«

»Okay. Aber um Mitternacht bist du zu Hause«, meinte er mit gestelzt forscher Stimme, jedoch mit einem Grinsen im Gesicht.

Jule, die ihm den Rücken zugewandt hatte, fuhr herum, wollte energisch etwas erwidern. Jetzt sah sie seine belustigte Miene, hob den Zeigefinger und meinte schlagfertig mit einem verschmitzten Lächeln: »Na gut, du hast ja nicht gesagt, welches Mitternacht.«

»Übertreib's aber nicht. Wenn du Transportdienst brauchst, ruf an, ich bin in der Stadt beim Kegeln. Hast dein Handy dabei?«

»So was musst du doch eine Achtzehnjährige nicht fragen. Ist ja fast eine Beleidigung«, meinte sie und zog die Jacke über.

»Upps, Entschuldigung. Aber pass bitte auf dich auf. So hübsche Käfer wie du laufen leicht Gefahr, dass sie gefressen werden.«

»Keine Angst, mein lieber Paps, ich pass schon auf.«

»Seid ihr bald fertig mit eurem Gesülze? Das Geplapper stört mich bei meiner Arbeit«, erklang die genervte Stimme von Helga aus ihrem Atelierzimmer.

Vater und Tochter blickten sich, ihre Gesichter verziehend, wie ertappt an. »Entschuldige. Ich muss los. Tschau Mama!«, rief Jule rasch und hob kurz ihre Schultern. »Tschüss Paps, dir auch viel Spaß beim Kugeln rollen.« Innig umarmten sie sich. Andreas drückte sie fest an sich, küsste sie auf beide Wangen.

»Viel Spaß, meine Kleine«, flüsterte er, schob sie Richtung Tür und wandte sich dann ab zum Wohnzimmer.

Unter der offenen Tür zum Atelierzimmer blieb er stehen, blickte kurz auf seine Frau, die undefinierbare Kleckse und Linien auf eine Leinwand malte. Er schüttelte den Kopf. Was immer das aussagen sollte, er verstand es nicht.

»Hast du bereits gegessen?«, getraute er sich mit der banalen Frage, ihre kunstvolle Arbeit zu stören.

»Schon lange. Ich hatte Hunger und mit knurrendem

Magen kann man nicht kreativ wirken. Nimm dir irgend was«, brummte sie mit abwesend klingender Stimme ohne dabei ihre Tätigkeit zu unterbrechen.

»Entschuldigung, aber heute war mal wieder der Teufel los. Gerhard war nicht da, also blieb alles an mir hängen.«

»Ist mir schon klar, deine Arbeit ist dir das Wichtigste. Da vergisst du alles andere«, gab Helga jetzt bissig zurück.

»Aber du weißt doch, dass der Lindner meine Unterstützung braucht, seit er den Zusammenbruch gehabt hat. Ohne mich müsste er den Laden wahrscheinlich dichtmachen. Abgesehen davon, gefällt mir mein selbstständiger Job dort. Außerdem ist mein Gehalt deshalb gar nicht ohne und hiervon profitierst auch du.« Er biss sich auf die Lippen. Die letzte Bemerkung hätte er besser lassen sollen, aber manchmal wollte er schon versuchen, die Verhältnisse gerade zu rücken. Für sie gab es nur ihre künstlerische Tätigkeit. Um die Familie kümmerte sie sich überhaupt nicht mehr. Nicht mal zum Einkaufen ging sie, geschweige den Kochen, Putzen oder Waschen. Das blieb alles an ihm und Jule hängen.

Prompt fuhr Helga auf ihrem Hocker herum und funkelte ihn wütend an. »Ach, jetzt kommt wieder diese Leier. Du armer Mann und Ernährer arbeitest hart, um deiner Familie ein sorgloses Leben bieten zu können, während deine Frau als Heimchen am Herd zu Hause herumsitzt und so nebenbei das Geld ausgibt. Dazu bin ich nicht mehr bereit. Ich will mehr vom Leben als nur Kochen, Putzen und euch zu Diensten stehen.«

»Ich mein das doch gar nicht so, wie du das jetzt

wieder hinstellst. Ich gönn dir doch deine Aktivitäten, die dir Spaß machen, das weißt du genau. Aber gelegentlich mal für Jule und mich da zu sein, ist doch wirklich nicht zu viel verlangt. Wir sind doch immerhin so was wie eine Familie«, versuchte Andreas, wie schon so oft in den letzten Jahren, seinen Standpunkt klar zu stellen.

Sein Handy begann zu summen. »Neumann«, meldete er sich. »Ah, hallo Gerhard, was gibt's denn Dringendes?« Er wandte sich ab, während Helga sich mit einer verärgerten Handbewegung und einem Grunzlaut wieder ihrer Staffelei zuwandte.

Nach kurzer Zeit kam Andreas zurück an die Tür. »Der Chef war's. Ich muss morgen Vormittag für Ihn bei einem Kunden eine Arbeit erledigen. Er schafft es nicht in seinem Zustand.«

»Na schön, dann bist du ja glücklich versorgt und musst dich nicht mit mir rumärgern.«

»Helga! Wir haben doch schon unzählige Male über all diese Probleme in unserem Leben gesprochen. Es läuft leider nicht immer so, wie wir es uns einmal vorgestellt hatten. Aber ich kann dir nur ein Weiteres mal erklären: Alles was ich will, ist, dass du und Jule ein unbeschwertes Leben führen könnt, nicht mehr und nicht weniger.«

Helga ließ demonstrativ ihre Schultern hängen. »Ja ja, ist ja großmütig von dir. Wir sind dir so dankbar«, rief sie ihm hinterher, als er sich, der Diskussion überdrüssig, zur Küche abwandte. Es ergab mittlerweile keinen Sinn mehr, ihr das immer gleiche Hunderttausendmal vorzukauen. Das war nutzloses Geplauder geworden, brachte nur Ärger und Frust.

Mal sehen, ob es was zu beißen gab in den Schränken. So wirklich was Brauchbares fand er aber nicht, es sei denn, er hätte frühstücken wollen. Na dann eben nicht. Würde er beim Kegeln was verputzen. Aber ihm fiel jetzt ein, dass er mit Helga Morgen Abend das Konzert der Philharmoniker besuchen wollte. Die Karten hatte er besorgt. Er fragte sich, ob sie angesichts ihrer Laune wirklich mitkommen wird.

Da definitiv nichts Vernünftiges, Essbares zu finden war, beschloss er, gleich loszuziehen. Vor der Tür zum Atelier stoppte er. Er überlegte, ob er Helga nochmals stören und sie womöglich noch misslauniger machen sollte. Aber falls sie nicht ans Konzert wollte, dann konnte er versuchen, die Karten jemandem weiterzugeben. Vielleicht hatte ein Kumpel vom Kegelklub Interesse. Er räusperte sich.

»Noch kurz eine Störung, dann bin ich weg.«

»Was möchte der Herr noch?«, kam die sarkastische Antwort von Helga, ohne dass sie sich ihm zuwandte.

»Gehen wir jetzt morgen Abend zu diesem Konzert der Philharmoniker?«

Nach einem kurzen Zögern meinte sie: »Eigentlich habe ich keine Lust drauf. Außerdem bin ich Morgen Nachmittag verabredet im Künstlertreff. Ich weiß nicht, wie lange es dauern wird. Es könnte sich hinziehen. Geh alleine oder wirf die Karten weg, viel Verlust ist es ja nicht.«

»Schade.« Die Jule musste er gar nicht erst fragen, die hatte schon was vor Morgen Abend. Er würde sich überlegen, was er mit den Karten anstellte. Notfalls ging er alleine hin, er brauchte etwas Zerstreuung. Mit einem Schulterzucken drehte sich Andreas weg und begab sich auf den Weg zur Kneipe, um erst mal seinen Hunger zu stillen.

'Karla Wegener' stand auf dem Schild der Türglocke. Andreas drückte den Knopf. Mal sehen, wer das war. Bis jetzt war diese Kundin nur von seinem Chef, von Gerhard Lindner, persönlich betreut worden. Er hatte bisher nichts zu tun gehabt mit ihr.

Die Tür öffnete sich und eine Dame in seinem Alter sah ihn fragend an. Mit ihren zu einem Knoten hochgesteckten Haaren, einer fleckigen Hose und einem alten, schlappen Pullover, die Ärmel hochgekrempelt, hatte er sie vermutlich beim Wochenendputz unterbrochen.

»Ja bitte?«, begrüßte sie ihn mit einer reserviert klingenden Stimme.

»Ich komme im Auftrag der Firma Lindner, Gartenbau. Mein Name ist Andreas Neumann. Sie sind Frau Wegener?«

Das Gesicht der Frau nahm sofort einen freundlichen Ausdruck an. »Ja, das bin ich. Danke, dass Sie es möglich machen konnten, heute herzukommen.«

»Ich soll Ihnen einige Büsche und Bäume instand setzen, die vom gestrigen Sturm beschädigt wurden.«

»Ja ich sorg mich um die Pflanzen. Ein Teil hat tüchtig was abbekommen. Darf ich's Ihnen zeigen?«

Nachdem sie sich zusammen den Schaden angesehen hatten, machte er sich an die Arbeit, während Karla Wegener wieder im Haus verschwand. Andreas sah ihr kurz nach. Eine freundliche und höfliche Person. Das pure Gegenteil seiner Frau, schoss es ihm durch den Kopf und erschrak über den Vergleich aus dem Nichts.

Gedankenverloren verrichtete er die Arbeiten, wie er es mit ihr abgesprochen hatte, bemerkte gar nicht, wie dabei die Zeit verging. Er fuhr zusammen, als plötzlich hinter ihm ihre Stimme erklang.

»Und? Wie kommen Sie voran, Herr Neumann?« Karla Wegener trat, sich umblickend und dabei zufrieden nickend, auf ihn zu. »Da sieht man ja schon fast gar nichts mehr von den Schäden. Sie sind ein kleiner Zauberer. Kompliment.«

»Danke. Es war gar nicht so schlimm«, meinte er und zeigte in die Runde. »Einige mussten etwas 'Haare lassen', aber die kommen schon zurecht damit. Bald werden Sie gar nichts mehr vom Schaden feststellen.«

»Wie sieht's aus? Haben Sie Hunger und Zeit für einen kleinen Mittagslunch? Es ist bereits halb eins, falls Sie das nicht bemerkt haben.«

Andreas sah auf die Uhr. »Tatsächlich. Wie die Zeit vergeht. Ja etwas Hunger verspür ich schon, aber ich möchte ihnen keine Umstände bereiten.«

»Kein Problem. Ich hab was vorbereitet, was sicher für uns beide reicht. Hätten Sie denn jetzt Zeit?«

»Wenn es ginge, dann in etwa zehn Minuten. Bis dann wäre ich fertig mit meiner Arbeit.«

»Perfekt. Dann kommen Sie da außen rum zum Sitzplatz. Ich richte uns was zurecht, Sie haben es verdient«, sagte Karla und ging zurück zum Haus.

Erfreut über die Komplimente dieser sympathischen Frau erledigte er den Rest seiner Arbeit voll Elan, um dann neugierig vor das Haus zum Sitzplatz zu gehen. Offenbar hatte die Besitzerin auf ihn gewartet, denn sie trat soeben aus der Terrassentür.

»Da sind Sie ja, bitte, kommen Sie«, und zeigte auf einen bequemen Stuhl. »Nehmen Sie Platz, ich hol das Essen.« Sie drehte sich beim Zurückgehen nochmals um und fragte: »Was möchten Sie trinken? Wasser, Bier, Wein? Ich schlage ein Glas Wein vor, als kleines Dankeschön, dass Sie meinen Garten im Handumdrehen wieder so schön hergerichtet haben.«

»Da sag ich nicht Nein, aber ein Wasser dazu gegen den Durst, bitte.«

»Kommt sofort«.

Andreas sah sich um. Einen geschmackvollen Wohnsitz hatte diese Frau. Ein gepflegtes Haus, die Umgebung Tipptop. Ganz die Handschrift seines Chefs. Aus dem Haus erklang nun dezente Orchestermusik. Ja, so war das Leben zum Genießen.

Die Hausherrin trat mit einem voll beladenen Servierbrett aus dem Haus und richtete alles auf dem Tisch an. Dabei fragte sie interessiert: »Wie geht es denn dem Gerhard Lindner? Er scheint krank zu sein. Ich hatte ihn zwar am Telefon gefragt, aber er rückte nicht raus mit einer Antwort. Die Tatsache, dass nicht er selbst heute gekommen ist, stimmt mich nachdenklich.«

»Seit einem Kreislaufkollaps ist er leider nicht mehr so aktiv.«

»Was? Ein Kollaps?« Sie blickte erschrocken auf Andreas.

»Ja, leider. Ich arbeite ja seit zwei Jahrzehnten mit ihm zusammen, aber so wie er jetzt noch kann, ist schockierend anzusehen. Er bekommt viel Therapie und muss sich total schonen. Aber ich kann ihn gut im geschäftlichen Unterstützen. Deshalb müssen Sie zur Zeit halt mit mir vorliebnehmen.«

»Ich hoffe, dass er sich erholen und sein Leben wieder genießen kann. Wir kennen uns seit der Schulzeit und hatten über die ganzen Jahre immer Kontakt gehalten. Er ist ein angenehmer Mann, ein feiner alter Freund.«

»Ja, ich arbeite gerne bei ihm. Wir haben ein schönes persönliches Verhältnis. Wir haben praktisch zusammen sein Geschäft aufgebaut.«

Für eine Weile assen sie wortlos. Beide hingen in den Erinnerungen an den Freund und Chef, bis Andreas die Stille wieder brach.

»Schmeckt ausgezeichnet, diese Terrine«, lobte er und hob das Weinglas, um mit ihr anzustoßen. »Dazu die schöne Musik. Was will man mehr. Herzlichen Dank.«

»Gern geschehen. Zum Wohle und Dankeschön, dass Sie für mich den freien Samstag geopfert haben.«

»Kein Problem. Dafür werde ich heute Abend solch schöne Musik, wie wir sie grade hören, genießen. Ich gehe ins Konzert der Philharmoniker.«

»Oh Sie Glückspilz. Sie haben eine Karte bekommen? Ich hatte leider Pech. Ich war zu spät dran.«

Andreas überlegte einen kurzen Augenblick. Keiner seiner Kegelkumpane hatte Interesse gezeigt für die Karten. Alleine hinzugehen, dafür hatte er nicht sonderlich Lust. Sollte er sie ihr einfach schenken, oder sie gar einladen? In Begleitung würde er gerne hingehen. – Ach, was soll's, Helga brauchte es ja nicht zu wissen. Außerdem wäre es nur ein harmloser Konzertbesuch. Er blickte auf die Gastgeberin.

»Wie wär's denn? Ich habe zwei Karten. Ich möchte ja nicht aufdringlich wirken, aber, kommen Sie doch mit zum Konzert.«

Erstaunt und erfreut sah sie ihn an. »Echt? Sie haben noch eine freie Karte?«

»Meine Frau ist leider kurzfristig verhindert und kann nicht mitkommen. Jetzt lade ich Sie ein. Zu zweit ist es allemal unterhaltsamer und man kann danach noch über alles diskutieren.«

Karla Wegener blickte ihn erst erfreut, dann aber nachdenklich an, um dann intensiv ihren Teller zu betrachten. Sie schien zu überlegen.

»Na? Was meinen Sie? Kommen Sie doch mit. Einfach entspannt ein Konzert genießen. Ich beiße nicht, bin froh, wenn ich nicht gebissen werde«, versuchte er, ihre Zurückhaltung mit dieser albernen Bemerkung zu vertreiben.

»Ja, warum eigentlich nicht«, meinte sie etwas zögerlich und streckte ihm die Hand entgegen. »Vielen Dank, da machen Sie mir aber eine riesige Freude. Ich bezahle Ihnen selbstverständlich die Karte.«

»Kommt nicht in Frage. Betrachten Sie es als kleine Aufmerksamkeit der Firma Lindner«, wehrte er ab und drückte ihr die Hand.

Sie vereinbarten Treffpunkt und Zeit. Andreas freute es, nicht allein ins Konzert gehen zu müssen. Mit dieser netten Frau wird es sicher ein unterhaltsamer Abend werden.

Wie üblich begaben sich an diesem Mittwochabend alle

Besucher im Kulturtreff, nach einem Vortrag über Maltechniken, an die Tische, um bei einem Glas Wein über das Gehörte zu diskutieren. Helga setzte sich, Karla nahm ihr gegenüber Platz. Sie kannten sich schon seit längerer Zeit. Als alte Kolleginnen aus der Berufsschulzeit waren sie später hier gemeinsam beigetreten. Sie, weil sie sich für Malerei und Töpferei interessierte, Karla einfach aus allgemeinem kulturellen Interesse.

»Zum Wohl, Helga!«, hob Karla ihr Glas, stieß mit ihr an und trank. »Na? Hat es dir für deine Malerei etwas gebracht heute?«.

»Ja, doch. Da waren einige Tipps und Tricks dabei, die mir weiterhelfen werden. Und dir? War's wissenswert für dich? Du malst ja nicht, oder hast du damit angefangen?«, gab Helga zurück.

»Nein, ich habe leider kein Talent zum Malen. Interessant war es trotzdem. Allerdings ...«. Sie brach zögernd ab.

»Allerdings ...?«, hakte Helga neugierig nach, weil Karla nicht sofort weitersprach.

»... an das tolle Konzert, das ich am letzten Samstag genießen konnte, kam es bei Weitem nicht heran.«

»Na ja, ein Vortrag ist ja was anderes als ein Konzert, das kann man doch nicht vergleichen.«

»Ja sicher«, erwiderte Karla und blickte nachdenklich zur Seite. Nach einem Augenblick setzte sie sich aufrecht hin, sah auf Helga und meinte zögernd: »Sag mal, Helga? Dein Mann heißt doch Andreas. Arbeitet beim Gartenbau Lindner?«

»Ja, warum?«

Karla zögerte wieder. »Ich hoffe, du springst mir jetzt

nicht gleich an den Kragen.« Nach einem tiefen Schnaufer fuhr sie fort:»Dann war ich am letzten Samstag mit deinem Mann im Konzert.« Etwas besorgt blickte sie auf Helga.

»Ja, er war dort, hast du ihn gesehen?«, meinte diese ungerührt.

»Wir waren gemeinsam dort«, sagte Karla jetzt mit fester Stimme und sprach sofort weiter,»Er hatte mich eingeladen, als er am Morgen meinen sturmzerzausten Garten wieder hergerichtet hatte.«

Helga starrte jetzt entgeistert auf ihre Kollegin. Erst verspürte sie aufkommende Entrüstung, die sich jedoch schnell wieder legte.

»Ach sieh mal einer an ...«, brachte sie, angesichts dieses überraschenden Geständnisses, gedankenverloren hervor. Was war doch ihr Mann für ein Hinterrücksler. Das war neu an ihm. Kein Wort hatte er davon erwähnt, dass er in Begleitung im Konzert war.

»Ja, ehrlich. Ich hatte ihn zum Dank für seinen Samstagseinsatz zum Mittagessen eingeladen. Dabei hat er mir erzählt, dass er zwei Karten habe, du aber leider keine Zeit hättest, mitzugehen. Da hat er mich spontan gebeten, mitzukommen.«

Da Helga nicht darauf antwortete, fuhr Karla sofort mit gedämpfter Stimme fort:»Ich weiß, es ist mein Fehler. Ich hätte vorher mit dir reden müssen. Aber ich hatte mich so gefreut, dass ich doch noch dieses Konzert besuchen konnte. Ich hatte doch keine Karte mehr bekommen.«

Da Helga immer noch schwieg, sie nur weiter unverwandt ansah, fuhr Karla beteuernd fort:»Du kannst mir glauben, da war sonst gar nichts, wirklich nichts. Wir haben zusammen das Konzert genossen und danach ein wenig darüber diskutiert. Das war alles, glaub mir.«

Jetzt beugte sich Helga vor. Karla zuckte erschreckt zurück, wohl in Erwartung, dass nun ein gewaltiges Gewitter über sie hereinbrechen würde.

»Ich glaube dir«, kam es fast emotionslos von Helga, »Ich kenne dich schon lange. Ich weiß, dass du nicht der Typ Frau bist, die ihren Freundinnen die Männer abspenstig macht.«

Bei Karla war die Entspannung deutlich sichtbar nach diesen Worten. Für zwei, drei lange Minuten herrschte Schweigen zwischen den beiden Frauen. Helga überlegte sich, ob sie die Gelegenheit für sich Nutzen konnte. Da reifte ein Plan in ihrem Kopf. Schließlich gab sie sich einen Ruck.

»Ich will dir jetzt etwas gestehen, Karla. Du brauchst dir keinerlei Sorgen machen, dass du meinen Mann sozusagen ausgeliehen hast. Wir sind genau genommen schon lange kein Paar mehr. Wahrscheinlich hast du ihm damit über ein Stück Ärger hinweggeholfen, den wir seit längerer Zeit miteinander haben.« Sie legte eine kurze Pause ein, um dann fortzufahren:»Weißt du, in meiner Ehe klappt es leider schon seit Langem nicht mehr. Wir haben uns auseinandergelebt und es ist vermutlich nur der Existenz unserer Tochter Jule zuzuschreiben, dass wir uns nicht längst getrennt haben. Sie ist mittlerweile achtzehn und selbstständig. Deshalb trage ich mich jetzt mit dem Gedanken, meinen Mann zu verlassen. Ich kann mich nicht weiterentwickeln in dieser einengenden Beziehung mit all den Spannungen. Ich bin kein Hausmütterchen. Ich muss da raus aus dem spießbürger-lichen Familientramp.«

Karla griff sich betroffen an den Kopf: »Oh mein Gott, das klingt ja schrecklich. Aber deinem Mann habe ich gar nichts angemerkt. Er hat keine diesbezüglichen Bemerkungen gemacht. Hat nur von eurer Tochter in den höchsten Tönen geschwärmt.«

»Ja, das ist die angenehme Seite an ihm. Diskret und zuverlässig ist er. Jule ist für ihn das 'Ein und Alles', da steht er voll dahinter. Aber das ist auch schon alles, was er bei mir auf der Guthabenseite hat.«

Helga sah nachdenklich auf ihr Glas, um dann interessiert zu fragen: »Hast du ihm gesagt, dass wir uns kennen?«

»Nein, hab ich nicht. Erst hatte ich es vor, ließ es dann aber.«

»Gut.« Helga stockte kurz, um dann zögernd weiter zu sprechen: »Sag mal. Wärst du bereit, mich über meinen Mann auf dem Laufenden zu halten, wenn ich ihn verlassen habe? Ich plane, in eine Künstler-WG zu ziehen. Ich will die Scheidung so rasch wie möglich durchsetzen.« Dass sie Karla mit diesem Theaterbesuch dazu missbrauchen wollte, um dabei so viel als erreich-bar, für sich herauszuschlagen, brauchte sie ihr ja nicht auf die Nase zu binden.

Karla klang etwas unsicher, als sie fragte: »Was erwartest du denn genau von mir?«

»Nichts Besonderes. Nur, dass wir beide weiterhin Kontakt halten, auch wenn ich nicht mehr zu diesem Treff hier kommen werde. Du wirst ja vermutlich immer mal wieder meinen Mann sehen oder sprechen, wenn er für dich arbeitet. So könntest du mich ein wenig auf dem Laufenden halten, was so läuft bei ihm.«

»Ach so? Ja das ist kein Problem. Wir bleiben natürlich in Kontakt.«

»Sehr gut. Lass dich von ihm hin und wieder Ausführen, Konzert, Theater, zum Essen. Andreas ist ein spendabler Typ.«

Das schien Karla zu gefallen, denn sie nickte erfreut.

»Dann habe ich jetzt nur noch den Wunsch an dich«, fuhr Helga weiter, »Verrate meinem Mann bitte nicht, dass wir zwei uns kennen. Das ist besser so für uns beide. Einverstanden?«

»Einverstanden«, willigte Karla erleichtert ein und trank ihr Glas zur Neige während Helga mit Elan zur Flasche griff, um nachzuschenken.

Andreas sah sich die Spätausgabe der Tagesnachrichten an, als Helga die Wohnung betrat. An ihren etwas fahrigen Bewegungen erkannte er, dass sie vermutlich ein paar Gläser zu viel getrunken hatte. Das geschah recht häufig, wenn sie von diesem Künstlertreff kam. Er musste also heute vorsichtig sein mit dem, was er sagte. Helga neigte zur Aggressivität, wenn sie getrunken hatte. Am besten er schwieg.

Langsam kam sie zum Sofa, blickte konzentriert auf ihn. Er tat, als schaue er aufmerksam die Nachrichten.

»Hallo, schläfst du, oder träumst du von diesen Märchen, die hier täglich erzählt werden.«

»Oh, hallo Helga«, sagte Andreas und tat so, als ob er gar nicht bemerkt hätte, dass sie gekommen war. »Bist wieder da. War's interessant im Treff?«

»Aber hallo, und wie!«, meinte sie, plumpste auf den Sessel gegenüber und nahm ihn ins Visier. »Ganz interessante Neuigkeiten gab es da zu hören. Ich hab meinen Ohren nicht getraut.«

»Ach ja«, brummelte Andreas und tat weiter so, als ob er beiläufig die Nachrichten verfolge.

Mit Gewalt schlug Helga mit flacher Hand auf den Salontisch, dass es nur so krachte. »Mein Mann hat mich betrogen«, schrie sie wie von Sinnen.

»Was, wer?«, fuhr Andreas erschrocken auf.

»Was, wer?«, äffte sie ihn nach, »Du! Du hast mich betrogen. Du Scheusal. Das habe ich erfahren!«, schrie sie und fuchtelte mit dem gestreckten Zeigefinger vor ihm herum.

»Ich habe dich betrogen? Dass ich nicht lache. Du bist doch betrunken, weißt gar nicht, was du da plapperst. Und schrei nicht so, Jule schläft bereits.«

»Du bist am letzten Samstag mit einer attraktiven Frau im Konzert im Schauspielhaus gesehen worden«, warf sie ihm etwas leiser an den Kopf, um gleich darauf wieder eine Oktave höher zu schreien, »und hast mit dieser Schlampe herumgeturtelt wie ein verliebter Primaner.«

»Du spinnst doch. Wer hat dir einen solchen Schwachsinn erzählt.«

»Warst du im Konzert oder nicht?«

»Ja, ich war im Konzert.«

»Und du hattest eine Frau dabei, gib's zu. Ich weiß es genau.«

Scheiße, schoss es Andreas durch den Kopf. Da hilft keine Ausrede mehr. Da hat irgendwer ihn gesehen und alles brühwarm weitererzählt. Am besten war vermutlich, dass er das sofort klarstellte. Schließlich hatte er nichts verbrochen, schon gar nicht seine Frau betrogen.

»Du hast ja recht«, gab er kleinlaut zu, »Ich war mit Frau Wegener auf diesem Konzert. Eine Kundin unserer Firma, bei der ich im Auftrag des Chefs am Samstagmorgen gewesen war.«

»Und hast nachher schamlos mit ihr rumgemacht. Gib's zu!«, geiferte Helga.

»Nein, hab ich nicht«, versuchte Andreas, sich mit Nachdruck zu verteidigen. Das wurde ihm jetzt aber zu dumm. »Du selbst hast gesagt, ich soll mit den Konzertkarten anstellen, was ich will, weil du ja plötzlich keine Zeit hattest. Beim Mittagessen bei Frau Wegener sprachen wir über das Konzert. Sie hatte dahin gewollt, aber keine Karte mehr bekommen. Ausverkauft. Da habe ich eben Karla eingeladen, mitzukommen ...«

»Soso, die Karla hast du eingeladen!«, äffte sie ihn betont nach. »Habt ihr gleich auf Du gewechselt. Macht ja Sinn, wenn man rummacht.«

»Wir haben nicht rumgemacht. In keiner Art und Weise. Wir haben lediglich zusammen das Konzert genossen. Nichts weiter.«

»Und das Konzert hat bis Mitternacht gedauert?«, schrie Helga genervt.

»Nein, natürlich nicht. Wir sind danach noch Essen gegangen. Haben uns dann über das Konzert unterhalten. Man kann sich angenehm mit ihr austauschen. Ganz im Gegensatz zu dir!« Den letzten Satz hatte er sich vor Wut über die Unterstellungen nicht verkneifen können und ihr entgegengebrüllt.

»Ach! Auch noch schön Essen, Plaudern und ...«

»Was ist denn passiert? Warum schreit ihr so? Ihr weckt ja das ganze Haus«, kam die verschlafene Stimme von Jule aus dem Hintergrund.

Helga fuhr herum. »Halt dich da raus. Papa und ich haben Krieg. Das geht dich nichts an. Geh du wieder ins Bett«, keifte sie ihre Tochter an.

Jule blickte erschrocken auf ihre Eltern und stotterte: »Ab... aber ihr seid doch meine Eltern, da geht es mich schon was an, wenn ihr Ärger habt.«

»Komm Jule, lass uns bitte allein. Du kannst uns hierbei nicht helfen, geh besser wieder ins Bett. Wir reden Morgen darüber. OK?«, versuchte Andreas, seine Tochter zu beschwichtigen.

Jule setzte zu einer Erwiderung an, beließ es aber bei einem kläglichen stöhnen. Ratlos mit besorgtem Gesichtsausdruck wandte sie sich ab und verschwand wieder in ihrem Zimmer.

»Komm Helga. Lassen wir es für Heute. Reden wir Morgen in Ruhe über alles, wenn wir darüber geschlafen ...«

»Kommt nicht in Frage«, fiel sie ihm ins Wort. »Ich habe genug. Jetzt setze ich dieser ganzen Quälerei ein Ende. So kann das mit uns nicht weitergehen. Wir leben vollständig aneinander vorbei in verschiedenen Welten. Du betrügst mich in der Öffentlichkeit mit anderen Frauen, stellst mich vor allen bloß. Das kann ich nicht auf mir sitzen lassen. Ich zieh den Schlussstrich, ich verlange die Scheidung.«

»Du spinnst ja«, entfuhr es Andreas. »Ich habe gar nichts Ungehöriges getan. Du fantasierst dir hier etwas zusammen, was nicht im Entferntesten geschehen ist. Wir haben ...«

»Mehr gibt es jetzt nicht zu reden. Mein Entschluss steht fest. Morgen gehe ich zum Anwalt, dort können wir dann weiterreden«, warf sie ihm wütend an den Kopf, erhob sich und verschwand zum Schlafzimmer.

Nach einem kurzen Augenblick öffnete sich die Zimmertür nochmals und Helga warf ihm Bettzeug zu. »Du schläfst heute hier draußen. Morgen sehen wir weiter«, und verschwand mit türknallen.

Scheiße, verdammte Scheiße, fluchte Andreas innerlich. Musste das sein. Wenn sich Helga etwas in den Kopf gesetzt hatte, war das nur schwer wieder rauszukriegen. Und Jule? Wie wird sie das aufnehmen? Sie war zwar keine unreife Person mehr, aber eine Scheidung ihrer Eltern würde ihr sicher zu denken geben. Andreas grübelte darüber nach, wie sie aus diesem Schlamassel herausfinden könnten, aber ihm fiel nichts Gescheites ein. Zu verschieden waren ihre Sichtweisen und Interessen inzwischen geworden.

Wenn er versuchte, die Lage möglichst sachlich zu überlegen, sich eingestand, dass er mittlerweile wirklich unzufrieden in der Beziehung war, ihm die ständigen Streitereien echt belasteten, dann kam er eigentlich zum Schluss, dass es tatsächlich die vernünftigste Lösung wäre, wenn sie sich trennen würden. Zu viel Geschirr war in den vergangenen Jahren zerschlagen worden, da war wirklich kaum noch was zu kitten.

Müde und frustriert baute er sich sein Lager auf dem Sofa. Mal den morgigen Tag abwarten, wenn sie wieder nüchtern war. Vielleicht klang es dann anders. Aber wenn es dabei blieb, würde Helga vermutlich alles daran setzen, ihn als den schuldigen Teil aus der Scheidung gehen zu lassen. Sie war mit Sicherheit darauf aus, ihm möglichst viel Geld aus der Tasche zu ziehen. Er hatte aber überhaupt keine Lust, ewig lange darüber zu streiten. Das war vermutlich auch der Punkt, auf den sie setzte. Sie würde seine Schwäche, Streitereien wenn immer möglich, zu vermeiden, schonungslos ausnutzen. Aber endlich wieder in Frieden leben, ein entspanntes Leben führen zu können, das war ihm enorm viel wert. Mit diesen hoffnungsvollen Gedanken versuchte er, schlaf zu finden.

Kapitel 3

Weitere drei Jahre später; der Alltag

Mit einer Tasse Kaffee in der Hand trat Andreas aus der Küche ins Wohnzimmer und setzte sich in den bequemen Armsessel. Die Tasse auf den Salontisch stellend ergriff er die Zeitung von Heute. Er liebte diese stille, friedliche Samstagmorgenzeit, bis es seine Tochter aus dem Bett schaffte, um mit ihm zusammen gemütlich zu frühstücken.

Das hatte sich so eingespielt in ihrem Alltag, seit er und Helga sich vor über zwei Jahren scheiden ließen. Schon einige Zeit zuvor war sie aus der Wohnung ausgezogen. Für ihn und Jule war es eine Umstellung gewesen, an die sie sich erst gewöhnen mussten. Sie hatten sich jedoch erstaunlich schnell damit zurechtgefunden. Jule hatte es einerseits zwar geschmerzt, dass sich ihre Eltern trennten, aber andererseits sah sie mit ihren jetzt einundzwanzig Jahren klar genug, dass es mit dieser Ehe so nicht hatte weitergehen können.

Für Andreas war es eine Erlösung gewesen, endlich keine Streitereien mehr erdulden zu müssen. Wenn Helga ihm auch haarsträubende Anschuldigungen, die mehr als weither geholt waren, vorwarf, war er es letztlich müde gewesen, immerzu streiten zu müssen. So hatte er schließlich in die massiven Forderungen seiner Frau eingewilligt, auch wenn dies ihn das ganze Ersparte gekostet hatte. So saß er jetzt zwar ohne finanzielles Polster da, aber die Ruhe und den Frieden, die er nun genoss, waren es ihm wert. Seine Ex-Frau war ausbezahlt und es gab nichts mehr, was sie noch nachfordern konnte. Er würde bald wieder zu finanziellem Rückhalt kommen, zumal Jule ja seit kurzem berufstätig war und keinerlei Unterstützung mehr benötigte.

Was ihn aber zur Zeit niederdrückte, war der Tod des Chefs. Vor vier Wochen war er verstorben. Von seiner Kreislauferkrankung vor mehr als drei Jahren hatte er sich nicht mehr erholen können. Andreas hatte das Meiste in der Geschäftsführung für ihn erledigt. Künftig würde es wahrscheinlich wieder etwas leichter werden für ihn, war doch der junge Sohn zurückgekommen und hatte die Führung übernommen.

Das Läuten des Telefons unterbrach seine Gedanken, die ihm durch den Kopf gegangen waren, ihn davon abgehalten hatten, in der aufgeschlagenen Zeitung zu lesen.

»Neumann!«, meldete er sich noch leicht schlaftrunken am Telefon.

»Hier ist Tante Johanna. Guten Tag Andreas«, erklang eine etwas müde klingende Stimme aus dem Hörer.

Ein kleiner Schreck ließ ihn endgültig wach werden. Mist, Jule und er hatten sich doch schon seit längerem vorgenommen gehabt, endlich wieder mal Tante Hanni zu besuchen, aber immer war etwas dazwischen gekommen. Meistens war es seine Arbeit gewesen, oder bei Jule hatte es nicht gepasst. Jetzt kam die Tante ihnen zuvor. Schande.

»Ja guten Morgen, Tante Hanni. Das ist ja eine Überraschung. Wie geht's dir? Alles klar? Ist etwas geschehen?«, fragte Andreas sofort angespannt und leicht schuldbewusst. Automatisch redete er lauter, weil er davon ausging, dass die Tante in ihrem Alter nicht mehr so gut hörte.

»Nein nein, nichts passiert. Es geht schon, alles im Griff. Es muss ja. Es gibt doch immer was zu tun. Die Tiere, die Früchte und Beeren. Aber ich hab ja einen hilfsbereiten Nachbarn, der mir beisteht, wenn es zuviel wird.«

»Aber sonst geht's dir gut? Alles in Ordnung?«, fragte Andreas jetzt nochmals laut nach, da er der Meinung war, dass die Tante nicht einfach so grundlos anrief. Das hatte sie bisher nie getan.

»Warum schreist du so? Ich versteh dich gut. Es ist alles in Ordnung. Na ja, man wird nicht jünger und manches fällt einem zunehmend schwerer. Doch ich kann nicht klagen. Ich hab noch alles im Griff. Aber ich wollte mich mal erkundigen, wie es dir und der kleinen Juliane so geht.«

»Mir geht es gut, habe viel Arbeit, aber sonst meine Ruhe und Frieden. Aber was die kleine Juliane angeht, die ist nicht mehr so klein, wie du sie scheinbar noch in Erinnerung hast.«

»Ja, natürlich. Das ist ja jetzt bald sieben Jahre her, seit sie das letzte Mal bei mir in den Ferien war. Leider. Schade, dass sie nicht mehr zu mir kommen durfte. Aber ich verstehe ja, dass der Hausfrieden Vorrang hatte. Also, wie geht's dem Mädchen?«

»Das Mädchen ist, wie du ja weißt, mittlerweile einundzwanzig geworden und zu einer hübschen, intelligenten jungen Frau herangewachsen. Sie hat eine Anstellung gefunden, die ihr Spaß macht und geht ganz darin auf.«

»Ist sie da? Kann ich ihr 'Guten Tag' sagen?«

»Sie ist da, aber noch nicht aufgestanden. Sie schläft am Samstagmorgen immer gerne aus, nachdem sie am Freitagabend mit ihren Freundinnen unterwegs war. Ich hole sie, einen Mo...«

»Nein, nein, weck sie nicht«, unterbrach ihn die Tante schnell. »Sie soll ausschlafen. Richt ihr viele liebe Grüße aus und gib ihr einen dicken Kuss von mir.«

»Mach ich dann gerne. Sie wird überrascht sein. Wir essen am Samstag immer gemeinsam Frühstück, wenn sie es aus dem Bett geschafft hat.«

»Schön. Und wie geht es bei dir? Findest du dich zurecht so allein ohne Frau?«, fragte die Tante neugierig weiter.

»Eigentlich sehr gut. Ich habe meine Arbeit, die mich fordert, vor allem seit mein Chef vor Kurzem verstorben ist. Ansonsten fühle ich mich glücklich und zufrieden.«

»Was macht die Helga. Lebt die noch in der Stadt?«

»Nein. Sie ist nach der Scheidung nach Frankreich gezogen, in so eine Künstlerresidenz. Will sich dort verwirklichen. Interessiert mich aber nicht weiter. Mit dem erhaltenen Geld aus der Scheidung wird sie sich einige Zeit künstlerische Freiheit gönnen können. Was danach kommt, geht mich nichts mehr an.«

»Apropos Geld. Habe ich dir mal erzählt, dass deine ehemalige Frau mich damals nach den letzten Ferien von

Jule, zweimal bedrängt hat, ihr Geld zu geben?«

»Nein. Wieso das denn?«, fragte Andreas überrascht zurück.

»Du erinnerst dich doch, dass ich mit dem Glückslos, mit dem ihr mir damals gedankt habt für die Betreuung von Jule, Hunderttausend Euro gewonnen hatte. Ich rief dich doch deswegen an.«

»Ach ja, stimmt. Du warst sehr froh darüber und ich gönnte es dir von Herzen. Damit konntest du dir im Haus einige dringende Erneuerungen leisten.«

»Ja. Du hast das vermutlich damals deiner Helga erzählt. Eine Woche später rief sie mich an und verlangte von mir, dass ich ihr die Hälfte davon abgebe. Schließlich habe sie das Los doch ursprünglich für sich selbst gekauft, aber du hättest es mir ungefragt weitergeschenkt. Mein Ärger mit Helga war damals noch frisch. So habe ich ihr kurzerhand erklärt, das sei ein Geschenk von dir gewesen, ich würde ihr keinesfalls etwas auszahlen und habe das Gespräch beendet.«

»Das glaub ich jetzt nicht«, stotterte Andreas überrascht. »Aber das passt zu ihr. Sie war schon immer aufs Geld versessen.«

»Vor etwa bald zwei Jahren, das muss irgendwann um eure Scheidung herum gewesen sein, stand sie eines Tages plötzlich vor meiner Tür. Sie kam in einer derart heuchlerischen, unterwürfigen Art daher, dass es richtig peinlich war. Sie bat mich fast auf Knien, ihr doch etwas von dem damaligen Losgewinn zu schenken. Sie würde es dringend brauchen, um ihr neues Leben beginnen zu können.«

»Das darf doch nicht wahr sein. Du hast ihr doch

nicht etwa was gegeben?«, rief Andreas dazwischen.

»Nein, natürlich nicht. Ich flunkerte ihr vor, es täte mir leid, aber das ganze Geld sei für Reparaturarbeiten draufgegangen. Obendrein hätte der Fiskus auch noch etwas gewollt. Seit Längerem sei nichts mehr davon da. Im Gegenteil, ich müsse mit Schulden kämpfen, um das Haus zu halten. Daraufhin hat sie dann schlagartig ihr wahres Gesicht wieder gezeigt. Mit wüsten Verwünschungen und Drohungen ist sie davongerauscht. Seither habe ich nichts mehr von ihr gehört. Ich hoffe, es bleibt so.«

Andreas schnaufte hörbar auf. Was war doch seine Ex für eine geldgierige Frau. Solange sie verheiratet waren, hatte es ihr an nichts gemangelt, dafür war er immer offen gewesen, sofern es im finanziellen Rahmen machbar war. Aber das war ja vorbei. Er hatte alle Verpflichtungen mehr als erfüllt.

»Ich denke, du kannst davon ausgehen, dass du jetzt Ruhe vor ihr hast. Sie lebt in einer anderen Welt und hat uns vermutlich vergessen. Allerdings hat Jule alle paar Wochen mal telefonischen Kontakt mit ihr. Das ist auch gut so. Schließlich ist es immer noch ihre Mutter, auch wenn sie keine sonderlich Gute war.«

»Das ist richtig. Sie soll den Kontakt mit ihrer Mutter halten.«

Andreas wollte nicht mehr weiter auf das Familienleben eingehen, deshalb verlagerte er das Thema auf seine Arbeit.

»Sorgen bereitet mir aber im Moment mein berufliches Leben. Leider gibt es vermutlich im Betrieb, in dem ich arbeite, Veränderungen. Du weißt vielleicht noch, ich bin seit rund zwei Jahrzehnten bei Lindner-Gartenbau. Jetzt ist der Besitzer nach langer Krankheit gestorben. Wir haben immer toll miteinander gearbeitet und alles gemeinsam aufgebaut. Die letzten drei Jahre habe ich praktisch fast allein sein Geschäft geführt, weil er dazu nicht mehr genügend Kraft hatte. Ob das mit seinem Sohn als Nachfolger auch klappt, ob der den Betrieb überhaupt weiterführen wird, ist noch offen. Das gibt mir zu denken, denn ich bin doch nicht mehr der Allerjüngste und möchte mich ungern nach einer neuen Anstellung umsehen müssen, falls der Betrieb schließen würde.«

»Da kann doch der junge Chef nur froh sein, wenn er so bewährte Kräfte wie dich in seiner Mannschaft hat. Halt den Kopf hoch, Andreas, das wird sicher gut weitergehen.«

»Mach ich Tante, ich hoffe, es bleibt so mit meiner Arbeit. Aber jetzt zu dir. Hoffentlich genießt du dein schönes Landhaus und überarbeitest dich nicht zu sehr? Schließlich hast du doch schon ein paar Jährchen auf dem Buckel und solltest dein Leben etwas leichter nehmen.«

»Och, ich mach noch, was eben so geht und freue mich darüber, mein kleines Paradies genießen zu können. Ich merke schon, dass ich älter werde. Aber wie gesagt, der Theo, mein Nachbar, hilft mir bei manchem.«

»Das ist gut zu hören. Pass auf, ich rede mit Jule und wir versuchen einen Tag zu finden, wo wir dich endlich wieder mal besuchen könnten. Wir haben ein schlechtes Gewissen, dass wir schon so lange nicht mehr bei Dir waren. Aber wie es halt so geht: Ich hatte mit meiner

Arbeit mehr als genug um die Ohren. Jule steckte in der Ausbildung, ist älter geworden und neue Interessen haben sich bei ihr in den Vordergrund geschoben. Ich denke, das ist normal beim Erwachsen werden. So ist leider manches in den Hintergrund geraten. Wir versuchen aber ernsthaft, bald mal zu dir zu kommen.«

»Oh schön. Das würde mich sehr freuen, euch beide wieder mal zu sehen. Vor allem auf Jule bin ich gespannt. Gib mir aber vorher Bescheid, damit ich uns was Feines vorbereiten kann. Versprochen?«

»Versprochen, Tante. Ich melde mich bei dir, sobald als möglich.«

Nachdem sie sich verabschiedet hatten, legte Andreas den Hörer nachdenklich auf. Merkwürdig. Tante Hanni hatte nicht so frisch geklungen, wie er sie in Erinnerung hatte, aber vielleicht täuschte er sich, es war ja schon Jahre her, seit sie sich das letzte Mal unterhalten hatten. Allerdings war es vor allem seltsam, dass sie ohne einen wirklichen Grund angerufen hatte. Das war nicht ihre Art. Dass sie nur anrief, um sich nach dem Befinden zu erkundigen, war außergewöhnlich oder eher schon beunruhigend.

Ging es ihr gesundheitlich nicht gut? Mit ihren … ja jetzt zweiundsiebzig Jahren wäre das ja nicht ungewöhnlich. Er sollte mit Jule zusammen sie wirklich bald einmal besuchen, um zu sehen, wie es ihr tatsächlich ging.

Er trank einen kräftigen Schluck des mittlerweile fast kalten Kaffees und griff dann zur Zeitung. Hoffentlich kam Jule bald aus dem Bett, er hatte Lust auf das Frühstück und wollte ihr von Tante Hanni berichten.

Leise öffnete sich die Tür zu Jule's Zimmer. Er hörte ein Tapsen, dann ging die Tür zum Badezimmer. Andreas sah auf und legte die Zeitung beiseite. Endlich, Jule war aufgewacht. Er erhob sich und schlenderte zur Küche, um das Frühstück fertig aufzutragen.

Wie üblich verging nicht all zu viel Zeit und Jule erschien im Nachtgewand mit einem leichten Jäckchen über den Schultern.

»Guten Morgen Paps«, murmelte sie, sah mit schlaftrunkenen Augen auf ihren Vater und gab ihm einen Kuss auf die Wange.

»Guten Morgen mein Murmeltier«, begrüßte sie Andreas mit einem verständnisvollen Lächeln. Jule brauchte am Morgen immer etwas Zeit, bis sie ansprechbar wurde.

Andreas schenkte ihr Kaffee ein und stellte ihr Milch und Brot in die Nähe. Zur Überraschung des Vaters begann Jule, schon während dem fertigmachen des Kaffees, zu sprechen.

»Das war heute Morgen ein lautes Telefon. Hast mich wach gemacht damit. Ist was passiert?«.

»Nichts Schlimmes. Aber einen überraschenden Anruf haben wir erhalten.« Andreas ritt ein wenig der Teufel, er schob die konkrete Antwort hinaus. Jule würde so schneller als üblich aus ihren Träumen aufwachen. Man konnte sie so herrlich neugierig werden lassen.

Jule blickte träge zu ihrem Vater, in Erwartung, dass er weiter redete. Doch der beschäftigte sich beflissentlich mit dem Beschmieren seines Brötchens.

»Wir? War es für uns beide?« Jule wurde aufmerksamer, die Augen öffneten sich etwas mehr. Neugierde begann sich auf ihrem Gesicht zu zeigen. Wie es ihre Eigenart war, wenn sie aufgeregt wurde, fingerte sie an ihrem Armband herum.

Andreas biss genießerisch in sein Marmeladenbrot. »Ja, für uns beide«, antwortete er undeutlich mit vollem Munde. Guten Tag meine Tochter, jetzt wirst du wach, amüsierte er sich.

Jules Gesicht nahm einen immer angespannteren Ausdruck an. Der Blick auf ihren Papa veränderte sich, wurde fordernder.

»Natürlich! Hast meine Neugier wieder am Wickel. Ich bin jetzt da, komm raus mit der Neuigkeit«. Sie lehnte sich erwartungsvoll vor.

Andreas schmunzelte befriedigt: »Viele herzliche Grüße von Tante Hanni muss ich dir ausrichten.« Er beugte sich vor und gab ihr einen Kuss auf die Wange. »Und den soll ich dir von ihr außerdem geben«.

»Tante Hanni? Tante Hanni hat angerufen? Was ist geschehen?«. Jule war endgültig hellwach und beugte sich neugierig zu ihrem Vater hin.

»Ja ich sehe, du bist wach, dein Kopf funktioniert. Das hatte ich mich auch sofort gefragt: 'Was ist geschehen.' Aber es scheint alles in Ordnung zu sein. Sie hat sich einfach nur erkundigt, wie es uns beiden so geht. Sie wollte dir 'Guten Tag' sagen.«

»Warum hast du mich nicht geholt?«

»Tante Hanni wollte das nicht. Du sollst dich ausschlafen, hat sie mir befohlen.«

Jule schüttelte verwundert den Kopf. »Tante Hanni ruft doch nie an. Es sei denn, es ist was passiert. Das ist sonderbar«, dachte sie jetzt laut vor sich hin.

»Das denke ich auch«, meinte Andreas. »Ich hatte den Eindruck, sie klang ein wenig merkwürdig, etwas matt, müde. Aber vielleicht bilde ich mir das nur ein, ich habe sie ja schon lange nicht mehr gehört.«

Für einige Zeit hingen beide ihren Gedanken nach und beschäftigten sich mit dem Frühstück. Dann setzte der Vater das Gespräch fort.

»Noch was anderes. Hast du damals deiner Mutter erzählt, dass die Tante mit dem Glückslos einen großen Gewinn gemacht hatte? Du weißt, das Los, das wir ihr geschenkt hatten, weil du bei ihr die Ferien verbringen durftest. Ich meine, ich hätte es Mutter nie erzählt, nur dir.«

Jule schaute für einen Moment nachdenklich auf ihr Brot. »Ja, kann schon sein. Erinnere mich nicht mehr. Das ist doch sechs, sieben Jahre her. Warum fragst du?«

Andreas überlegte einen Augenblick lang, ob er es Jule erzählen sollte. Weshalb nicht, kam er zum Schluss. Sie ist erwachsen und hat ein Anrecht darauf zu wissen, was damals im Zusammenhang mit ihr geschehen war.

»Deine Mutter hat Tante Hanni zweimal bedrängt, ihr einen Teil des Losgewinnes zu überlassen. Das erste Mal, kurz nach dem sie den Gewinn erhalten hatte, das zweite Mal irgendwann zur Zeit der Scheidung.«

»Wirklich?« Jule schaute verblüfft auf ihren Vater.

»Ich hatte das bis heute auch nicht gewusst. Jetzt hat es mir die Tante erzählt. Bitte Jule, ich habe es nicht erwähnt, um deine Mutter bei dir schlecht zu machen. Du kannst ihr alles, was du möchtest, erzählen, ich habe überhaupt nichts dagegen. Ich will nur, dass du von allem weißt, was damals vorgefallen ist.«

»Schon OK, Papa. Kein Problem. Danke für deine Offenheit, das schätz ich doch so an dir.«

Es entstand erneut eine Pause, in der man nur das Geschirr klappern hörte. Wiederum hingen die beiden ihren Gedanken nach.

»Ich bin der Meinung«, unterbrach Andreas jetzt die Stille, »wir sollten, so bald als möglich, Tante Hanni endlich einen Besuch abstatten. Wir haben das schon zu lange vor uns hergeschoben. Ich habe ihr versprochen, dass wir versuchen, einen Tag zu finden, um zu ihr zu kommen. Sie würde sich vor allem auf dich freuen. Sie sprach von dir noch so, wie sie dich das letzte Mal gesehen hat. Als vierzehnjähriges Mädchen.« Andreas lachte: »Wir müssen uns wirklich wieder mal zeigen bei ihr.«

»Ja, lang ist es her«, meinte Jule gedankenverloren. »Ich war damals schön traurig, als ich nicht mehr zu ihr in die Ferien durfte. Es geschah danach aber so viel anderes. Die Lehre, der Beruf, die Veränderungen in unserer Familie.« Die letzten Worte hatte sie eher zögerlich angehängt. »Dann sollten wir uns einen freien Samstag oder Sonntag suchen. Wir könnten spontan, gleich heute, hingehen. Ich hätte Zeit«, schlug Jule vor.

»Nee, geht nicht bei mir. Ich muss heute Morgen zu einer Kundenbesprechung und am Abend ist ausnahmsweise Kulturabend mit Karla. Die Theateraufführung beginnt schon um neunzehn Uhr.« Andreas überlegte kurz. »Am nächsten Wochenende bin ich belegt. Vielleicht das Wochenende danach. Kannst du überlegen, ob es dann bei dir ginge?«

»Ja gut. Ich check das mal ab.« Nach kurzer Stille fragte dann Jule neugierig: »Wie geht's eigentlich so mit dieser, wie heißt sie noch, Karla ...?«

»Wegener. Karla Wegener.«

»Ist sie nett? Mögt ihr euch?«

»Das geht dich eigentlich kaum was an«, schmunzelte Andreas. »Aber, um deine Neugier zu befriedigen: Sie ist zwar eine recht attraktive Frau, aber es geht bei uns nicht ums gegenseitige Mögen. Wir haben nur die gleichen Interessen. Wir gehen gerne ins Theater, ins Kino oder in ein Konzert. Zu zweit ist das wesentlich unterhaltsamer, weil man sich danach über das Gesehene unterhalten kann. Eine freundschaftlich, platonische Beziehung haben wir. Nicht anders, als wie wenn du mit deinen Freunden irgendwohin gehst.«

»Schon gut Papa. Man darf doch mal fragen«, grinste Jule. »Schließlich bist du seit einiger Zeit ein alleinstehender Mann. Und außerdem noch immer eine attraktive Erscheinung.«

»Oh danke für die Blumen, aber du bist als meine Lieblingstochter, vermutlich ein wenig voreingenommen«, schmunzelte Andreas. »Aber ich verspreche dir, sollte sich irgendwann etwas ergeben in dieser Richtung, werde ich dich frühzeitig einweihen.«

»Ich danke dir, mein Lieblingspapa«, konterte Jule und grinste amüsiert.

Entspannt widmeten sie sich weiter ihrem Frühstück. Andreas war froh, dass Jule bei solch heiklen Themen, die Mutter betreffend, offensichtlich so locker damit umging. Es erschien ihm, als hätte sie die Trennung ihrer Eltern, nach anfänglichen Schwierigkeiten, endgültig verarbeitet. Das freute ihn, dass da keine Belastungen mehr waren.

Während Andreas auf das Eintreffen von Karla wartete, betrachtete er die im Schaukasten ausgehängten Bilder zum Theaterstück, das sie gleich zusammen besuchen wollten. Ein Gastspiel einer engagierten Laienspielergruppe. Er freute sich auf die unterhaltsamen Stunden, die vor ihnen lagen. Es dürfte lustig werden, denn es handelte sich um einen Schwank. 'Der Meisterboxer', hieß das Stück. Andreas glaubte, dass er dieses Theaterstück schon mal im Fernsehen gesehen hatte. War lange her und er war gespannt auf das, was die Laien hier heute bieten würden.

Ein leichtes Stupsen auf den Rücken riss ihn aus seinen Gedanken. Karla war eingetroffen. In ihrem dreiviertellangen bunt gemusterten Chiffonrock und einer spitzenbesetzten weißen Bluse stand sie mit einem charmanten Lächeln vor ihm. Sie begrüßten sich mit herzlichem Hände schütteln und Andreas führte sie, nicht ohne Stolz, am Arm ins Theater. Er genoss die anerkennenden Blicke mancher Besucher. Es war ihnen beiden leicht anzusehen, wie sie sich auf diesen Anlass freuten.

Andreas erinnerte sich, wie alles begonnen hatte. Vor drei Jahren besuchten sie auf seine Einladung hin zum ersten Mal gemeinsam ein Konzert. Dieser Besuch wurde dann überraschend zum Scheidungsgrund, obwohl es dafür überhaupt keinen wirklichen Anlass gegeben hatte. Aber Helga hatte ihn dazu missbraucht. Karla hatte ihn später im Geschäft angerufen, sich nochmals bedankt für den Konzertbesuch und sachte nachgefragt, ob man so was vielleicht gelegentlich wiederholen könnte. Er hatte behutsam abgelehnt. Er hätte leider weder die Zeit noch die Muße dazu, sich mit solchen Vergnügungen zu beschäftigen. Er hatte ihr gegenüber nicht erwähnt, dass er sich in der Scheidung befand und genau genommen sie, Karla, als Grund dafür herhalten musste. Er wollte sie nicht mit in diese unschöne Streiterei hineinziehen. Einige Zeit später, als seine Scheidung durch war, hatte er ihr bei einem Arbeitseinsatz gestanden, dass er geschieden sei, aber keine Gründe erwähnt. Zum Glück hatte sie auch nicht nachgefragt. Sie musste das nicht erfahren und sie wusste bis heute nicht, dass sie der Scheidungsgrund gewesen war.

Als seine Scheidung durch war, hatten sie aber wieder begonnen, sich für Anlässe zu verabreden. Zuerst spontan zu irgend einer Gelegenheit. Mit der Zeit wurde es zu einem Ritual und sie besuchten regelmäßig einmal monatlich eine kulturelle Veranstaltung. Es wurde zur Gewohnheit, dass sie anschließend ein spätes Abendessen genossen, dabei ausgiebig über das Gesehene diskutierten. Häufig erkundigte Karla sich nebenbei nach seinem Befinden. Ihre Fürsorglichkeit rührte ihn, aber er beschränkte sich darauf, nur über das, was allgemein so geschah, zu reden. Über seine rein persönliche Situation verlor er kein Wort, das ging Außenstehende, auch Karla, nichts an.

Auch an diesem Abend gönnten sie sich nach der Aufführung ein Essen und entspannten sich dabei vom Theatergenuss. Es hatte sie tüchtig mitgenommen, vor allem ihre Bauchmuskeln. Eineinhalb Stunden lang lauthals lachen und klatschen war fast einer Fitnessstunde gleichgekommen. Jetzt konnten sie entspannen, lachten mehrere Male über die Kapriolen und Possen, die diese Laienschauspieler erstaunlich gekonnt auf die Bühne gebracht hatten.

Insgesamt wiederum ein erfreulicher Abend, den sie beide in vollen Zügen genossen. Unvermeidlich kam wieder die Frage von Karla, wie es ihm gehe.

»Mir geht es gut. Seit der Gerhard Lindner vor einem Monat gestorben ist, verändert sich einiges. Der Junior ist in den Chefsessel gestiegen. Als eine der ersten Amtshandlungen hat er leider mein Gehalt zurückgestuft. 'Ist nicht mehr vertretbar, ich übernehme jetzt die Arbeiten der Firmenführung', meinte er. Nun, ich hab ja trotzdem noch ein ordentliches Gehalt und komme bestens damit durch. Muss ja nur noch für mich reichen. Juliane ist zufrieden in ihrer Anstellung als persönliche Assistentin einer internationalen Maklerin und spielt mit dem Gedanken, sich endgültig vom Elternhaus zu lösen. Sie plant, mit ihrer Freundin in eine WG zu ziehen. Eigenständigkeit ist angesagt und das ist ja richtig so, auch wenn es mir persönlich nicht so passt. Dann wird es für mich einsam werden zu Hause.«

»So allein in einer großen Wohnung. Aber da hast du ja vielleicht jemand im Hintergrund, der dein Privatleben wieder etwas lebendiger machen könnte?«, meinte sie leicht vorwitzig.

»Nein, nicht dass ich wüsste«, blockte er diese in den zu privaten Bereich gehende Frage, rasch ab. Dass es in seinem gegenwärtigen Leben keine näheren persönlichen Kontakte gab, ging niemanden etwas an, auch Karla nicht. »Ich bin im Moment vollauf zufrieden mit dem Leben, wie es läuft. Mit meiner Tochter, meinen Kameraden im Kegelklub, dem Stamm in der 'Blauen Gans', das regelmäßige Stück Kultur mit dir und nicht zuletzt meine Arbeit, die ich sehr mag. Auch wenn wir zurzeit mehr als genug davon haben. Und natürlich noch die sympathischen Kundinnen, die mir das Leben verschönern.« Bei diesen letzten Worten erhob er sein Weinglas und prostete Karla zu.

Kapitel 4

Überraschendes Wiedersehen

Wie fast jeden Freitagabend schlenderte Andreas am Hauseingang zu seiner Wohnung vorbei und steuerte auf den Zeitungsstand von Oma Olga, wie man sie allgemein nannte, zu. Hier wollte er wie immer einen neuen Lottoschein ausfüllen, mit neuer Zuversicht darauf hoffen, dieses Mal den großen Gewinn zu landen. Danach ging er, ebenfalls wie üblich am Freitag, ein paar Schritte weiter, um am Stammtisch der 'Blauen Gans' zusammen mit den Kollegen ein Feierabendbierchen zu genießen.

Seine Tochter Jule, die noch bei ihm wohnte, war sicher damit beschäftigt, sich für das Ausgehen herzurichten. Freitags ging sie meistens schon früh weg mit ihren Freunden. Da störte er höchstens. Was sollte er also zu Hause herumhängen. Das konnte er später am Abend immer noch, bis ihm dann die Augen vor dem Fernseher zufallen würden.

»Grüß dich, Andreas. Na, hast den Feierabend erwischt?«, empfing ihn die Kioskfrau mit einem freundlich lachenden Gesicht und erhob sich hinter der Auslage.

»Guten Abend, Oma Olga. Ja zum Glück. Jetzt freu ich

mich aufs freie Wochenende«. Er streckte ihr einen Lottoschein entgegen.

So lief es jeden Freitagabend. Gewohnheitsmäßig seit Jahren immer die gleiche Begrüßung, wenn er vorbeikam. Doch heute gab es einen der seltenen Zusätze. »Kannst du mir den Gewinn auszahlen?«

»Wenn's kein Sechser ist, kein Problem«, meinte Olga und begann den Schein zu prüfen.

»Leider nein, nur einen der üblichen Trostpreise. Aber den großen Gewinn, den schreib ich jetzt gleich«, meinte Andreas und wandte sich, ebenfalls wie immer, dem an der Seite stehenden kleinen Schreibpult zu. Einen Lottoschein ergreifend, begann er mit dem Ausfüllen, während hinter ihm ein weiterer Kunde grüßend an die Auslagen herantrat und sich die ausgestellten Zeitschriften anschaute.

»Na immerhin, achtzig Euro vierzig kriegst du für den Vierer, Andreas. Reicht doch jederzeit für ein, zwei Feierabendbierchen und was zum Beißen dazu«, meinte Olga. »Kannst sogar deine Jule dazu einladen.«

»OK, achtzig«, brummelte Andreas und blieb weiter vertieft in das Ausfüllen des Scheines. So wandte sich Olga dem neuen Kunden zu.

»Was darf's denn sein, der Herr?«

»Weiss noch nicht. Ich muss mich erst mal durchschauen«, meinte der Kunde und blickte suchend über die ausgelegten Zeitungen und Zeitschriften.

Für kurze Zeit blieb es still am Kiosk und Olga wartete geduldig, dass die Kunden einen Wunsch äußerten. Nach einiger Zeit legte Andreas mit einem Seufzer den Stift weg und brachte den Lottoschein zu Olga.

Olga, die den Seufzer wahrgenommen hatte, meinte: »War offenbar eine schwierige Sache, sich für die richtigen Zahlen zu entscheiden.« Nach einem Blick auf den Schein sagte sie erstaunt: »Nanu, gleich für vier Ziehungen, zweimal Samstag und Mittwoch, jetzt willst es aber wissen, Andreas.«

»Ja nun, wie gewonnen so zerronnen. Der Trostpreis wird sofort eingesetzt. 'Wer nicht wagt, der nicht gewinnt', oder so ähnlich heißt es doch immer.«

»Andi? Andreas Neumann? Bist du das?«, erklang die erstaunte Stimme des anderen Kunden von der Seite her.

Andreas drehte sich zum Sprechenden hin und musterte den Fremden. Wer war denn das? Warum kannte der seinen Namen?

»Sie ..., Sie kennen mich?«, fragte er verwundert und betrachtete den neben ihm stehenden Mann genauer. Das Gesicht des wohlbeleibten Mannes kam ihm bekannt vor. Wahrscheinlich ein Kunde der Gärtnerei.

»Ja, Du bist es. Mich laust der Affe. Du siehst noch fast so aus wie früher, schlank und rank, nur um einige Altersringe reicher. Mensch, Andi ... Ich bin's doch, der Moritz. Moritz Bechmeier.«

»Moritz ..., was für ein ...«, stotterte Andreas. Er versuchte angestrengt, sich zu erinnern. Musterte den Fremden intensiv. Er kam ihm wirklich bekannt vor. Er musste ihn schon mal gesehen haben. Aber wo und wann? Er traf ja durch seine Arbeit bedingt, auf viele Leute.

»OK, Andi, ich geb es ja zu, ich habe ein wenig an Format zugelegt. Früher war ich so ein schlankes Jüngelchen, wie du es heute noch bist. Ich bin der Moritz, wir haben zusammen die Schulbank gedrückt. Erinnerst du dich nicht mehr an unsere tollen Zeiten als 'Max und Moritz'.«

Endlich ging Andreas ein Licht auf. »Moritz, Du bist das? Der Klassenkasper? Das glaub ich nicht.« Vor seinem geistigen Auge sah er unvermittelt den Moritz im letzten Schuljahr. Groß, schlaksig, strubbelige Haare. Ein Spaßvogel, jederzeit zu Schabernack aufgelegt. Ein quirliger Bursche, der sich durch nichts seine gute Laune verderben ließ. Was hatten sie immer gelacht, wenn er dabei war.

»Von wegen Altersringe. Du hast dir aber eine stattliche Zahl Jahrringe umgelegt. So hab ich dich überhaupt nicht in Erinnerung«, meinte Andreas mit einem schelmischen Lächeln.

»Man wächst ja und entwickelt sich«, sagte Moritz mit einem Grinsen im Gesicht, trat heran und legte Andreas die Hand auf die Schulter. »Mensch, Andi, dass ich dich hier treffe. Das haut mich doch glatt um. Was machst du hier?«

»Ich lebe hier, schon seit Ewigkeiten. Und du? Was führt dich hierher?«.

»Die Arbeit hat mich hierhin verschlagen. Du Andi, wir müssen unbedingt …«

»Wenn ich mal kurz die Wiedersehensfreude unterbrechen darf«, mischte sich jetzt Oma Olga freundlich aber bestimmt in das Gespräch der beiden ein. »Hier Andreas, dein Schein und der Rest vom Gewinn. Und von Ihnen hätte ich gerne drei Euro fünfzig für die Zeitschrift, die sie da in den Händen halten. Kann ich sonst noch etwas für die Herren tun? Es warten da noch andere Kunden.«

Leicht erschreckt erledigten die beiden ihre Sachen und traten zurück, um den Platz frei zu geben.

»Du, das ist der Hammer, dass ich dich hier treffe. Können wir nicht mal zusammensitzen und über die alten Zeiten quatschen?«, meinte Moritz aufgeregt.

»Warum nicht? Gerne«, antwortete Andreas ebenso erfreut. »Weißt du was? Wenn du Lust hast, komm doch mit. Bei mir ist jetzt, wie jeden Freitag, ein Feierabendbierchen fällig. Gleich hier drüben in der 'Blauen Gans'. Was ist? Haste ein Stündchen Zeit?«

»Ja, Zeit habe ich, und Lust auf ein kühles Blondes ebenfalls.«

»Komm, setzen wir uns an den kleinen Tisch dort, da können wir ungestört quatschen«, meinte Andreas.

»Grüß dich Andreas!«, rief ihm der am Ausschank stehende Wirt zu. Im Vorbeigehen begrüßte er den Wirt und die Kumpels am Stammtisch mit erhobener Hand. Am Umstand, dass sein Gruß von der ganzen Runde kräftig zurückgegeben wurde, war zu erkennen, dass er hier ein bekannter, gern gesehener Gast war.

Kaum saßen sie am Tisch, kam schon die Bedienung heran.

»Guten Abend Andreas. Schön dich zu sehen.« Nur mit einem kurzen Blick hatte sie Moritz zugenickt, aber umso ausgiebiger Andreas angestrahlt. »Was darf ich dir … euch beiden bringen?«

»Hallo, Marianne. Wir hätten dann gerne zwei Bierchen, oder?«, Er blickte auf Moritz, der zustimmend nickte.

»Weißbier wie immer und was zum Knabbern?«, vergewisserte sich Marianne mit einem Lächeln Andreas anschauend. Der bejahte und sie ging ab zur Theke.

»Aber hopsala, die fährt ja voll auf dich ab. Deine Freundin?«, fragte Moritz mit einem Schmunzeln im Gesicht.

»Wie voll abfahren ..., ach quatsch, du siehst Gespenster«, wischte Andreas die neugierige Bemerkung weg. »Nein, nein. Sie ist einfach nur sehr nett. Ja, ich mag die Marianne, sie ist eine tolle Frau. Mehr ist da aber nicht.«

»Na ja, das ist deine Sicht. Das scheint bei ihr aber nicht ganz so platonisch zu liegen.«

»Komm, lass den Quatsch. Seit einiger Zeit habe ich mit Frauen nichts mehr am Hut. Ich unternehme zwar mit einer Frau jeden Monat etwas, aber das Ganze läuft auf einer platonischen Ebene. Komm, erzähl mir lieber von Dir. Was treibst du so und was hat dich in unser beschauliches Städtchen gebracht? So wie ich dich von früher kenne, bist du vermutlich als Pausenclown zum Zirkus gegangen. Oder bist du jetzt ein ernsthafter, gefasster Mensch geworden? Das würde mich zwar wundern, du kommst mir auch gar nicht so vor.«

»Siehst du richtig. Spaß und Humor müssen sein. Der Alltag wäre doch mehr als nur langweilig und öde ohne sie.«

Marianne brachte eine Schale Knabbergebäck an den Tisch und meinte: »Die Bierchen kommen sofort. Der Chef am Ausschank gibt sich alle Mühe«.

»Zum Pausenclown habe ich es aber nicht gebracht. In diesem Gewerbe ist kaum was zu verdienen, da hängen die Trauben hoch.« Nachdem Moritz sich aus der Knabberschale bedient hatte, meinte er kauend weiter: »Was die Arbeit anbetrifft, habe ich mich seriös gehalten. Nach der Schule habe ich mich im Hotelfach ausbilden lassen. Ich wollte schon immer wissen, wie so ein Gastbetrieb mit so vielen Menschen aus den verschiedensten Berufen, funktioniert. Das war für mich reizvoll, und ich empfinde es heute noch so, ein lebendiges Umfeld mit Kontakt zu vielen Leuten.«

Andreas hatte gespannt, mit wachsendem Erstaunen zugehört. Das verwunderte ihn jetzt doch ein wenig, wie ein Mensch, für den es damals nichts wirklich Ernstes zu geben schien, gezielt seinen Weg ging. »Ja, bei so was kann ich mir dich gut vorstellen. Standest schon in der Schule immer gerne mitten im Geschehen. Dann bist du also zufrieden mit deinem Arbeitsleben. Was ...«, er hatte weiterreden wollen, wurde aber von der Bedienung unterbrochen.

»Zum Wohle den Herren«, wünschte Marianne und stellte die Biere auf den Tisch. »Wenn Ihr Nachschub braucht, einfach melden«.

Nachdem sie sich zugeprostet und einen tüchtigen ersten Schluck genommen hatten, nahm Andreas das Gespräch wieder auf. »Und? Wie steht es mit dem privaten Leben. Bist du verheiratet, haste Familie?«

Das bisher immer entspannte Gesicht von Moritz verkrampfte sich schlagartig. Ein dunkler Schatten zog darüber hinweg, wie wenn die Sonne von einer schwarzen Wolke verdeckt wurde. Sein Blick senkte sich nach unten auf seine Hände. Nach einem krampfhaften Schlucken nahm er wieder Blickkontakt zu Andreas auf.

»Ich habe erst spät, vor bald fünf Jahren, geheiratet.

Aber jetzt bin ich allein. Wieder allein. Meine ... meine Frau, ist vor zwei Jahren gestorben. – Sie konnte es nicht verkraften, unseren gemeinsamen Sohn wenige Tage nach der Geburt, verloren zu haben. Säuglingstod.« Er senkte seinen Blick wieder, ergriff sein Glas und trank. »Auch für mich war es eine gnadenlose Zeit. Ich war hilflos, nicht in der Lage, meiner Frau beizustehen. Fand keinen Weg, wie ich sie aufrichten könnte. Musste machtlos zusehen, wie sie in kurzer Zeit erst psychisch und dann physisch zerfiel ...«

Er stockte, um sich zu sammeln. Es fiel ihm sichtlich schwer, darüber zu reden.

Andreas hatte ihm bestürzt zugehört. Er war vollkommen konsterniert und wusste nicht, wie er das mit seiner so direkten Frage nach dem Privatleben angerichtete, ausbügeln könnte.

»Entschuldige vielmals Moritz. Das tut mir jetzt echt leid. War dumm von mir, so neugierig drauflos zu fragen«, versuchte Andreas, ihn um Verzeihung zu bitten.

Mit einem tiefen Seufzer richtete Moritz sich auf. »Lass mal. Du konntest ja nicht wissen, was mir widerfahren ist. So kann leider das Leben spielen. – Tja, und so ist es eben geschehen. Ich war völlig von der Rolle. Konnte mich nicht mehr auf die Arbeit konzentrieren, wurde entlassen. Habe mich nach langer Zeit dann wieder fangen können. Vor einigen Monaten habe ich an einer neuen Stelle wieder begonnen, zu arbeiten. Das hat mich langsam hochgebracht. Aber so allein hielt ich es nicht mehr aus in der Umgebung, in der Birgit und ich, und für wenige Tage der kleine Udo, eine glückliche

Familie gewesen waren. Ich habe nach einer Stelle gesucht, möglichst weit weg von der Vergangenheit. So bin ich hier in diesem Städtchen gelandet. Ein Neuanfang, wenn man es so nennen will.«

Betroffen blieb es eine ganze Weile still. Während sich Moritz offenbar langsam wieder aus der traurigen Vergangenheit lösen konnte, versuchte er, das Gespräch auf unkritische Bahnen zu lenken, und fragte: »Das heißt. Du arbeitest jetzt hier in der Stadt? Ja was und wo denn?«

»Im Parkhotel. Hotellerie eben. Was ich gelernt habe.«

»Was machst du denn da genau?«, fragte Andreas, bemüht, die Stimmung wieder zu beleben.

»Ich bin Hotelfachmann, wie es offiziell heißt. Alles, was im Hintergrund getan werden muss. Vom Einkauf, dem Personellen bis hin zum technischen Unterhalt, den Reparaturen und was eben sonst so anfällt in einem solchen Betrieb. Der Mann im Backoffice, abseits vom Blick der Gäste.«

»Und dieser Job gefällt dir?«

»Bis jetzt sehr. Aber ich bin ja erst seit einer knappen Woche hier. Bin noch am Einarbeiten. Ich denke, hier kann ich wieder zum Leben zurückfinden. Nun, wo ich sogar dich, alter Schulkumpel, hier antreffe, sieht es gleich nochmals besser aus.«

»Ja ich finde es auch super, dass wir uns getroffen haben. Warum haben wir uns eigentlich so aus den Augen verloren damals? Wir waren doch dicke Freunde und haben immer zusammengesteckt, so oft es ging.«

»Ja, wie das eben so ist beim Schulabgang. Da geht es raus in die Welt der Erwachsenen, des Berufes, der

Weiterbildung. Jeder läuft neugierig in seine Richtung, bemerkt erst nach einiger Zeit, den Verlust alter, guter Freunde.«

Jetzt schien die dunkle Stimmung bei Moritz wie weggewischt, sie forschten gemeinsam in ihren Erinnerungen und beide ereiferten sich zusehends im Gespräch über die früheren Zeiten. Die Zeit verging wie im Fluge. Die Zwei wurden nicht müde, Erlebnisse aus der Schulzeit auszutauschen und darüber zu lachen, was sie zusammen alles für Streiche angestellt hatten. Wie es ihr Klassenlehrer immer wieder zum Besten gab, hatte dieser Andreas kurzerhand in Max umbenannt, und so die beiden Schlingel als 'Max und Moritz' und damit zu einer kleinen Legende an ihrer Schule werden lassen.

»Darf ich euch zwei noch was bringen«, kam die Bedienung, mit fragendem Blick auf die leeren Gläser gerichtet, an den Tisch.

Die beiden blickten sich kurz an, nickten sich zu.

»Wir nehmen noch zwei kleine Bierchen, Marianne«, bestellte dann Andreas mit einem Lächeln, das der Bedienung sofort etwas Farbe ins Gesicht zauberte.

»Von wegen 'Sie ist nett, ich mag sie'. Du strahlst sie doch ganz schön an, du Schwerenöter«, konstatierte Moritz sofort, nachdem sie wieder vom Tisch weg war.

»Ach was, du hörst das Gras wachsen. Bist noch immer der gleiche Provozierer wie früher.« Andreas winkte ab. »Zurück zu was Gescheitem. Ich hätte einen Vorschlag, wenn du Zeit hast.«

»Ich habe Feierabend, muss erst morgen Nachmittag wieder zur Arbeit. Ich sollte mich zwar umsehen wegen einer Wohnung, aber das hat Zeit, ich muss ja erst mal fest angestellt werden. Also, was unternehmen wir?«

»Ich lade dich ein zu einem feinen Stück vom Grill, bei mir zu Hause auf dem Balkon. Gemütlich bei einem Glas Wein genießen, dabei über unsere alten Zeiten weiterplaudern. Was meinst du?«

»Schon überredet. Da brauchst du nicht zweimal zu fragen. Bin für so etwas immer zu haben.«

Auf dem kurzen Nachhauseweg zu Andreas holten sie sich im Vorbeigehen beim Metzger Fleisch für den Grill und deckten sich auch noch mit Fertigsalaten ein. Es war ordentlich was los im Laden. Der warme Sommerabend und das freie Wochenende waren für viele Grund genug, einen gemütlichen Grillabend auf der Terrasse oder im Garten zu genießen.

Als die beiden die Treppen zu Andreas Wohnung hochgestiegen und munter plaudernd in den Flur der Wohnung eintraten, war ein kurzer, spitzer Schrei zu hören. Am Ende des Ganges flitzte, nur kurz sichtbar, eine junge Frau vorbei, die außer einem Haarnetz sonst gar nichts am Körper zu tragen schien.

»Hopsala«, meinte Moritz. »Wenn du zu Hause solche Gazellen am Rumspringen hast, verstehe ich natürlich, dass du die Marianne nur 'Nett' findest.«

»Quatsch«, lachte Andreas. »Das war meine Tochter, die Jule. Hatte mich nicht so früh zu Hause erwartet. Ich bleib ja meistens etwas länger am Stamm sitzen.«

»Du hast eine erwachsene Tochter?«, sagte Moritz verwundert.

»Na rechne mal Alter, mit gut achtundvierzig ist das doch nicht ungewöhnlich. Aber komm durch, wir verziehen uns auf den Balkon, dann stören wir sie nicht weiter.«

Draußen bot Andreas seinem Schulfreund Platz an: »Komm, setz dich. Ich hole uns was zu trinken. Unser Wiedersehen muss begossen werden. Nachher kümmern wir uns um den Grill.«

Gleich darauf erschien er wieder mit einer Flasche Rotwein und zwei Gläsern in der Hand, setzte sich, und goss ein. »Herzlich willkommen in meinem Heim«, grüßte er seinen Freund und hob das Glas zum Prosit.

»Zum Wohl, mein alter Freund, danke für die Einladung. Das hätte ich mir heute Morgen nicht träumen lassen, dass ich abends bei einem meiner besten Schulfreunde sitzen werde, den ich vor über dreißig Jahren das letzte Mal gesehen habe.«

Nachdem sie getrunken hatten, erhob sich Andreas und begann, den Grill vorzubereiten. Dabei meinte er: »Hätte ich auch nicht gedacht. Ist fast unverzeihlich, wie wir auseinandergegangen sind. Eine riesen Abschiedsfete und danach war einfach Sendeschluss.«

»Ja, wie ich schon in der Kneipe meinte, damals war uns anderes viel wichtiger. Endlich Schluss mit Schule. Raus in die Welt, in das große Ab...«. Er wurde unterbrochen von der in der Tür erscheinenden Jule.

»Papa? Hast du den Brief gesehen im Flur? Eine Todesanzeige!«, sprach sie mit etwas besorgtem Gesicht ihren Vater an.

»Oh, Entschuldigung. Guten Abend«, begrüßte sie Moritz und reichte ihm die Hand.

»Guten Abend«, grüßte Moritz und stand höflich auf. »Ich bin Moritz Bechmeier. Ein uralter Schulkamerad von Ihrem Vater. Wir haben uns heute zufällig nach über dreißig Jahren wieder getroffen.«

»Ach was, das freut mich für euch. Aber bleiben Sie doch sitzen.«

»Nein, habe ich nicht gesehen«, antwortete Andreas auf die Frage seiner Tochter. »Wer ist denn gestorben?«

Zu ihrem Vater gewandt meinte Jule: »Ich weiß es nicht. Der Brief ist an dich adressiert.« Sie verschwand in der Wohnung, um kurz darauf mit einem schwarz umrandeten Umschlag in der Hand wieder zu erscheinen.

Andreas öffnete ihn und begann zu lesen.

Mit gerunzelter Stirn meinte er dann sinnend: »Johanna Horrenberger! Mist!«, entfuhr es ihm. »Das ... das ist Tante Hanni.« Zu Moritz gewandt sprach er weiter: »Die Schwester meiner Mutter ist gestorben. Ist zweiundsiebzig geworden. Zwei Jahre älter als meine Mutter. Sie lebt ... sie lebte nicht weit von hier. In einem kleinen Dorf, eine knappe Autostunde von hier.«

»Tante Hanni ist gestorben?« Jule hatte sich erschrocken gesetzt. »Mein Gott, wir hatten doch vor, sie endlich wieder mal zu besuchen.« Mit der Hand an den Kopf fassend, begann Jule sich zu erinnern, dabei den Gast anschauend: »Ich war bei ihr mehrmals in den Ferien, als ich noch zur Schule ging? Sie lebt ... lebte in einem wunderschönen Bauernhaus mit viel Land darum herum und mit vielen Tieren. Kaninchen, Hühner und Ziegen.«

»Nun ja Bauernhaus trifft es nicht ganz«, ergänzte Andreas. »Eher ein Landhaus mit einigem an Land rundherum. Dir hatte es dort enorm gut gefallen.« Sich zurückbesinnend sprach er laut seine Gedanken aus: »Drei oder viermal waren wir dort. Dann zerstritten sich deine Mutter und Tante Hanni. So brach der Kontakt ab. Du warst damals sehr traurig darüber.«

»Ja, ich erinnere mich. Das war eine so herrliche Welt da draußen.«

»Woher haben die meine Adresse?«, überlegte Andreas laut. »War vermutlich in den Unterlagen von Tante Hanni. Am nächsten Donnerstag findet die Beisetzung statt. Hoffentlich kann ich mich freimachen, ich will da hingehen. Ich hatte sie immer gemocht in ihrer direkten, offenen Art. Kommst du mit?« Er blickte fragend auf seine Tochter.

»Donnerstag? Oh nein! Hoffnungslos, da läuft im Geschäft die große Präsentation für einen neuen Kunden. Da bin ich voll mit drin, kann unmöglich fehlen. Schade, hätte ihr gerne Adieu gesagt. Aber wenn du gehen könntest, wäre das doch in Ordnung. Ich verabschiede mich dann bei einem Besuch am Grab«, meinte Jule mit traurigem Gesicht.

»Gut, ich werde versuchen, freizubekommen. Wie steht's bei dir? Isst du bei uns mit, heute Abend? Wir haben verschiedenes zum Grillen mitgebracht, dazu auch einige frische Salate.«

»Leider nein Papa, ich hab dir doch gesagt, dass ich heute Abend mit Susanne verabredet bin. Wir müssen was Wichtiges besprechen«.

»Schade, dann wünsche ich dir einen spannenden Abend.« Zu Moritz gewandt meinte er dann: »Genießen wir zwei Knacker es eben alleine. Vielleicht ganz gut, weil wir ohnehin nur über unsere früheren Zeiten quatschen werden.«

»Ich wünsche euch einen vergnügten Abend. Genießt euer Wiedersehen«, meinte daraufhin Jule und verschwand in der Wohnung.

»Eine sympathische Tochter hast du, dazu auch sehr hübsch. Wo hat sie das nur her?«

»Na was denkst du?«, stellte Andreas sich in Positur. »Sieht man doch deutlich, kommt ganz nach mir«, und posierte mit der Grillzange in der Hand.

Beide lachten und zeigten sich übermütig den hochgestreckten Daumen.

Während sich Andreas weiter um den Grill kümmerte, wurde er von Moritz aufmerksam beobachtet.

»Sag mal? Könntest du zum Ausgleich mal ein wenig von Dir erzählen? Ich habe des Langen und Breiten schon alles über mein Leben bei dir gebeichtet, aber von dir weiß ich bis jetzt nur, dass du eine Tochter hast und eine leider verstorbene Tante. Aber wo ist zum Beispiel die zugehörige Frau und Mutter geblieben?«

Diesmal fiel über das Gesicht von Andreas ein ernster Ausdruck. Er setzte sich zu Moritz an den Tisch. Er konnte über dieses Thema, auch wenn es für ihn beendet war, noch nicht so beiläufig neben anderen Tätigkeiten reden.

»Geblieben ist gut. Wo meine Frau geblieben ist, weiß ich gar nicht genau. Will ich auch gar nicht wissen. Vor etwa zwei Jahren haben wir uns scheiden lassen. Ihr war es zu geruhsam, zu langweilig geworden in unserer Ehe. Nachdem Jule auf eigenen Beinen stand, den Beistand von uns nicht mehr brauchte, wollte sie sich was Neuem zuwenden. Eine profane Arbeit anzunehmen war ihr zu gewöhnlich. Es sollte was Großes sein, etwas, mit dem man sich ins künstlerische Rampenlicht stellen konnte.« Andreas schwieg, nahm einen Schluck Wein.

»Und? Ist sie was geworden?«, fragte Moritz nach einiger Zeit.

»Keine Ahnung. Ich weiß es nicht. Jule hat gelegentlich Kontakt mit ihr, aber sie erzählt mir nur wenig, weil sie weiß, dass ich nichts mehr über ihre Mutter hören will. Meine Ex lebt irgendwo in Frankreich. Was sie dort treibt und wovon sie lebt, ich habe keine Ahnung. Von mir hat sie damals eine ordentliche Abfindung bekommen, damit haben sich unsere Gemeinsamkeiten erledigt.«

Nach einem kurzen Schweigen führ Andreas fort: »War für mich, zwar nicht so dramatisch wie bei dir, eine schwierige Zeit. Wie du also siehst, ich bin geschieden, ein Sitzengelassener. Mittlerweile habe ich mich damit abgefunden und lebe jetzt hier zufrieden in unserer ehemaligen Wohnung. Dank Jule, die hier bei mir geblieben ist und mithilft die Kosten zu tragen, können wir ein sorgenfreies Leben genießen.«

»Ich sehe schon. Jeder hat so seinen Packen zu tragen«, meinte Moritz nachdenklich. Beide hingen für eine Weile ihren Gedanken nach, bis Moritz versuchte, das Gespräch wieder auf ein gelösteres Niveau zu verlagern.

»Was machst du beruflich? Wenn ich mich richtig erinnere, hattest du nach der Schule vor, dich in Richtung Gärtnerei oder so ähnlich zu orientieren.«

Andreas, dem der Themenwechsel sichtlich angenehm war, stand auf und kümmerte sich wieder um das brutzelnde Fleisch auf dem Grill.

»Ich bin damals tatsächlich bei einer Großgärtnerei in die Lehre gegangen. Nach dem Abschluss zum Gärtner habe ich dann noch Zusatzausbildungen absolviert, weil mich vor allem die Gartenbautechnik interessiert hat. Als Gartenbautechniker hatte ich dann bei zwei verschiedenen Arbeitgebern meine Sporen abverdient, ehe ich vor rund zwanzig Jahren eine Anstellung in der hiesigen Gartenbaufirma Lindner erhielt. Hier arbeite ich noch immer. Wie du siehst, bin ich doch etwas langweilig eingestellt. Aber mir gefällt die Arbeit hier, oder hatte mir wenigstens bis vor Kurzem gefallen. Jetzt ist der Junior zum Chef geworden, nun ist nichts mehr, wie es einmal war«, schloss Andreas mit leichter Bitterkeit in der Stimme.

»Ja, da geht es dir wie allen in unserem Alter. Allmählich drängen die Jungen nach, glauben, alles besser machen zu können. Finden, wir Alten sind zu unflexibel geworden und außerdem zu teuer. Aber unsere Stärke ist die Erfahrung, die wir in Jahrzehnten erworben haben. Die kann man nicht so leicht beiseiteschieben.«

»Ich weiß nicht so recht«, zauderte Andreas. »Ich habe ein ungutes Gefühl. Seit der alte Chef nicht mehr da ist, hat sein Sohn, eben zweiundzwanzig, die Leitung der Firma übernommen. Er hat noch von gar nichts eine Ahnung. Ein richtiger Grünschnabel, der aber alles besser zu wissen glaubt. Ihm fehlt die praktische Erfahrung. In der kurzen Zeit, seit er am Ruder ist, lief schon eine ganze Menge schief. Fehler, die bei einer Fachfirma niemals geschehen dürften. Ich habe mehrmals interveniert, schließlich kenne ich den Laden mittlerweile in-

und auswendig. Doch der Jüngling wimmelt mich nur ab, lässt sich nichts sagen. Heute Abend kurz vor Feierabend kam er dann an und befahl mir, am Montag gleich in der Früh zu ihm aufs Büro zu kommen. Mal sehen, ob wir zusammenkommen. Ich helfe ja gerne mit, bis er sich fachlich eingearbeitet hat.«

»Dann drück ich dir beide Daumen für Montag. Ich hoffe für dich, dass es ein zufriedenstellendes Gespräch wird«, meinte daraufhin Moritz mit eher skeptischem Unterton.

Andreas wollte nicht länger über die unangenehme Arbeitssituation reden und wechselte das Thema. »Übrigens, wo wohnst du eigentlich? Im Hotel?«

»Im Augenblick ja. Ich bin ja in der Probezeit und da habe ich ein Angestelltenzimmer im Souterrain. Ist eigentlich mehr eine Höhle, aber für die kurze Zeit komme ich da schon klar. Ich denke mir, dass ich bleiben möchte. Das ganze Umfeld und das Team gefallen mir. Ich schau mich jetzt langsam nach einer kleinen Wohnung um.«

»Ist nicht einfach hier, etwas zu finden. Vor allem nicht, wenn es bezahlbar sein muss. Wenn mir was unterkommen sollte, sag ich's dir. Ich hab doch täglich mit Hausbesitzern zu tun.«

»Ich danke dir. Bis es so weit ist, lasse ich mich doch gerne von dir auf deinen gemütlichen Balkon einladen«, meinte Moritz schmunzelnd.

»Kein Problem. Du bist jederzeit herzlichst willkommen. Ich schlage vor, dass wir uns jetzt regelmäßig treffen, zusammen das eine und andere unternehmen. Wenn's dir recht ist?«, schlug Andreas vor.

»Und ob mir das recht ist. Ich freue mich riesig, dass wir uns getroffen haben. Wir sind ja beide unabhängig, können tun und lassen, wozu wir gerade Lust haben.«

»Ja, so wie es uns in der Vergangenheit ergangen ist, brauchen wir beide ein Stück neue Lebenslust. Wir gehören noch nicht zum alten Eisen«, meinte Andreas und kam mit zwei goldbraun gebratenen Koteletts auf dem Teller an den Tisch.

»Jetzt wünsch ich uns zum Start erst mal 'Guten Appetit'. Hau rein Moritz es hat noch mehr davon und der Abend ist noch lange.«

Daraufhin wurde es vorerst einmal eine Weile still. Andreas genoss schmatzend sein Kotelett. In Gedanken sah er jetzt Max und Moritz vor sich, zwar in einer etwas älteren Version, aber sonst ganz wie zu Schulzeiten. Er fühlte sich pudelwohl wie früher, freute sich darauf, mit seinem Schulfreund zusammen die eine oder andere Verrücktheit anzustellen. Sein Leben hatte sich für ihn endgültig wieder zum Guten gewendet.

Kapitel 5

Beschwingten Schrittes kam Andreas am Montagmorgen am Arbeitsplatz im Gartencenter an. Nachdem er am letzten Freitagabend, nach dreißig Jahren, überraschend mit einem seiner besten Kumpels aus Schulzeiten zusammen getroffen war, hatte er ein äußerst entspanntes und vergnügtes Wochenende verbracht. Moritz hatte zwar teilweise arbeiten müssen, aber sobald er freigehabt hatte, trafen sie sich, unternahmen etwas oder redeten stundenlang über die Zeiten der letzten Schuljahre. Sie fanden fast kein Ende, amüsierten sich dabei königlich über all die Lausbubenstreiche, die sie damals zusammen angestellt hatten.

Gut hatte er noch in Erinnerung wie sie im letzten Schuljahr der hochnäsigen, arroganten Janine in der Pause eine selbst gebastelte Spinne unter den Deckel ihres Schulheftes geschmuggelt hatten. Als die Stunde begann und Janine das Heft aufschlug, schoss sie mit einem gellenden Schrei hoch. Der Lehrer, für den sie die Lieblingsschülerin war, kam, wie wir erwartet hatten ihr zu Hilfe. Ergriff die Spinne, trat damit vor die Klasse und streckte die Spinne am ausgestreckten Arm in die Höhe. »Wer war das?«, schrie er erbost in die Klasse und

presste dabei die Spinne. So hatten wir uns das vorgestellt und den Körper der Spinne mit übel riechender
dickflüssiger Jauche aus dem Schweinestall gefüllt. Die
präparierte Spinne platzte prompt. Die Jauche tropfte
direkt vor und auf seine Schuhe und lief zum Teil seinen
Arm herunter. Es begann sofort fürchterlich zu stinken.
Unser Plan war aufgegangen. Wir mussten das Klassen-
zimmer verlassen und wurden für den Rest des Tages
nach Hause geschickt. Der stinkende Lehrer musste
noch länger im Zimmer verweilen. Mit so viel Glück bei
unserem Streich hatten wir allerdings nicht gerechnet.

Das war einer der heftigeren gewesen, der für die
ganze Klasse eine Strafarbeit erbrachte, weil man uns
beiden nichts nachweisen konnte.

Fertig mit den lustigen Erinnerungen aus der Jugend-
zeit. Jetzt war erst mal wieder ernsthafte Arbeit
angesagt. Der neue Chef möchte heute Morgen mit mir
sprechen. Also erst mal bei ihm anklopfen, was er denn
wollte.

Auf das erste zurückhaltende Klopfen an der Tür zum
Chefzimmer kam keine Reaktion. Ihm schien aber, als
würde drinnen jemand reden. Er klopfte ein zweites
Mal, jetzt energischer. Das Reden hörte auf. Im nächsten
Augenblick wurde die Tür aufgerissen. Der junge Chef
stand mit dem Telefon am Ohr und vorwurfsvollem
Gesicht vor ihm.

»Ach, Sie sind es. Schlagen Sie mir nicht die Tür ein«,
wurde er von ihm angeblafft. »Kommen Sie, setzen Sie
sich. Ich bin grad so weit«, wies er mit einer kurzen
Geste zum Sessel, um sich dann, wieder ins Telefon spre-
chend, zur Fensterfront abzuwenden.

Leicht verdutzt über die kleine Rüge, kam er der Auf-
forderung nach und setzte sich in den Stuhl. Das war ja
nicht der optimale Einstieg für ein konstruktives
Gespräch, ärgerte sich Andreas. Er schaute sich unauf-
fällig im Büro um. Hier war er nicht all zu oft gewesen in
den vergangenen zwei Jahrzehnten, ausgenommen die
letzten paar Monate, als der Chef sehr krank geworden
war. Wenn es was zu besprechen gab, war der alte Chef
meistens zu ihm ins Büro oder auf die Baustelle
gekommen. In der kurzen Zeit seit seinem Tode, hatte
sich viel verändert hier drin. Vom gemütlichen Raum
mit Fotos und Erinnerungsstücken gespickt, war nichts
mehr zu sehen. Ein neuer, imposanter Schreibtisch
beherrschte den Raum und zeigte deutlich, wo der Chef
sass. Kalt und funktional war jetzt alles zusammenge-
stellt. Straff geordnete Aktenregale spiegelten penible
Organisation wieder. Ein neuer Computer und eine
hochmoderne Telefonanlage suggerierten, dass man sich
hier in der Schaltzentrale befand. Hier war jemand am
Werk, dem jegliches Gefühl für eine persönliche Note
fehlte.

»Tja, Herr ...«, der junge Chef hatte sein Telefonat
beendet und trat an den Tisch. Suchend nahm er einige
Akten auf, bis er das Gesuchte in der Hand hatte. Dann
setzte er sich und blickte zurücklehnend zu Andreas.
»Herr Neumann«, begann er sachlich und leidenschafts-
los zu reden, »ich habe Sie zu mir gebeten, weil ich
Ihnen heute Ihre Anstellung in der Firma Lindner aufkünden muss.«

Wie, was hat er eben gesagt? Aufkünden? Habe ich
das richtig verstanden, schoss es Andreas durch den

Kopf. Hatte er da wirklich von Kündigung geredet? Da musste er sich verhört haben.

»Wie ... was? Wie meinen Sie Herr Lindner?«

»Ich kündige Ihnen die Anstellung«, wiederholte der junge Chef emotionslos.

»Sie ... Sie wollen mir kündigen?«, stotterte Andreas vollkommen verwirrt.

»Was heißt hier wollen, ich muss«, antwortete dieser, hochmütig klingend.

»Aber ..., warum denn? Was habe ich falsch gemacht? Ich habe doch immer alles versucht, um das Beste für den Betrieb zu erreichen.«

»Das mag ja sein. Aber Sie müssen mich verstehen. Ich habe die Firma Lindner von meinem verstorbenen Vater übernommen und muss jetzt zusehen, wie es mit dem Betrieb weitergehen kann.«

»Ihr Herr Vater war mit meiner Arbeit immer sehr zufrieden. Er hat es mir ständig wieder versichert, dass ich eine große Stütze für die Firma sei. Vor allem in den letzten Monaten, als er so krank war«, versuchte jetzt Andreas, den für ihn unverständlichen Entscheid abzuwenden.

Mit den Fingern leicht ungeduldig auf die Sessellehne tippend, fuhr der Junior fort: »Wie ich schon sagte, das mag ja sein, dass Sie zu dieser Zeit für meinen Vater ein wertvoller Mitarbeiter waren. Aber jetzt habe ich die Leitung der Firma übernommen und muss sie neu ausrichten. Den heutigen Gegebenheiten anpassen. Verstehen Sie? Veränderungen sind notwendig. Moderne Sichten und Visionen für die Zukunft müssen aufgebaut werden.«

»Sie meinen also, dass all die Arbeit die ich, meistens Hand in Hand mit ihrem Vater zusammen, geleistet habe, in der falschen Richtung geschehen sind? Fast zwanzig Jahre lang haben wir gemeinsam alles getan, um die Firma zu dem erfolgreichen Betrieb zu machen, zu dem er heute geworden ist.« Andreas packte allmählich die Wut. Was tat dieser unwissende Schnösel so überheblich. Als sei all die Arbeit seines Vaters nichts wert gewesen.

»Natürlich war es vermutlich keine schlechte Arbeit, die Sie in den vergangenen Jahren geleistet haben, das mag ja sein. Aber die Zeiten haben sich verändert. Ich muss den Betrieb modernisieren. So leid es mir tut, aber ich sehe leider keinen Platz mehr für Sie in der neuen Positionierung der Firma.«

Andreas musste sich mit aller Kraft zusammenreißen, jetzt nicht aufzustehen und dem Jüngling einige saftige Ohrfeigen auszuteilen für seine kaltschnäuzige, arrogante Verhaltensart. Sass da wie der Kaiser von China und blickte verächtlich auf seinen Untertan herab. Das entbehrte doch jeglichem Verständnis für Menschlichkeit, Ethik und Moral. »Sie werfen mich, ein seit zwanzig Jahren loyaler Mitarbeiter der Firma einfach raus, weil ich nicht in Ihre modernen Vorstellungen passe?«

»Ich werfe Sie nicht raus, ich muss sie leider, korrekt gemäß dem Arbeitsgesetz, entlassen«, entgegnete der junge Lindner wieder völlig emotionslos.

»Das darf doch nicht wahr sein. Wenn das Ihr Vater noch erlebt hätte, würde er sich im Grabe umdrehen«, resignierte Andreas allmählich. »Was sagt denn ihre Mutter dazu? Ist sie einverstanden mit ihren Maßnahmen?«, brachte er einen letzten schwachen Versuch hervor, obwohl er begriffen hatte, dass er hier nichts ausrichten konnte, er am kürzeren Hebelarm saß.

»Meine Mutter ist nur stille Mitinhaberin und überlässt mir die Führung. Einen Betrieb zu leiten, ist halt nicht immer nur schön. Da gibt es auch unangenehme Aufgaben. Aber, in Anbetracht dessen, dass Sie für unsere Firma über längere Zeit offenbar gute Dienste geleistet haben, biete ich Ihnen eine Abgangslösung an: Sie übergeben in den nächsten Tagen, also bis Ende dieses Monats, all Ihre Aufgaben an den Kollegen Bruno Klingler. Für die nachfolgenden zwei Monate der Kündigungszeit stelle ich Sie arbeitsfrei. Einerseits haben Sie ja noch, wie ich aus den Unterlagen ersehe, vier Wochen und zwei Tage Urlaubsguthaben. Den Rest schenke ich Ihnen in Anbetracht Ihrer geleisteten Dienste unter meinem Vater.«

»An Bruno Klingler? Aber der ist doch erst seit zwei Wochen in diesem Betrieb. Der weiß doch gar nicht, wie alles hier läuft. Da ist der Steffen Eicher, seit zehn Jahren hier, der weitaus geeignetere Mann.«

»Machen Sie sich über meine Entscheidungen keine Gedanken. Übergeben Sie einfach alles dem Klingler, orientieren Sie ihn darüber, wie Sie geplant hatten, vorzugehen. Das Weitere können Sie getrost mir überlassen.«

»Ist das Ihr endgültiges Wort? Ich bin entlassen?«

»Ja, so ist es. Tut mir leid für Sie. Aber ich denke, Sie werden sicher eine neue Arbeitsstätte finden. Sie haben ja Erfahrung und sind noch nicht zu alt, um Neues zu lernen«, antwortete Lindner leicht überheblich, offensichtlich mit seinen Gedanken bereits an einem anderen Ort.

»Dann verlange ich von Ihnen, dass Sie mir Ihr Versprechen zur bezahlten Freistellung in den kommenden zwei Monaten, schriftlich bestätigen«, forderte Andreas geknickt.

Für ihn brach eine Welt zusammen. Zwei ganze Jahrzehnte war er mit Herzblut in dieser Firma tätig gewesen. Jetzt wurde er von einem unwissenden jungen Schnösel kurzerhand auf die Straße geworfen. Mit einer großen Kraftanstrengung erhob er sich vom Stuhl.

Lindner Junior stand ebenfalls auf und streckte ihm die Hand entgegen: »Ich setze ihnen die Bestätigung auf. Herr Neumann ...«, doch Andreas ignorierte dessen Hand.

Mit einem schweren Schnaufer fixierte er den jungen Mann. »Ich habe zwei Jahrzehnte lang für die Firma Ihres Vaters alles gegeben. Das tat ich mit Freude und Elan, weil ich von Ihrem Vater nicht nur das Gehalt, sondern auch das bekam, was für Sie mit Sicherheit Fremdworte sind. Nämlich Achtung, Anerkennung und Lob für die geleistete Arbeit. Sie, junger Mann, mögen eine theoretische Ahnung davon haben, wie man ein Geschäft führen kann, aber wie man einen Betrieb erfolgreich am Leben erhält und weiterbringt, davon haben Sie keinerlei Ahnung. Mir tun Ihre Mitarbeiter schon jetzt leid. Die verlieren Ihre Arbeit ebenso wie ich, weil Sie als Chef so unwissend sind und versagen werden.« Andreas hatte diese Worte ruhig, aber laut und deutlich gesagt. Mit einem verächtlichen Gesichtsausdruck wandte er sich ab und verließ den Raum gemessenen Schrittes. Zurück blieb der junge Lindner, auf dessen Gesicht sich Verblüffung, aber auch empörte Arroganz widerspiegelte.

Erst als Andreas in seinem kleinen Büro angekommen war, verließ ihn alle Energie und er sackte, völlig erschlagen, kraftlos in den Stuhl, stützte den Kopf in beide Hände. Eine weitere Welt, diesmal seine Arbeitswelt, war zusammengebrochen. Er war aus heiterem Himmel arbeitslos geworden. Vor die Tür gesetzt, weil er dem jungen Chef nicht in sein modernes Konzept passte. Verdammt noch mal, was war nur los. Allmählich ging in seinem Leben alles den Bach runter. Erst verließ ihn seine Frau, dann starb Tante Hanni und jetzt setzte ihn sein Arbeitgeber vor die Tür. Dabei hatte er sich doch heute Morgen beim Frühstück gefreut darüber, was für ein friedliches Leben er hatte, seine schöne Arbeit, die ihn erfüllte, das Zusammenfinden mit dem besten Freund früherer Zeiten.

In diesem aufgelösten Zustand fand ihn der Arbeitskollege Steffen Eicher vor, als der das Büro nach einem kurzen Anklopfen betrat.

»Na Andi, hattest eine lange Nacht, dass du jetzt einen gepflegten Büroschlaf brauchst«, grüßte der leicht grinsend.

Andreas schrak aus seinen düsteren Gedanken hoch. »Ach, du bist es Steffen. Grüß dich.«

»Mein Gott, es ist ja nur Montagmorgen. Zwar der grässlichste Wochentag, aber deshalb so griesgrämig dreinschauen? Ist was schief gelaufen?«, fragte Steffen angesichts der mutlosen Miene von Andreas.

»Ich bin soeben aus der Firma geschmissen worden«, brachte er völlig erschlagen heraus.

»Was bist du? Rausgeschmissen?«, fragte Steffen ungläubig lachend zurück.

»Echt. So ist es. Der junge Herr Chef hat mir die Kündigung um die Ohren gehauen. Ich soll alle Aufträge an den Klingler weitergeben, danach bin ich freigestellt.«

»Was? Das glaub ich jetzt aber nicht. Rausgeschmissen? Der kommt ohne dein ganzes Wissen um die Firma hier doch gar nicht aus. Und der Klingler? Der ist völlig neu hier, kennt noch kaum was.«

»Ich hatte ihm vorgeschlagen, dich anstelle von Klingler zu bestimmen, aber davon wollte er nichts wissen. Modernisierung sei angesagt, neue Wege seien zu gehen, solchen Blödsinn hat er verzapft.«

»Und das alles stützt die Seniorin? Sie hat doch immer viel von dir gehalten?«

»Paahh! Seine Mutter sei nur stille Teilhaberin. Er führe die Geschäfte, wies er mich ab. Ich vermute mal, dass sie gar nichts weiß von allem. Sie wird ihrem Sohn einfach Vertrauen.«

»So eine Scheiße. Ich würde am liebsten gleich zu ihm gehen, ihm tüchtig die Meinung geigen, aber dann wirft er mich womöglich ebenfalls raus und das kann ich mir nicht leisten. Ich brauch das Geld für meine Familie«, ereiferte sich Steffen jetzt wütend.

»Lass das lieber, das würde nichts bringen. Der weiß doch alles besser. Ich sag dir, der schafft es, den Betrieb hier in kürzester Zeit in den Ruin zu treiben. Sieh dich ja vor und schau dich so schnell wie möglich nach einer anderen Stelle um. Lange wird das hier nicht mehr dauern. Du weißt doch, welche Diskussionen ich in den letzten Wochen immer wieder mit ihm hatte, weil er mit seinem Unvermögen alles versaut hat. Diese Debatten sind vermutlich der wirkliche Grund, warum er mich entlassen hat. Ich ging ihm gegen den Strich, weil ich mehr Erfahrung habe und damit nicht zurückhielt.«

»Du hast leider vermutlich recht. Scheiße! Das wird hier ohne dich aber verdammt mies. Da hab ich keinen großen Bock drauf wie ein Amateur herum zu wursteln. Mit dir hat es Spaß gemacht, Aufträge fachgerecht umzusetzen. Verflixt, ich werd dich echt vermissen«, gestand Steffen niedergeschlagen.

»Ich rate dir, halt die Ohren gespitzt und die Augen offen, damit du rechtzeitig abspringen kannst. Wir zwei bleiben auf jeden Fall in Kontakt. Ich hatte immer gerne mit dir gearbeitet. Bist ein guter Mann.«

Mit einem aufmunternden Schulterklopfen und einem Handschlag bekräftigten die beiden Männer das Gesagte.

Von dem, was da vorne auf der Großleinwand ablief, nahm Andreas kaum was wahr. Er war überhaupt nicht in der Stimmung gewesen, auszugehen. Am liebsten wäre er zu Hause geblieben, um darüber nachzudenken, wie es bei ihm weitergehen sollte. Doch der Kinobesuch mit dem obligaten anschließenden Essen war abgemachte Sache. Das hatten sie schon vor Längerem vereinbart.

Aber heute verspürte er wirklich keine Lust auf Kultur, aber er hatte nicht absagen wollen. Kinokarten hatte er wegen des großen Andrangs bereits gekauft und der Tisch im Restaurant war ebenfalls reserviert. Insgeheim hatte er sich erhofft, mit dieser Ablenkung wieder aus seinem Gemütstief herauszukommen, in das ihn die Kündigung vor zwei Tagen geworfen hatte. Doch bis jetzt kam er nicht dagegen an, er fand nicht aus der gähnenden Leere heraus. Der unerwartete Schock sass derart tief. Es gelang ihm nicht, die Tatsache so hinzunehmen, auch wenn ihm gar nichts anderes übrig blieb. Außerdem bedrückte ihn zusätzlich der Umstand, dass Morgen Vormittag die Beerdigung seiner Tante bevorstand.

Applaus und aufstehende Zuschauer rissen Andreas aus den Gedanken. Karla hatte ihn am Ärmel gezupft. Verwirrt erhob er sich, mechanisch ebenfalls applaudierend. Er wusste zwar nicht, wofür er klatschte, denn er hatte vom ganzen Film nur ein paar Bruchstücke mitbekommen. Er hatte kurz den verwunderten Blick von Karla bemerkt, wollte sich aber keine Blöße geben.

Beim Verlassen mied er es, sofort mit ihr in ein Gespräch über den Film gezogen zu werden. Er wollte versuchen, sich erst etwas schlauzumachen. Mit gespitzten Ohren horchte er um sich, damit er möglichst viele Bemerkungen der Besucher auffangen konnte. Leider sprachen manche über das, was sie nun vorhatten oder äußerten sich in allgemeinen Formulierungen zum Film. Das half ihm nicht wirklich. Es würde ein eher schwieriges Gespräch werden beim Essen. Karla analysierte gerne all das, was sie gesehen und dabei empfunden hatte.

Als sie bald darauf im Restaurant dem Kellner ihre Bestellungen aufgetragen hatten, lehnte sich Karla vor, nippte an ihrem Aperitif und begann, über den Film zu reden.

Andreas versuchte, mit einem verständnisvollen Gesichtsausdruck, Interesse zu zeigen. Nickte oder schüttelte bei passenden Gelegenheiten den Kopf. Hin und wieder streute er bestätigende, kurze Sätze ein, doch er bemerkte schon bald am Gesichtsausdruck von Karla, dass sie zusehends unsicherer wurde. Sie spürte offenbar, dass er gar nicht so richtig beim Gespräch war.

»Sag mal Andreas, geht es dir heute nicht gut? Du wirkst so abwesend.«

»Doch doch, mir geht es gut«, antwortete er schnell. Er hatte keine Lust, ihr über seine Situation mit der Arbeitsstelle etwas zu erzählen. Auf jeden Fall jetzt noch nicht. Aber er musste es wohl irgendwann. Früher oder später würde sie es ohnehin erfahren, wenn sie ihn in der Firma Lindner verlangte. Und wenn er ohne Arbeit blieb, dann konnte er sich sowieso bald diese Kulturtreffen nicht mehr leisten. Dann musste er ihr seine Situation erklären.

»Aber ich habe den Eindruck, dich bedrückt etwas. Du bist nicht so wie sonst«, bohrte Karla nach. Mit fragendem Blick fixierte sie Andreas.

»Man hat so seine Alltagssorgen, mal mehr mal weniger. Zurzeit sind es bei mir leider ein wenig mehr«, versuchte Andreas die Lage herabzuspielen. »Ich bin etwas unkonzentriert und habe ein paar Probleme zu lösen. Morgen muss ich zur Beerdigung meiner Tante. Eine traurige Angelegenheit, wie du dir denken kannst.«

»Wenn du darüber reden möchtest, dann nur zu. Wir sind schließlich so was wie Freunde.«

»Danke für deine Bereitschaft, aber das sind Sachen, mit denen ich selbst fertig werden muss.«

»Dann eben nicht«, erwiderte Karla leicht gekränkt. »Aber so macht es für mich keinen Spaß. Ich habe schon bemerkt, dass du die meiste Zeit gar nicht zur Leinwand geschaut hast, sondern irgendwo anders hin. Du meintest doch selbst, dass es ein interessanter Film sein könnte. Hat er dich so enttäuscht?«

»Nein, das hat mit dem Film überhaupt nichts zu tun. Meine Gedanken sind im Augenblick einfach woanders.«

»Dann hoffe ich nur, dass du nächstes Mal zur Aufführung im Kleintheater wieder besser drauf bist. Wenn es dir keinen Spaß macht, bringt uns das sonst nichts. Da könnte ich auch wie früher, alleine hingehen«, meinte Karla mit enttäuschtem Tonfall.

»Ja, entschuldige, aber das wird sicher wieder besser. Jeder Mensch hat doch mal ein Tief, oder nicht?«

Der Kellner servierte jetzt das Essen und unterbrach damit die leicht angespannte Stimmung der beiden. Andreas war mehr als dankbar, eine Gelegenheit zu bekommen, das Thema zu ändern.

»Mhhm, das sieht aber lecker aus. Karla, entschuldige bitte mein Verhalten und vergiss meine Probleme, ich hab heute nur einen schwarzen Tag. Lass es dir schmecken. Einen guten Appetit wünsche ich dir.«

Obwohl das Essen tatsächlich schmeckte, kam keine gute Laune mehr zwischen den beiden auf. Sie verlegten sich auf small talk und ein paar Bemerkungen zum aktuellen Tagesgeschehen. Die sonst obligate Nachfrage von Karla zu seinem Leben kam dieses Mal nicht und so beendeten sie das Treffen, kaum dass sie fertig gegessen hatten, in ungewohnt kurzer Zeit. Nicht einmal der übliche, abschließende Kaffee kam auf den Tisch. Andreas kam das mehr als nur gelegen, den Abend frühzeitig beenden zu können, und bezahlte, wie immer an diesen Abenden, für die gesamte Konsumation, was Karla offensichtlich sehr genehm war.

Kapitel 6

Traurige Zeiten

Als hätte Tante Hanni eine besondere Beziehung zu Petrus gehabt, hatte der an diesem Tag mitgetrauert und die Sonne hinter dicken, grauen Wolken versteckt. Und als ob der Anlass an sich nicht schon traurig genug wäre, drückte damit das trübe Tageslicht die Stimmung noch weiter in den Keller. Die streitenden Krähen auf den Bäumen entlang der Friedhofsmauer steuerten mit ihrem Gekreische ihren Teil an die trostlose Atmosphäre bei.

Andreas hatte eine unruhige Nacht hinter sich. Die Gedanken an seine verstorbene Tante hatten zunehmend die Sorgen über die Arbeitslosigkeit etwas beiseitegeschoben. Das schlechte Gewissen, sich zu wenig um sie gekümmert zu haben, drückte ihn nieder. Wenigstens konnte er sich hier an ihrem Grab noch gebührend von ihr Verabschieden. So wie es sich eben gehörte, versuchte er, sich ein wenig zu beruhigen.

Inmitten des kleinen Grüppchens der Trauergäste stand er jetzt mit gefalteten Händen am Grab von Tante Hanni. Der Pfarrer sprach mit gewichtiger Stimme die letzten Abschiedsworte, ehe er dreimal Weihwasser auf den blumengeschmückten Sarg spritzte. Dann trat er zurück und forderte mit einer Armbewegung auf, dass jetzt jeder seinen persönlichen Abschied nehmen könne.

Doch keiner der sechs Trauergäste, die hier beieinanderstanden, machten Anstalten ans Grab zu treten. Jeder blickte dezent in Richtung eines anderen, bis der ältere Herr, der neben Andreas stand, ihn auffordernd mit dem Ellbogen anstieß.

Warum sollte er als Erster herantreten? Er war doch nur ein entfernter und außerdem ein schlechter Verwandter. Von den Anwesenden kannte er niemanden. Am Anfang der Beerdigung hatte man sich nur stumm nickend gegrüßt. Die einen hatten sich zwar kurz etwas zugeflüstert, aber ihn hatte keiner angesprochen. War er denn hier der einzige Verwandte der Verstorbenen? Er blickte den älteren Herrn an und dieser forderte ihn mit einer aufmunternden Kopfbewegung auf, ans Grab zu treten.

So trat er halt als Erster ans Grab. Mit gefalteten Händen und gesenktem Kopf sprach er stumm ein paar Abschiedsworte um dann die weiße Rose, die er mitgebracht hatte, auf den Sarg hinunter fallen zu lassen. Nach den drei Spritzern Weihwasser trat er zurück, um den weiteren Trauergästen den Platz frei zu geben. Er betrachtete sie alle der Reihe nach, wie sie ans Grab herantraten. Allesamt ältere Personen. Zwei Männer und drei Frauen. Andreas vermutete, dass es sich um Nachbarn und Freunde von ihr handelte. Irgendwelche Verwandte gab es offenbar nicht. Damals bei der Beerdigung seiner Mutter war auch nur Tante Hanni da gewesen. An Weitere konnte er sich nicht erinnern.

Jetzt trat der Pfarrer an ihn heran und schüttelte ihm

zur Kondolation die Hand.

»Sie sind vermutlich der Neffe der verstorbenen Johanna Horrenberger?«.

»Ja. Ich bin Andreas Neumann. Ein Sohn der Schwester der Verstorbenen.« Andreas wunderte sich ein wenig, wie gut der Pfarrer orientiert war. Aber das gehörte offenbar zu seinen Pflichten, war vermutlich in einer so kleinen Gemeinde hier auf dem Lande nichts Außergewöhnliches.

»Freut mich, dass Sie sich die Zeit genommen haben, von Ihrer Tante Abschied zu nehmen. Sie war eine gütige, hilfsbereite Frau und lebte sehr bescheiden. – Entschuldigen Sie, wenn ich mich gleich verabschiede, aber weitere Pflichten rufen. Wir werden uns sicher wieder treffen, nehme ich mal an.« Der Geistliche drückte ihm die Hand und wandte sich ab.

Das ist eher unwahrscheinlich, dachte sich Andreas und drehte sich ebenfalls zum Weggehen ab. In diesem Augenblick trat der ältere Herr, der ihn beim Grab angeschubst hatte, an ihn heran.

»Entschuldigen Sie, Sie sind Andreas Neumann? Ich dachte es mir schon vorher am Grab und jetzt hatte ich unseren Pfarrer gehört, wie er mit Ihnen geredet hatte«.

»Ja, das bin ich«.

»Darf ich mich vorstellen. Ich bin Theodor Bucher, der direkte Nachbar Ihrer verstorbenen Tante Johanna.«

»Ach so. Dann hatten Sie mit meiner Tante näheren Kontakt.«

»Das kann man so sagen. In den letzten Monaten, als Johanna immer kränklicher wurde, war ich zeitweise fast mehr bei Ihr als bei mir. Sie brauchte Unterstützung und ich habe ihr gerne geholfen.«

»Ich wusste gar nicht, dass sie krank war. Wir hatten seit vielen Jahren aus bestimmten Gründen keinen Kontakt mehr.«

»Ich weiß, Ihre Tante hat mir manches aus ihrem Leben erzählt. Auch dass es sie beschäftigte, dass Sie sich damals mit Ihrer Frau, wie sie es nannte, überworfen hatte. Sie sprach über Sie, Herr Neumann, aber immer nur das Beste. Sie hat es arg bedauert, dass sie Ihre Tochter nie mehr sehen durfte.«

»Wie es halt leider oft im Leben läuft. Es geht nicht immer alles so, wie man es sich wünscht. Ich hätte gerne Kontakt gehalten, aber der Frieden in der eigenen Familie hatte Vorrang«, versuchte Andreas eine Rechtfertigung.

»Ich nehme an, dass wir uns irgendwann auf Johannas Anwesen treffen werden. Ich war es, der Ihnen die Traueranzeige geschickt hat. Ich tat es auf Johannas Wunsch hin. Aber vielleicht könnten wir später etwas mehr reden über sie und ihr Leben. Wir kommen anschließend im Dorfgasthof zu einem Gedenkvesper zusammen. Das abzuhalten, hatte mir Johanna ebenfalls aufgetragen. Wie ist es, Sie sind natürlich herzlichst eingeladen.«

»Das ist mir jetzt aber peinlich.« Im inneren von Andreas sträubte sich alles dagegen, an dem Leichenmal teilzunehmen. Zu groß war sein schlechtes Gewissen, sich seit Jahren nicht um die Tante gekümmert zu haben. Er würde sich viele sehr unangenehme Fragen und Bemerkungen anhören müssen von ihren Freunden und Bekannten. Das ertrug er jetzt nicht. Er musste seine

Arbeit vorschieben. »Ich kann leider nicht,« fuhr er deshalb fort: »Sie müssen wissen, ich befinde mich zurzeit in einem äußerst schwierigen Arbeitsverhältnis, das sich in Kürze auflösen wird. Ich hatte mich nur mit großer Mühe für zwei Stunden abmelden können. Mit der Fahrt hin und her komme ich eh schon später zurück als geplant. Es tut mir wirklich leid, ich wäre gerne gekommen, um ein wenig aus Tante Hannis Leben zu erfahren. Aber vielleicht könnten wir zwei uns gelegentlich mal treffen, um über Hanni und ihr Leben hier zu reden.«

»Schade. Wäre schön gewesen. Natürlich können wir gerne zusammenkommen. Wird vermutlich ohnehin in der nächsten Zeit mal geschehen.«

Nachdem sie sich die Telefonnummern gegenseitig gegeben hatten, verabschiedeten sie sich. Andreas begab sich mit gemischten Gefühlen auf den Rückweg ins Geschäft. So eine Beerdigung war doch immer wieder ein Ereignis, das einen emotional forderte. Weil er es nie geschafft hatte, die Tante zu besuchen, verursachte dies zusätzlich ein schlechtes Gefühl in ihm. Vor allem, weil es sich um einen Menschen handelte, den er doch gemocht und ins Herz geschlossen hatte.

Aber was hatte dieser Nachbar, dieser Bucher, mit seinen Bemerkungen von wegen, sie würden sich vermutlich ohnehin wieder treffen, gemeint? Wahrscheinlich war das nur eine der üblichen Floskeln gewesen, die man an solchen Anlässen oft gebrauchte. Offenbar hatte Tante Hanni diesen Nachbarn stark ins Vertrauen gezogen und ihm manches aus ihrem Leben erzählt. Gab es da noch irgendwelche Sachen, von denen er nichts wusste, aber wissen sollte? Andreas nahm sich vor, diesen Mann in der nächsten Zeit zu kontaktieren. Es war ihm ein Bedürfnis, wenigstens jetzt nachträglich, noch etwas mehr über seine Tante und ihr Leben in den letzten Jahren zu erfahren.

Mit müden, schweren Bewegungen schob Andreas alles, was auf dem Schreibtisch herumstand, zurecht. Lustlos packte er die persönlichen Sachen in eine große Schachtel und blickte mit trauriger, frustrierter Miene auf seinen Arbeitsplatz der letzten zwanzig Jahre. Das war es dann also. Ein weiterer schmerzlicher Abschied. Er wurde nicht mehr gebraucht. War unmodern geworden. Facharbeit und Erfahrung waren nicht mehr gefordert. Einfach und schnell soll alles ausgeführt werden. Was würden die Kunden denken, wenn ihr Auftrag in einer Art erledigt wurde, wie sie ihn auch selbst, nur billiger, erledigen könnten?

Er schrak zusammen, als jemand die Tür öffnete. Steffen stand unschlüssig an der Schwelle. »Hab gesehen, dass dein Nachfolger weggegangen ist. Ich möchte dem besten Chef und Kollegen, den ich je hatte, auf Wiedersehen sagen und alles Gute wünschen.« Zögernd trat er ein.

Schwer ausatmend riss sich Andreas aus seinen trüben Gedanken. »Danke, Steffen. Ich habe auch gerne mit dir gearbeitet. Hat immer Spaß gemacht, mit dir zusammen.« Er ergriff die Hand, die ihm Steffen entgegenstreckte. Kräftig schüttelten sie sich die Hände, klopften sich auf die Schultern, wobei es dabei bei beiden zu feuchten Augen kam. Verlegen standen sie dann da.

»Halt die Ohren steif, Andreas. Du bist ein Spitzen-fachmann, wirst mit Sicherheit einen neuen Job finden.«

»Ich hoff's, aber ich bin ja nun mal nicht mehr der Allerjüngste. In zwei Monaten einen passenden Job zu finden ist knapp. Vor allem, wenn ich hier im Ort blei-ben und nicht nur als Hilfsgärtner arbeiten will.«

»Kopf hoch, Andreas, das wird schon. Wenn du was findest und dann noch jemanden brauchst, denk an mich.«

»Mach ich, versprochen.« Kräftig schüttelten sie sich nochmals die Hände. »Wir halten Kontakt, ja? Komm doch mal in der 'blauen Gans' vorbei. Freitag abends bin ich meistens zum Feierabendbier dort. Aber heute nicht. Hab im Moment echt gar keine Lust auf Stammtisch-geplauder und dumme Sprüche.« Hastig ergriff er seine Schachtel und verließ das Büro, ohne sich nochmals umzusehen.

»Mach ich gerne, Tschüss Andreas«, rief ihm Steffen hinterher.

Ohne nach links oder rechts zu blicken, ging er schnellen Schrittes quer über den Vorhof in Richtung Parkplatz. Nur weg hier, das tat zu weh, sich noch lange umzublicken und an vieles erinnert zu werden. Daher bemerkte er die Witwe Lindner erst, als diese ihm zurief.

»Schönen Abend, Andreas. Genießen Sie das Wochen-ende!« Sie kam gemütlichen Schrittes auf ihn zu. Wie üblich nannte sie ihn beim Vornamen, war dabei aber immer beim 'Sie' geblieben.

Mist. Das hätte nicht sein dürfen. In seiner Situation wollte er, konnte er jetzt nicht mit ihr reden. Wahrscheinlich wusste sie ja von nichts, ihr Sohn hatte sie sicherlich nicht informiert. Ihr alles erzählen? Das brachte er nicht fertig, nicht jetzt. Es würde sie sonst, und auch ihn, vermutlich zu stark aufregen.

»Oder nehmen Sie sich Arbeit mit nach Hause?«, fragte sie mit einem forschenden Blick auf seine, zum Glück geschlossene Schachtel.

»Nein, nein«, antwortete er rasch. »Ich hab nur mal wieder das Büro von meinen Privatsachen befreien müssen.« Das war ja nicht mal gelogen.

»Ich hoffe, dass mein Sohn Sie nicht mit solch banalen Wünschen belästigt.« Ehe Andreas antworten konnte, sprach sie weiter: »Und? Nur unter uns eine kleine Frage. Wie macht sich mein Sohn so als Chef? Ich soll mich ja nicht einmischen, bin nur stille Teilhaberin. Außerdem versteh ich ja nichts vom Ganzen.«

Verdammt, ärgerte sich Andreas. Musste das jetzt sein? Er konnte ihr doch nicht die Wahrheit, wie ihr Sohn stümperhaft seine Aufgaben erledigte, erzählen. Der junge Herr Sohn würde ihm sonst womöglich vorwerfen, dass er versuche, die Mutter zu missbrauchen, um den Job behalten zu können. Das Risiko, sich einen solchen Vorwurf von diesem jungen Schnösel anhören zu müssen, vertrug er nicht. Da wollte er sich keine Blöße geben.

»Na ja, es geht schon«, meinte er deshalb rasch. »Er muss noch einiges lernen, aber er ist ja jung und lernfähig.« Er kam sich erbärmlich vor, seine Ex-Chefin so anzuschwindeln. Das hatte sie nicht verdient, war sie doch in den vielen Jahren immer sehr liebenswürdig und zuvorkommend gegenüber ihm gewesen.

»Ich hoffe nur, er hat ein wenig vom Geschick seines Vaters mitbekommen«, meinte sie leicht nachdenklich.

Andreas glaubte, leise Zweifel aus ihren Worten zu hören. Fühlte sie etwa unbewusst, dass nicht alles so lief, wie es sollte? Er musste versuchen, ihr diese Zweifel zu nehmen.

»Das braucht seine Zeit, aber das wird schon werden.« Andreas blickte auf die Uhr und fuhr fort: »Apropos Zeit, ich muss weiter, habe noch einen kurzen Termin. Ich wünsche Ihnen ebenfalls ein schönes Wochenende.« Er wandte sich mit einer leichten Verbeugung ab. Ihm war übel geworden, Frau Lindner dermaßen abzufertigen. Es war doch nicht fair, sie mit solchen Schwindeleien abzuspeisen. Er musste sich einen Weg einfallen lassen, wie er ihr die Wahrheit sagen konnte. Aber nicht jetzt. Nichts wie weg hier, das war nicht seine Art mit guten Menschen wie ihr umzuspringen. So was war noch nie sein Ding gewesen.

Kapitel 7

Wie solls weitergehen?

Andreas saß auf dem Sofa im Wohnzimmer und starrte mit leerem Blick auf den laufenden Fernseher. Er nahm nicht wirklich wahr, was dort lief. Tief versunken drehten sich seine Gedanken um die Entlassung und die letzten Horrortage an der Arbeitsstätte. Ein mehr als trauriger, schmerzender Abschluss aus einem Umfeld, das Andreas über zwei Jahrzehnte hinweg gemocht hatte, ihm neben der Familie fast ein zweites Zuhause gewesen war. Ihm berufliche Erfüllung gebracht hatte.

Jetzt saß er hier, hatte keine Arbeit mehr und musste versuchen, eine neue Anstellung zu finden. Er hatte zwar für den begonnenen Monat und noch den nachfolgenden wie versprochen das Gehalt ausbezahlt bekommen, aber spätesten in zwei Monaten musste er einen neuen Arbeitsplatz gefunden haben, sonst war er gezwungen, diese Wohnung aufzukündigen. Jule verdiente nicht so viel, dass sie die Miete alleine tragen konnte. Schon gar nicht auf Dauer. Und seine Ersparnisse hatten sich seit der Scheidung noch nicht erholt. Es dürfte vermutlich schwer werden, hier im Städtchen eine neue Stelle zu finden in seinem Berufsbereich, schon gar nicht für einen Mann, der auf die fünfzig zuging. Junge kräftige Männer wurden bevorzugt, die man lenken konnte und die vor allem billiger waren.

Die ganze letzte Woche hatte er, wie vom Herrn Junior befohlen, alle Arbeiten an seinen blutjungen Nachfolger Klingler übergeben. Aufgrund der Gespräche und der Art von Fragen, die er mit ihm geführt hatte, war ihm rasch klar geworden, dass Klingler über wenig Fachkenntnisse verfügte, geschweige denn eine Ahnung von einer ordentlichen Auftragsabwicklung hatte. Aber was soll's. Der Chef hatte ja gemeint, dass neue moderne Methoden eingeführt werden müssen.

Man brauchte wirklich nicht modern orientiert zu sein, um zu erkennen, dass das, was hier ablief, in kurzer Zeit zu einem Fiasko führen musste. Das tat ihm jetzt schon weh, spüren zu müssen, dass ein über Jahre florierendes Geschäft vermutlich in wenigen Monaten an die Wand gefahren wurde.

Am letzten Montagvormittag hatte er nochmals kurz für ein allerletztes Mal ins Büro der Lindners gehen müssen, um ein paar restliche Dinge zu übergeben. Danach ging er endgültig nach Hause, ohne Verabschiedung. Der junge Herr Chef hatte keine Zeit gefunden, ihm Adieu zu sagen, und so lief er wie ein verscheuchter Hund von dem Ort, an dem er ein halbes Berufsleben verbracht hatte.

Andreas lehnte sich mit einem tiefen Seufzer zurück. Das war eine fürchterliche Woche gewesen. Da trug auch die Beerdigung von Tante Hanni alles andere als zu einer Entspannung bei. Ebenso war der Kinobesuch zusammen mit Karla praktisch spurlos an ihm vorbeigegangen und hatte zuletzt fast in einem Streit geendet.

Sie war mehr als enttäuscht gewesen, ob dem tristen Abend.

Einmal hatte er sich wenigstens mit Moritz treffen und dabei etwas Frust ablassen können. Das war der einzige Lichtblick der letzten Tage. Der alte Schulfreund, der zuhören und ihn verstehen konnte. Er war so was von froh, dass sie sich wieder getroffen hatten.

»Hallo Papa«, ertönte es plötzlich aus dem Korridor. Im nächsten Augenblick trat Jule ins Wohnzimmer und setzte sich mit einem matten Stöhnen in den Sessel. »Da bin ich. Endlich Feierabend. Das war mal wieder ein verrückter Tag.«

Als von Andreas außer einem unverständlichen Grunzen, keine weitere Reaktion kam, blickte Jule auf ihren Vater und rief: »Hallohoo, hier ist deine Tochter, wo bist duhuu?« Mit der Hand wedelnd machte sie sich bemerkbar.

Andreas löste leicht erschreckt seinen starren Blick vom Fernseher: »Oh, Hallo Jule, hattest du einen guten Tag?«, sagte er mechanisch wie aus einem Traum erwachend und zeigte damit, dass er die Begrüßung seiner Tochter gar nicht wahrgenommen hatte.

»Papa? Geht es dir nicht gut? – Fehlt dir etwas? Ist dir die Beerdigung von Tante Hanni so an die Nieren gegangen? Hatte dich noch gar nicht danach gefragt. Wie war's überhaupt?«

»Wie halt Beerdigungen so sind. Nicht gerade ein Freudenfest. Aber es ist alles in Ordnung. Mir geht es soweit gut. Hat mich halt ein wenig mitgenommen«, antwortete Andreas sofort. Er wollte Jule auf keinen Fall mit seinen wirklichen Problemen belasten. Noch nicht.

Tante Hannis Beerdigung vorzuschieben, kam ihm im Moment gerade recht. Aber irgendwann würde er ihr verraten müssen, dass er den Job verloren hatte. Aber nicht jetzt. Vielleicht fand er bald eine neue Stelle. Dann könnte er ihr einfach erzählen, dass er die Arbeit gewechselt hatte.

»Es ärgert mich nur maßlos«, redete Andreas weiter, »dass ich es nicht mehr geschafft habe, die Tante endlich einmal zu besuchen. Der Pfarrer meinte bei der Beerdigung nicht ohne leisen Unterton, dass es schön sei, dass ich mir Zeit genommen habe, um von der Tante Abschied zu nehmen. Sie hätte ein 'bescheidenes Leben' geführt.«

»Autsch«, stöhnte Jule und setzte sich ihrem Vater gegenüber. »Das macht mir echt auch zu schaffen. Tante Hanni hat mich sehr verwöhnt und ich hab sie sehr lieb gehabt. Hab ich immer noch. Sie hat sich alle Mühe gegeben, mir so traumhafte Zeiten bei ihr zu bieten die mich total glücklich gemacht haben. Und dann schaffe ich es nicht einmal an die Beisetzung. Ich schäme mich ebenfalls mehr als doll.«

Andreas nickte betrübt. »Wir hätten es ernst nehmen sollen, als sie uns vor zwei Wochen angerufen hat. Sie unbedingt besuchen. Doch wir fanden beide nicht die Zeit dazu, anderes war wichtiger gewesen. Jetzt müssen wir uns wirklich schämen über unsere Nachlässigkeit.«

»Das ist ein mieses Gefühl«, schüttelte Jule niedergeschlagen den Kopf und erhob sich.

Unschlüssig stand sie schweigend da, wusste offensichtlich genauso wenig wie ihr Vater, was sie weiter dazu sagen sollte. Dann wechselte sie das Thema: »Hast du schon Abendbrot gehabt?«

»Ach nein, entschuldige, ich war ganz vertieft in die Sendung. Hab's total verpasst«, schwindelte Andreas. »Heute ist doch Freitag. Gehst du nicht weg?«, versuchte er dann, die schwarzen Wolken bei ihnen beiden zu verdrängen.

»Nein. Ausnahmsweise nicht. OK, dann richte ich uns mal was her. Hast du großen Hunger?«, fragte sie und drehte in Richtung Küche ab.

Andreas erhob sich schnell. »Eigentlich fast keinen, aber ich komme und helfe dir.«

Während die beiden zusammen das Abendessen richteten, plauderte Jule wieder munter drauflos. Sie erzählte von der Arbeit, die zwar stressig, aber unheimlich interessant war, bis sie sprunghaft das Thema wechselte.

»Ach übrigens Papa. Ich habe mich entschieden. Ich ziehe nächsten Monat mit meiner Freundin Susanne in einer WG zusammen.«

»Was tust du? Du ziehst aus hier?«, fragte Andreas unkonzentriert.

»Aber Papa, ich habe dir doch schon seit vorletzter Woche mehr als einmal davon erzählt, dass Susanne und ich uns das ernsthaft überlegen. Wir möchten gerne unabhängig leben können, so wie es uns gefällt.« Jule hielt in der Arbeit inne und schaute auf ihren Vater.

»Ach ja, ja. Ist ja schon gut. Das war mir wieder entfallen. Es geht mir im Moment etwas viel durch den Kopf, weißt du. Die Arbeit und so«, entgegnete Andreas schnell. Scheiße, schoss es ihm durch den Kopf, jetzt verlies ihn auch seine Tochter. Dann würde er zwangsläufig hier schon bald ausziehen müssen. Alleine, als Arbeitsloser, konnte er diese Wohnung nicht halten. Aber selbst wenn er wieder Arbeit fand, musste sich erst zeigen, wie groß sein Gehalt sein würde. Dass er auf dem gleichen Niveau bleiben konnte, war mehr als nur fraglich.

»Ich bin ja nicht weit weg. Papa, ich verspreche dir, wenn du mich brauchst, dann bin ich da. Du darfst mich, nein, du musst mich anrufen, wenn du meine Hilfe benötigst. Jederzeit«, sprach Jule mit ernsten Worten zu ihrem Vater.

»Das ist lieb von dir, mein Schatz. Aber ich denke, ich komme schon klar. Sonst melde ich mich.« Verdammter Mist. Wenn Jule bald ausziehen wird, dann musste er sich schnellstens nach einer kleinen, billigen Bleibe umsehen. Aber Jule durfte von allem jetzt noch nichts erfahren. Sie soll ungehindert ihren Weg gehen können. Sie hatte unter ihrer Mutter lange genug ihre Wünsche zurückstellen müssen. Vielleicht fand er doch bald eine Arbeit und das Ganze konnte sich entspannen. Wenn alles überstanden war, würde er sicher eine passende Gelegenheit finden, ihr die Sache zu erklären.

Zögernd betrat Andreas die Bank und trat zum Schalter, um sich für eine Besprechung anzumelden.

Nachdem ihm gestern Abend Jule klar gemacht hatte, dass sie im nächsten Monat umziehen werde, gab es für ihn jetzt nur noch zwei Möglichkeiten. Entweder zog er selbst ebenfalls so schnell als möglich in eine billigere Wohnung, die für ihn mit seinen bescheidenen Mitteln vorübergehend tragbar war, oder er versuchte, bei der Bank einen Überbrückungskredit zu bekommen, bis er wieder zu einer festen Anstellung kam. Wenn er dann ein Einkommen hatte, würde er besser abschätzen können, was für ihn noch möglich war.

»Herr Neumann, bitte«, forderte ihn die Dame an der Anmeldung auf. Endlich. Seit bald einer Stunde hatte er geduldig gewartet. »Herr Schmelzer hat jetzt Zeit für Sie.« Sie führte ihn zu einer Tür im Hintergrund des Warteraumes.

»Guten Tag, Herr Neumann. Freut mich, Sie als langjähriger Kunde zu begrüßen«, empfing ihn der Bankbeamte jovial, stand hinter seinem eindrucksvollen Schreibtisch auf und streckte ihm die Hand entgegen. »Bitte setzen sie sich doch.« Der Bankangestellte wies auf einen Sessel.

»Besten Dank, dass ich so kurzfristig bei Ihnen vorsprechen darf«, begann Andreas.

»Kein Problem, wir sind doch für unsere Kunden da. Was für ein Anliegen haben Sie? Wie kann ich Ihnen helfen?«

»Ja, die Sache ist die«, begann Andreas und erläuterte dem Bankbeamten, was ihm im beruflichen Verhältnis widerfahren wahr. Dass er ab Ende des nächsten Monats arbeitslos wäre, fall es ihm nicht gelänge, sofort eine neue Anstellung zu finden, und wie er vermutlich ja wisse, er seit der Scheidung von seiner Frau, über praktisch keine Reserven mehr verfügte.

»So habe ich mir überlegt«, fuhr er fort, »ob Sie mir für ein halbes Jahr eine Art Überbrückungskredit gewähren könnten. So wäre ich in der Lage, meine finanziellen Verpflichtungen in der Übergangszeit einhalten zu können.«

»Ein Kredit also. An wie viel hatten Sie denn gedacht?«

»Ich dachte, so Ein- bis Zweitausend pro Monat, also Sechs- bis Zehntausend für ein halbes Jahr«, meinte Andreas.

»Verfügen Sie über irgendwelche Sicherheiten, Herr Neumann? Eigentum, Wertgegenstände usw.?«, wollte Schmelzer jetzt wissen.

»Nein, ich sagte ja schon, dass ich seit der Scheidung über keine weiteren Mittel mehr verfüge.«

Für einen kurzen Augenblick schaute Herr Schmelzer auf den Monitor vor ihm, um dann mit bedauernder Stimme zu sagen: »Da Sie mir keine Sicherheiten bieten können, dazu in gekündigtem Arbeitsstatus stehen, sehe ich keinerlei Möglichkeit, Ihnen helfen zu können. Das tut mir leid für Sie, Herr Neumann.«

»Aber ich bin doch seit über zwanzig Jahren Ihr Kunde. Ich habe immer alle Verpflichtungen Ihnen gegenüber strikt eingehalten und werde es sicher auch in Zukunft tun. Können Sie da nicht eine Ausnahme machen? Schließlich bin ich ja kein Fremder für Sie«, versuchte Andreas, den Bankbeamten umzustimmen.

Die Stimme von Schmelzer wurde jetzt unverbindlich. »Tut mir leid, Herr Neumann, aber da sind mir leider die Hände gebunden. Für eine Kreditvergabe gibt es strenge Regeln, an die ich mich halten muss. Da besteht kein Unterschied darin, ob Sie ein Neukunde oder seit vielen Jahren bei uns bekannt sind.«

Wenn Andreas es sich genau überlegte, musste er sich eingestehen, dass er mit so einer Antwort gerechnet hatte. Keine Bank der Welt verlieh Geld an eine arbeitslose Person, nur weil diese das Gehaltskonto, aber sonst weiter nichts, bei ihr führte. Nur für ein bekanntes, ehrliches Gesicht gab es kein Geld.

»Das ist Ihre endgültige Entscheidung? Sie können mir keine Unterstützung, auch nicht für eine kurze Übergangszeit, bieten?«, versuchte es Andreas ein letztes Mal.

»So ist es. Tut mir leid für Sie«, bedauerte der Banker jetzt eher halbherzig.

Um ein weiteres Stück tiefer zermürbt, verließ Andreas mit hängenden Schultern die Bank. Er hätte wissen müssen, dass es hier für einen einfachen Angestellten ohne Vermögenswerte, keine Chance geben würde. Diese zusätzliche Enttäuschung hätte er sich ersparen können. Verdammte Zwickmühle, er befand sich in einer elenden Sackgasse. Was konnte er nur tun, um da raus zu kommen?

Kapitel 8

Andreas betrat mitten in der Woche, kurz nach der Mittagszeit die 'Blaue Gans'. Sowohl der Wirt als auch Marianne reagierten überrascht auf sein Erscheinen zu dieser ungewöhnlichen Zeit.

»Guten Tag Andreas«, rief der Wirt. »Na? Arbeitsfrei heute?«

Andreas schaute sich um. Außer einem Pärchen in der Fensternische war es leer im Restaurant. Die meisten waren nach dem Essen bereits wieder zur Arbeit gegangen.

»So kann man es auch nennen, ja«, brummte Andreas missgelaunt und setzte sich an den leeren Stammtisch. Sofort trat Marianne warmherzig lächelnd zu ihm an den Tisch.

»Hallo Andreas, bist ein unerwarteter Gast um diese Tageszeit, aber herzlich willkommen. Schön, dich zu sehen. Was hättest denn gerne?«, redete sie gleich munter drauf los.

»Ein Bier«, brummte Andreas, ohne überhaupt zu ihr aufzuschauen.

Marianne, die etwas erwidern wollte, stutzte überrascht. Einen kurzen Moment sah sie ihn prüfend an, um dann kopfschüttelnd zum Tresen zu gehen. Dort ergriff sie ein Glas und begann Bier abzuzapfen. Dabei schaute sie kurz hinüber zu Andreas, der unbeweglich mit gesenktem Kopf auf seine Hände herunterblickte. In Mariannes Gesicht breitete sich Besorgnis aus. Mit einem Stirnrunzeln drehte sie jetzt mit fragendem Blick ihren Kopf zu ihm hin. Dies dauerte so lange, bis ihr das Bier über die Hand lief und sie erschrocken den Zapfhahn schloss.

»Ups«, entschlüpfte es ihr ungewollt.

»Die Hände solltest du hinten am Waschbecken abspülen«, meinte der Wirt grinsend. Offenbar hatte er ihr Missgeschick zufällig beobachtet.

Marianne winkte ärgerlich, mit leicht gerötetem Kopf ab und lief mit dem Bier zu Andreas.

»Ich wünsch dir ein Prosit«, meinte sie freundlich und stellte das übervolle Glas vor Andreas ab.

Andreas ergriff das Glas wortlos und leerte es bis zur Hälfte, ehe er es wieder abstellte.

»Bist aber durstig heute«, kommentierte Marianne, die neben ihm stehen geblieben war.

»Mhmm«, kam es undeutlich von Andreas, der weiterhin mit düsterem Blick auf seine Hände herunterstierte.

Marianne wollte sich eben neben ihm niedersetzen, als das Pärchen in der Fensternische rief, dass es die Rechnung begleichen wolle. Widerstrebend löste sie sich vom Stammtisch.

Das Handy von Andreas begann zu summen.

»Ja?«, meldete er sich schroff.

»Ich bin's, Moritz. Hallo Andi. Du klingst aber nicht

gerade fröhlich, störe ich bei irgendwas?«

»Nein, nur beim Bier saufen. Was gibt's, Moritz?«

»Waa…?« Moritz schien zu stocken, sprach dann aber weiter: »Du, ich wollte kurz nachfragen. Ich habe die nächsten Abende frei. Wollen wir mal zusammenhocken?«

»Warum nicht? Ich hänge ja ohnehin nur immer tatenlos herum und grüble über meine Probleme nach. Mit dir käme ich wenigstens auf andere Gedanken«, klang Andreas gleich etwas gelöster.

»OK, dann morgen Abend, oder am Donnerstag. Was ist dir lieber?«

»Morgen geht nicht. Da habe ich leider diesen blöden Kulturabend mit Karla.« Andreas griff sich fahrig an den Kopf. »Nein halt. Ich sage ihr ab. Ich hab im Moment einfach keinen Bock auf Kultur. Ist gut Morgen, oder Donnerstag, oder beide Male, wie du willst«, meinte er dann.

»Gut, dann Morgen. Ich kann auf achtzehn Uhr kommen. Einverstanden?«

»Top, ich besorg uns was für zwischen die Zähne. Bis dann, ich freu mich.« Damit verabschiedeten sie sich und Andreas steckte sein Handy weg.

Hubert, der Wirt, hatte die schlechte Laune von Andreas offensichtlich bemerkt. Er kam an den Tisch, setzte sich, und betrachtete eine Weile den wieder gedankenverloren dasitzenden Andreas.

»Na, Andi? Was ist denn dir für eine Laus über die Leber gelaufen?«

Langsam drehte sich Andreas zum Wirt hin. Nach einiger Zeit meinte er dann: »Keine Laus, aber ein Aasgeier hat mir mein Leben geklaut.«

Hubert blickte verständnislos: »Wie meinst du das? Bist du bestohlen worden?«

»Wer hat dich bestohlen?«, fragte Marianne, die in diesem Augenblick wieder an den Tisch zurückkam und die letzten Worte des Wirtes gehört hatte.

»Ach, so ein junger Schnösel ... hat das Geschäft seines Vaters, in dem ich arbeite, geerbt. Jetzt sitzt er großspurig im Chefbüro und krempelt die ganze Firma um. 'Modernisieren, neu Wege gehen',« äffte er den Juniorchef nach. »Dabei hat er von nichts eine Ahnung. Da sei für mich kein Platz mehr. Ich passe nicht mehr in sein Konzept. Hat mich kurzerhand freigestellt und entlassen. Ende vom nächsten Monat bin ich arbeitslos.« Andreas hatte sich in Entrüstung geredet und dabei wild mit seinen Händen gestikuliert.

»Ja hast du denn Mist gebaut?«, wollte der Wirt wissen.

»Nein, überhaupt nicht. Zwanzig Jahre habe ich in diesem Betrieb und für diesen Betrieb gearbeitet. Genau genommen habe ich mit seinem verstorbenen Vater zusammen die ganze Firma aufgebaut und sie zu dem angesehenen Geschäft gemacht, was es heute ist. Die letzten zwei Jahre habe ich den Laden fast alleine geführt, weil der Senior krank war.«

»Aber da kann der Junge dich doch nicht einfach so auf die Straße setzen«, empörte sich Marianne.

»Aber sicher kann er das. Er hat ja genau so das Kündigungsrecht wie ich. Von dem hat er Gebrauch gemacht«, erwiderte Andreas mit deprimiertem Gesichtsausdruck, um dann einen großen Schluck aus seinem Glas zu nehmen.

»Das ist doch aber mehr als nur ungerecht«, ereiferte sich Marianne weiter. »Du kennst doch den Betrieb um vieles besser als dieser Jüngling. Der müsste doch froh um dich sein.«

»Sollte man meinen. Aber ich habe in den vergangenen vier Wochen, seit er jetzt am Ruder ist, die Frechheit gehabt, ihm mehrmals meine fachliche Meinung vorzutragen, weil einige seiner Anordnungen völlig schief zu liegen kamen. Das hat ihm überhaupt nicht gefallen. Ich habe ihm damit vermutlich die Autorität untergraben.«

»Aber du hast doch eine Kündigungsfrist«, warf der Wirt ein.

»Natürlich. Zwei Monate. Die Hälfte davon habe ich noch Urlaubsguthaben. Die restliche Arbeitszeit hat er mir, großzügig wie er betonte, geschenkt«, sagte Andreas mit erhobenem, wohlwollen ausdrückenden Gesicht und einer Geste den Juniorchef nachäffend. »Er will mich nicht mehr im Betrieb haben und hat mich kurzerhand ausbezahlt.«

»Das ist doch eine riesige Sauerei, du tust mir echt leid, Andreas. Das ist so ein unfaires Verhalten gegenüber einem verdienten Angestellten«, empörte sich Marianne. »Aber du solltest dich trotzdem nicht so aufregen, hast ja ein ganz rotes Gesicht. Gehts dir gut?«

»Ja, geht schon. Es ärgert mich einfach maßlos, kurzerhand so zum Alteisen geschmissen zu werden«, brummte Andreas resignierend.

Nachdem er von Marianne ein weiteres Bier spendiert bekommen hatte, saßen die Drei noch länger am Stammtisch und ereiferten sich über die Ungerechtigkeiten, die sich heutzutage manche Arbeitgeber so leisten. Andreas tat es gut, hier mit zwei Menschen zu sitzen, die ihn verstanden, bei denen er den Frust von der Seele reden konnte. Besonders Marianne mit ihrer offenen herzlichen Anteilnahme ließ ihn seine deprimierende Situation allmählich leichter ertragen. Sie war eine Frau, die ihn zu verstehen schien und ihm aus der Seele sprach.

Vom Stammtisch kommend wieder Zuhause, zückte Andreas sein Handy. Jetzt musste er noch ein Telefonat mit Karla führen und ihr beibringen, dass es ihm nicht möglich war, zu diesem Kulturtreff zu kommen. Dann war er Morgen Abend frei für einen Plausch mit Moritz. Nach längerem Läuten meldete sich Karla endlich: »Wegener?«

»Hier ist Andreas, Hallo Karla«, grüßte er betont freundlich. Er versuchte zum Voraus, gut Wetter zu machen. Sie hatte leider schon letztes Mal nicht erfreut reagiert, als er so völlig von der Rolle war wegen der Kündigung. Sie würde auch jetzt nicht ausgesprochen freundlich reagieren, wenn er so kurzfristig absagte. Aber er wollte ihr endlich den Grund für seine miese Laune erklären.

»Hallo Andreas! Rufst du wegen Morgen an?«

»Ja, hör zu Karla, ich muss dir leider absagen für Morgen und auch für die nächste Zeit.«

»Was? Absagen? Warum denn das? Was ist denn geschehen? Bist du krank?«, kam die aufgeregte Stimme durch.

»Nein. Ich will es dir offen sagen. Ich habe meine Anstellung verloren, bin entlassen worden.«

»Ach mist, das glaub ich nicht! Ja und jetzt?«, kam die etwas verständnislose Rückfrage.

»Ich kann mir deshalb ab sofort solche Abende vorläufig nicht leisten. Ich habe keine finanziellen Reserven, weil ich bei der Scheidung alles Ersparte abgeben musste.«

»Wie bitte? Für so einen Abend hast du per sofort kein Geld mehr? Da steckt doch was anderes dahinter?«. Ihre Stimme klang misstrauisch.

»Nein, nichts anderes. Ich muss zusehen, dass ich mit dem, was ich habe, in der nächsten Zeit über die Runden komme. Ich weiß ja nicht, wie lange es dauert, bis ich wieder eine Arbeit und Einkommen habe. Ich brauche jetzt mein Geld für das Wichtigste: Miete, Essen und so.«

»Und was ist mit den Theaterkarten?«

»Die habe ich noch gar nicht gekauft. Sind auch verdammt teuer.«

»Ich kann das fast nicht glauben. Du schmeißt den morgigen Abend definitiv? Und was denkst du? Wann wird es dir finanziell wieder besser gehen?«

»Ich weiß es nicht. Aber ...«, er zögerte kurz, den Vorschlag zu machen, »aber wenn Du mich vielleicht mal zur Abwechslung einladen würdest, könnten wir eventuell bald wieder mal gehen?«

»Wie bitte? Ich soll dich einladen? Da habe ich auch kein Geld für übrig. Was glaubst du denn.«

»Aber wenn du doch gerne möchtest, dass wir zusammen hingehen, könntest du nicht künftig auch mal, nur vorübergehend, die Kosten übernehmen. Im Augenblick ist das bei mir einfach nicht möglich. Würdest uns einen großen Gefallen tun.«

Einen Moment blieb es völlig still am anderen Ende. Er wollte schon nachfragen, ob sie noch da sei, als sie antwortete.

»Ich glaube, ich höre nicht recht. Denkst du tatsächlich, dass ich als Frau, dich zu Konzert und Essen einlade? Das gibts doch nicht. Was für eine Unverschämtheit! Denk nicht mal im Traum daran. Vergiss es!« Die letzten Worte hatte sie empört geschrien und dann das Telefonat abgebrochen.

Andreas war wie vor den Kopf gestoßen. Dass Karla nicht so freundlich auf seine Absage reagieren würde, damit hatte er gerechnet. Dass sie aber derart abweisend reagierte, gab ihm zu denken. Die letzten bald zwei Jahre hatte er sich immer als Kavalier verhalten und alle Kosten übernommen. Jetzt aber, wo er in der finanziellen Klemme sass, sie für ein-, zweimal selbst die Auslagen übernehmen sollte, empfand sie es als unverschämt. Er hatte sich immer eingebildet, dass sie das Ganze primär aus kulturellem, nicht finanziellem Interesse, gewollt hatte. Sollte er sich dermaßen getäuscht haben in ihr?

In fieberhafter Eile bereitete Andreas in der Küche die Beilagen für den heutigen Grillabend mit Moritz vor. Er hatte sich mit seinem Spaziergang durch den Stadtwald bis hinauf zum 'Hohenkamm' vertan und sich arg verspätet. Aber er hatte es gebraucht, hinaus in die Natur zu gehen und seine Gedanken zur Ruhe kommen zu lassen. Das Herumhocken ließ ihn nur noch unruhiger und konfuser werden. Am Morgen hatte er gleichzeitig mit Jule die Wohnung verlassen und war dann in die Innenstadt gegangen. Jule sollte ja vorläufig nichts davon merken, dass er keine Arbeit mehr hatte. So war er eine Stunde später bereits mit den Einkäufen für den Abend wieder zu Hause gewesen. Danach war er herumgehangen und hatte sich dann aber doch dazu aufraffen können, einen längeren Spaziergang in Angriff zu nehmen.

Gleich war es achtzehn Uhr und Moritz würde sicher pünktlich kommen, dabei hatte er noch nichts vorbereitet. Kaum gedacht und schon klingelte es an der Wohnungstür. Das musste Moritz sein.

»Komm herein, Moritz. Ich bin in der Küche«, rief Andreas laut.

Er hörte, wie die Tür geöffnet und wieder geschlossen wurde. Gleich darauf stand Moritz in der Küchentür.

»Hallo und guten Abend. Komme ich zu früh?«, grüßte er und blickte auf seine Armbanduhr.

»Überhaupt nicht. Ich habe mich nur verspätet und bin im Verzug mit unserem Abendessen.«

»Ist ja kein Problem, wir haben doch Zeit«, meinte Moritz und klopfte seinem Freund zur Begrüßung auf die Schulter.

Andreas stellte Teller, Besteck und Gläser auf ein Serviertablett, legte Servietten dazu. »Weißt du was? Nimm dies bitte, und geh damit auf den Balkon. Du kannst schon mal auftischen. Machs dir dann bequem, ich komme gleich nach.«

»Zu Befehl, Herr Gastgeber. Mach nicht zu lange, ich habe Durst«, meinte Moritz gut gelaunt, packte das Tablett und verschwand Richtung Balkon.

Während Andreas den Kartoffelsalat fertig zubereitete, wurde ihm jetzt schon etwas leichter. Es war ein richtiges Glück, dass er Moritz wieder getroffen hatte. Sie hatten, wie früher, sofort einen Draht zueinandergefunden und verstanden sich hervorragend. Genauso wie vor über dreißig Jahren, als unreife Jungs. Obwohl sie mittlerweile zu gereiften Männer herangewachsen waren, gab es immer noch dieses unverkrampfte Verständnis zwischen ihnen. Andreas merkte, dass er durch den Kontakt mit Moritz seine miese Situation besser verkraften konnte, als er sich vorgestellt hatte. Mit einer fast beschwingten Bewegung beförderte er den fertigen Kartoffelsalat in den Kühlschrank, damit er schön frisch schmeckte, wenn das Steak vom Grill kam. Mit dem gekühlten Wein trat er dann hinaus auf die Terrasse.

»Jetzt gibt's erst mal einen Begrüßungsschluck, bevor gegrillt wird«, meinte Andreas und füllte die Gläser, ehe er sich an den Tisch setzte.

Moritz hatte es sich sichtlich gemütlich gemacht im Stuhl und richtete sich jetzt aus seiner fast liegenden Stellung wieder auf. »Dazu lass ich mich nicht zweimal bitten. Könnte mich doch glatt daran gewöhnen«, meinte er mit einem Schmunzeln und griff zum Glas.

Sein Glas erhebend sprach er weiter: »Eigentlich sollten wir auf meinen neuen Job anstoßen. Ich hatte heute mit dem Direktor ein kurzes Gespräch, bei dem er vorschlug, dass wir die verbleibende Probezeit als praktisch abgelaufen betrachten könnten. Er möchte mich auf jeden Fall im Hause haben. Mir gefällt die Arbeit da ausgesprochen gut und so bin ich nun per sofort fest angestellt.«

»Gratuliere! Das freut mich für dich, Moritz.« Andreas prostete ihm zu. »Wenn ich jetzt auch noch einen Job finde, ist alles wieder in Butter«, fügte er etwas bedrückter an.

»Ich danke dir. Ach, du bist auch am Suchen? Wusste ich gar nicht.« Nach einem kurzen Schluck meinte Moritz dann: »Jetzt brauche ich nur eine Unterkunft, dann bin ich endgültig angekommen.«

»Ja, leider sind bezahlbare Wohnungen hier ziemliche Mangelware. Ich hatte für dich schon die Fühler ausgestreckt, aber es hat sich noch nichts ergeben. Ich muss mir ja selbst auch eine neue Bleibe suchen.«

»Wieso das denn? Du hast doch hier eine tolle Wohnung«, sagte Moritz.

»Schon, aber ich kann den Mietzins nicht länger tragen. Jetzt wo ich arbeitslos werde. Außerdem ...«

»Was 'arbeitslos werde'? Du verlierst deinen Job? Deshalb suchst du?«, fiel ihm Moritz ins Wort.

»Ja, das ist leider so. Man hat mich auf die Straße gesetzt, ganz legal. In meinem Alter und zwanzig Jahren treuer Mitarbeit.«

»Das gibt's doch nicht!«

»Aber sicher gibt es das. Ich bin zu alt geworden für das moderne Geschäft. Keine Verwendung mehr, zu teuer, überflüssig«, dozierte Andreas verbittert und erzählte ihm, wie er gekündigt worden war.

»Scheiße, was für ein Blödmann«, entfuhr es Moritz. »Was hast du jetzt vor? Du findest doch sicher eine neue Stelle mit deinem Fachwissen.«

»Wäre schön, bin ja am Suchen. Wird aber nicht leicht in meinem Alter. Ich muss mich erst mal einschränken. Die Jule verlässt ausgerechnet jetzt die Wohnung, will sich endgültig abnabeln und zieht Ende Monat in eine

WG um.« Andreas Gesicht hatte sich wieder verdüstert. »Meine Reserven sind eng begrenzt seit der Scheidung, deshalb muss ich baldmöglichst was Kleineres, Billigeres finden.«

Moritz betrachtete seinen Freund mit nachdenklichem Gesicht, um sich dann nach kurzer Zeit vorzubeugen. »Sag mal, mein Freund?«, begann er zögernd. »Könntest du dir vorstellen, dass ich bei dir einziehe? Ich meine, die Wohnung wäre doch groß genug, ihr habt doch jetzt auch zu zweit hier gewohnt. Das Zimmer deiner Tochter wird demnach frei, und wenn es nicht nur eine kleine Kammer ist, könnte ich schon zufrieden sein zusammen mit dem, was die Wohnung sonst hergibt.«

Jetzt blickte Andreas verblüfft auf. »Mensch, Moritz. Was bin ich bloß für ein Hohlkopf. Auf diese Möglichkeit bin ich gar nicht gekommen. Aber du hast recht, das ist eine tolle Idee. Mit dir in der gleichen Wohnung wäre kein Problem für mich. Und Jule's Zimmer ist echt groß, fast dreißig Quadratmeter.«

»Dann ziehen wir doch zusammen und teilen uns die Miete«, meinte Moritz kurz entschlossen und streckte Andreas die Hand entgegen. »Abgemacht?«

Dieser wollte ihm spontan die Hand reichen, stockte plötzlich und zog sie wieder zurück. Sein eben noch freudiges Gesicht verdüsterte sich. »Mist. Das geht doch gar nicht. Ich bin arbeitslos und werde, wenn ich keine Arbeit finde, in wenigen Monaten meinen Mietanteil nicht mehr aufbringen können.«

Moritz überlegte kurz, dann meinte er: »Aber das könnten wir doch regeln miteinander, als alte Freunde. Erstens wirst du irgendwann wieder eine Arbeit haben und ich helfe dir über die Durststrecke hinweg. Zweitens ist mein Gehalt ganz ordentlich und meine sonstigen Verhältnisse würden es ertragen, dass ich diese Wohnung auch länger alleine tragen könnte.«

Andreas sah eine Weile nachdenklich auf Moritz, dann gab er sich einen Ruck: »OK, aber falls du, was ich nicht hoffe, für mich aufkommen müsstest, werde ich alles zu einem späteren Zeitpunkt wieder zurückzahlen. Einverstanden?«

»Einverstanden«, sagte Moritz, »aber ich möchte doch vorher die ganze Wohnung genauer ansehen können.«

Andreas erhob sich sofort und forderte seinen Freund auf: »Dann komm. Schauen wir alles an, dann entscheidest du. Ich denke, es wird dir gefallen. Danach genießen wir das Abendessen. Du bist mein Retter.« Bei Andreas machte sich Erleichterung breit. Ein kleiner Lichtblick in dieser düsteren Zeit.

Beim anschließenden Essen besiegelten sie den Deal. Moritz war begeistert von der Wohnung. Nicht nur Jule, auch er würde künftig in einer WG leben, stellte Andreas erleichtert fest.

Es war wieder Freitag geworden. Obwohl Andreas nicht mehr zur Arbeit musste, hatte er doch einiges um die Ohren gehabt. Nach den Geschehnissen der letzten Zeit und der Abfuhr, die er von Karla erhalten hatte, waren die Kulturabende nun Geschichte. Umso besser. War es bei ihr doch eher nur das finanzielle Interesse, als die Kultur gewesen.

Dafür aber brachte dann der Besuch von Moritz wieder etwas Licht und Zuversicht in sein Leben. Moritz hatte zugesagt und würde, wenn Jule ausgezogen war, als Untermieter bei ihm einziehen. Das entspannte schon mal seine Situation ein wenig und er konnte sich auf die Arbeitssuche konzentrieren.

Wieder mit etwas mehr Elan ging er am Freitagabend wie gewohnt zu Olga an den Zeitungsstand. Er hätte zwar schon am frühen Nachmittag oder gar am Vormittag hingehen können, er hatte ja nichts zu tun. Aber dann wären die Fragen gekommen und er hätte sich erklären müssen. Sich womöglich bemitleiden lassen. Das war ihm unangenehm, er wollte nicht aller Welt von seinen Problemen erzählen und irgendwas vorflunkern war nicht sein Ding. Solche Schwindeleien kamen früher oder später heraus und dann müsste er sich schämen.

»Grüß dich, Andreas. Na, hast den Feierabend erwischt?«, rief ihm Olga, die gebückt vor der Auslage Zeitungen einordnete, mit freundlicher Stimme zu.

»Guten Abend, Oma Olga. Ja es ist Freitag. Jetzt geht es ins Wochenende.« Andreas stellte sich an das kleine Schreibpult an der Seite, um einen Lottoschein auszufüllen. Einen Schein wollte er sich noch leisten. Ob weitere folgen würden, hing davon ab, ob er Arbeit fand.

»Na, wo hast du deinen letzten Lottoschein? Kein Gewinn? Wolltest doch einen Sechser schreiben. Hat's nicht geklappt?«, plapperte Olga drauflos. Sie genoss es immer, mit ihren Stammkunden kleine Schwätzchen zu halten.

»Nein, hat leider nicht hingehauen. Aber ich versuche es aufs Neue. Einmal muss es ja einschlagen.« Er konzentrierte sich auf das Ankreuzen der Zahlen.

Doch Olga, die sich mittlerweile wieder innerhalb des

Zeitungsstandes befand, schien heute besonders gesprächsfreudig. »Hast diese Woche ein paar Mal freigehabt? Ich hab dich mehrmals gesehen.«

Ja klar. Olga entging vom zentral gelegenen Kiosk aus nichts von dem, was in der Straße hier geschah. Und was sie nicht bemerkte, erfuhr sie dann meistens von ihrer zahlreichen Kundschaft. Wenn man wissen wollte, was hier in der Straße gerade so anstand, dann fragte man am besten Olga und man wusste Bescheid. Nicht dass sie eine Tratsche war oder gar übel nachredete, sie war einfach nur gut informiert und gab die lokalen Aktualitäten gerne weiter.

Andreas überlegte. Er musste wohl oder übel etwas Plausibles zur Antwort haben, denn früher oder später würde sie ohnehin erfahren, dass er ohne Arbeit war. Dummerweise hatte er am Stammtisch in der 'Blauen Gans' von der Entlassung erzählt.

»Ja, ich muss Urlaub abbauen, da ich den Arbeitgeber wechsle. Und jetzt ist so schönes Sommerwetter«, gab Andreas zur Antwort. Mit diesen Worten hatte er sie nicht einmal belogen, nur einfach nicht ganz alles gesagt.

»Dann genieß die Zeit, es soll ja bald schlechteres Wetter kommen. Da kann man dann wieder getrost der Arbeit nachgehen.«

Zum Glück fragte sie jetzt nicht weiter nach und Andreas beeilte sich, ihr den neuen Lottoschein zu geben, um sie damit endgültig abzulenken.

»Aha, wieder einer für die nächsten vier Ziehungen. Ich wünsch dir, dass es diesmal was gibt.«

Nachdem Andreas bezahlt hatte, verabschiedete er sich mit den üblichen Wochenendwünschen von Olga und schlenderte in Richtung der 'Blauen Gans' zum Feierabendstamm, wenn auch sein Feierabend schon die ganze Woche anhielt.

Als er sich an den Stammtisch setzte und alle grüßte, musste er zum wiederholten Male feststellen, dass er nicht mehr mit der gleichen Freude und Spontanität begrüßt wurde wie früher. Seit er von seiner Entlassung berichtet hatte und gezwungenermaßen keine Tischrunden mehr ausgab, wurde er zunehmend kühler und so nebenher behandelt. Typisch, mit Geld schaffte man sich Freunde. Wenn man keines mehr besaß, verlor man sie auf der Stelle. Andreas wurde sich bewusst, dass sich sein Freundeskreis lichten wird. Man nannte schnell jemand Freund, doch wer war das in Wahrheit? Zurückbleiben würden die echten Freunde, jene, die zu einem standen, auch wenn es mal schlecht lief. Auf die anderen, die falschen Freunde, konnte er, ohne ihnen nachzutrauern, ohnehin verzichten.

»Grüß dich, Andreas. Wie geht's dir?«, stand jetzt Marianne fragend neben ihm und lächelte ihn mit leicht besorgtem Gesicht an.

Er freute sich über Marianne. Sie ist sicher eine von den bleibenden Freunden, dachte er bei sich. »Hallo, Marianne. So weit, so gut, wie es halt eben gehen kann. Es wird schon wieder.«

»Darf ich dir das Übliche bringen?«, fragte sie.

Er nickte und lächelte ihr ebenfalls zu. Eine angenehme Frau, diese Marianne, ging es ihm durch den Kopf.

»Ho... hoffentlich kann er auch bezahlen w... wie üblich«, lallte einer der Stammtischgäste plötzlich. Der hatte offenbar schon einiges zu sich genommen, denn neben dem stotternden Reden waren seine Bewegungen ziemlich unkontrolliert.

Marianne, die weglaufen wollte, stoppte und meinte: »Das lass mal meine Sorge sein, Hugo. Im Gegensatz zu dir habe ich von Andreas immer alles bezahlt gekriegt«, fertigte sie ihn spitz ab und ging zum Schanktisch weiter.

Hugo hob die Hand, um etwas zu erwidern, beließ es dann aber bei einem verächtlichen Abwinken um sich brummelnd wieder seinem Glas zu widmen. Alle anderen am Tisch kümmerten sich nicht darum oder hatten höchstens ein kurzes abschätziges Grinsen dazu gezeigt.

So viel zu guten Kameraden, schoss es Andreas wieder durch den Kopf. Wenn das so weiterging, würde er sich künftig entweder an einen anderen Tisch setzen oder sich ein anderes Lokal suchen müssen. Es musste nicht sein, sich so primitiv niedermachen zu lassen. Er hatte sich doch denken können, dass in diesem Umfeld die Sympathie sich vorwiegend auf die Brieftasche konzentrierte.

Nach einiger Zeit, Andreas genoss still sein Bier und nahm an dem üblichen Stammtisch-Geschwafel nicht teil, zückte er seine Geldbörse und rief Marianne, um zu bezahlen. Es machte keinen Sinn mehr, länger hier zu hocken. Er vertrug dieses lockere Geplauder zur Zeit überhaupt nicht, er hatte zur Zeit nicht den Nerv dazu. Die Dummschwätzer hier am Stammtisch nervten ihn gewaltig. Er hatte geglaubt, dass wenigstens einige der Stammtischgäste verlässliche Menschen waren, aber da hatte er sich offensichtlich getäuscht. Er hatte das bisher zu naiv betrachtet. Das gab ihm tüchtig zu denken.

Just im Moment, als er sich zum Gehen erheben wollte, ging die Tür auf und Steffen, sein ehemaliger Arbeitskollege trat mit suchendem Blick ein. Freudig stand Andreas schnell auf und führte ihn an die gegenüberliegende Raumseite um zu verhindern, dass Steffen womöglich am Stammtisch absitzen wollte.

»Schön, dass du vorbeikommst, Steffen. Ich war eben im Begriff zu gehen, weil am Stamm ein Tiefdruckgebiet wütet.« Zu Marianne gewandt bestellte er Bierchen für sie zwei und wandte sich dann interessiert seinem Ex-Arbeitskollegen zu.

»Na, wie läuft es im Hause Lindner?«

»Für mich nicht viel anders, wenn man davon absieht, dass weder vom jungen Lindner, noch von deinem Nachfolger Klingler viel zu sehen ist. Die spielen Chef, hocken in ihren Büros und die ganze Arbeit bleibt an mir und meinen zwei Kollegen hängen.«

»Dann hast du wenigstens deine Ruhe vor ihnen.«

»Ja, zum Teil. Aber die Art von Arbeit, wie ich sie machen muss, schreiben sie mir genau vor. Das hat aber mit Facharbeit nicht mehr viel zu tun.«

»Geht also so weiter, wie ich es bereits erleben durfte, nur jetzt ohne meine Einwände.«

Steffen nickte und nahm einen kräftigen Schluck Bier.

»Übrigens«, meinte er, nachdem er runtergeschluckt hatte: »Gestern bin ich der Witwe Lindner begegnet. Sie hat nach dir gefragt. Ich wusste aber nicht, ob sie von deiner Entlassung weiß. Ich habe mich rausgeredet und gesagt, dass du zur Zeit Ferien abfeierst und länger nicht kommst. War ja nicht gelogen, oder?«

»Nein, ist schon ok so. Das hatte ich ihr auch so vorgeschwindelt.«

»Sie hat mich aber etwas verwundert angeschaut und ist nachdenklich zu den Büroräumen gegangen. Hab sie seitdem nicht wieder gesehen.«

»Irgendwann werde ich ihr die Kündigung beichten müssen. Das bin ich ihr schuldig«, meinte Andreas mehr zu sich selbst.

»Noch was«, sprach Steffen weiter, »ich hab da so am Rande etwas mitbekommen. Es gibt Stunk mit einem Kunden. Hab die zwei Chefs zufällig gehört, als sie darüber redeten und dein Name fiel dabei. Könnte sein, dass die sich bei dir melden. Sieh dich vor.«

»Keine Angst. Ich lass mich nirgends reinziehen. Der junge Lindner hat mich so schlecht behandelt, da kriegt der gar nichts mehr von mir.«

Nachdem sich die Zwei den gröbsten Frust von der Seele geredet hatten, quatschten sie länger über schöne Erlebnisse aus der gemeinsamen Zeit, um dann entspannt den Heimweg anzutreten. Andreas hatte den Plausch mit seinem ehemaligen Arbeitskumpel, auch einer der wenigen bleibenden Freunde, genossen.

Außer dem unregelmäßigen, heftigen Atmen von Andreas, war nichts weiter als das kaum wahrnehmbare Ticken der Wanduhr zu hören. Mehrere aufgeschlagene Seiten einer Zeitung lagen auf dem Tisch des Wohnzimmers verteilt. Einige wenige Anzeigen waren gelb markiert. Im großen Sessel vor dem Laptop sitzend, blickte er mit leicht zusammengekniffenen Augen auf den Bildschirm. Schon seit bald zwei Stunden sass er an diesem trüben Nachmittag hier und versuchte, Stellenangebote zu finden, die für ihn in Betracht kamen. Das war purer Stress für ihn. Er musste aber bald abbrechen und alles wegräumen, denn Jule würde demnächst nach Hause kommen.

Wenn es etwas Interessantes aus der Umgebung gab, versuchte er, jeweils festzustellen, ob die Firma eine Homepage hat. Wie und was auf dieser Internetseite zu finden war, daraus konnte man schon erste Rückschlüsse auf den Betrieb ziehen, war Andreas der Meinung. Bisher hatte er noch nichts Passendes gefunden, hoffte aber inbrünstig, dass im Städtchen oder wenigstens in der näheren Umgebung etwas zu finden war. Er wollte, wenn immer möglich, nicht von hier wegziehen. Jetzt schon gar nicht, wo sein Freund Moritz zu ihm ziehen würde.

Sein Handy begann zu summen. Andreas zog es unter einem Zeitungsblatt hervor und blickte auf die Anzeige. Er erkannte seine ehemalige Büronummer. Was wollte jetzt sein Nachfolger schon wieder. Der wusste doch alles besser.

»Neumann«, meldete er sich mit bewusst unwirsch klingender Stimme. Das war jetzt bereits das dritte Mal, dass man ihn wegen irgend einer Lappalie anrief. Da er arbeitsrechtlich gesehen noch angestellt war, er bezog ja Ferien und geschenkte Freizeit, nahm er diese Anrufe an. Er war hier vorsichtig, wollte vermeiden, dass ihm sonst Lindner womöglich einen Strick daraus drehen könnte.

»Firma Lindner, Bruno Klingler am Apparat. Hallo Herr Neumann«, meldete sich sein Nachfolger mit wichtig klingender Stimme.

»Was gibt es jetzt schon wieder, Herr Klingler«, antwortete er, ohne ihn zu begrüßen.

»Ich suche die Unterlagen zum Auftrag Kufferer. Sie haben den doch bearbeitet und ausgeführt?«

»So ist es. Den Auftrag habe ich in meinen letzten Tagen bei Euch abgeschlossen. Die ganzen Unterlagen musste ich dann dem jungen Lindner übergeben. Ich nehme mal an wegen der Rechnungserstellung.«

»Sie haben da Mist gebaut bei der Arbeit«, äußerte sich Klingler in überheblichem Ton. »Ich habe eine massive Reklamation vom Kunden erhalten und muss mich jetzt erst mal über den Auftrag informieren.«

»Halten Sie sich zurück mit Ihrer Anschuldigung, Herr Klingler! Ich habe dort keinen Mist gebaut, sondern nur haargenau, und zwar gegen meinen Willen, die Anweisungen Ihres jungen Chefs befolgt.« Andreas hielt einen Moment inne, um durchzuatmen. Er hatte energisch gesprochen und das hatte Klingler scheinbar etwas sprachlos werden lassen. So fuhr er weiter: »Was hat der Kunde denn zu reklamieren?«, stellte er sich jetzt kooperativer.

Klingler räusperte sich. »Er weigert sich schriftlich und mit Fotos belegt, für die miserable Auftragserfüllung etwas zu bezahlen. Der Gartenweg müsse nochmals, und zwar professionell, neu gebaut werden. Eine Reihe von Platten hätten sich gesenkt oder geneigt und zwei seien sogar zerbrochen, als der Eigentümer mit einer vollen Schubkarre darübergefahren ist.«

Das waren doch genau die Bedenken gewesen, die Andreas geäußert hatte, als ihm der junge Lindner befahl, mit einer alten, unbrauchbar gewordenen Maschine und mit billigen Gehwegplatten die Arbeit auszuführen. Mittlerweile hatte es mehrmals geregnet und der ungenügend verfestigte Boden hatte sich dadurch vermutlich an einigen Stellen gesenkt. Genau diese Bedenken hatte er angebracht, wurden aber vom jungen Chef in den Wind geschlagen.

»Da bin ich komplett schuldlos. Jetzt können Sie zum Chef gehen und ihm erklären, dass der Schaden auf die befohlene Verwendung einer alten, nicht mehr brauchbaren Rüttelmaschine zurückzuführen ist. Und dass diese billigen Gehwegplatten bald zu Bruch gehen würden, wenn es Hohlräume darunter gibt, war vorherzusehen. Aber der Chef hatte meine Bedenken nicht wahrhaben wollen und befohlen, seinen Anweisungen zu folgen.«

»Das werde ich dem Chef nicht so vortragen, das sollten Sie machen. Es war ja Ihr Auftrag«, versuchte Klingler die unangenehme Aufgabe abzuschieben.

»Vergessen Sie das, Klingler. Seien Sie nicht so ein Hasenfuß und erklären Sie dem Chef den Mist. Ich führte den Auftrag aus, aber so, wie er ihn befahl. Er ist schuld daran. Soll er doch selbst beim Auftraggeber vorsprechen und sich entschuldigen. Einen schönen Tag noch!« Empört brach er die Verbindung ab und beförderte das Handy mit Schwung auf den Tisch.

»Diese Banausen«, schrie er vor sich hin. Das hatte er kommen sehen. Wenn die ihre Aufträge weiterhin so unprofessionell und mit Billigmaterial erledigen, wird die Firma schnell den Bach runtergehen.

Es schmerzte Andreas, dass das gute Geschäft, das

der alte Herr aufgebaut hatte, jetzt von diesem jungen Schnösel so in den Dreck gefahren wurde. Und er hatte über Jahrzehnte mitgeholfen, die Firma aufzubauen und ihr zu einem guten Namen in der Branche zu verhelfen. Die Wut nagte in ihm, hilflos zuzusehen, was jetzt unweigerlich geschah.

»Diesen arroganten Schwachkopf muss man mit Schimpf und Schande zum Teufel jagen!«, schrie Andreas, völlig außer sich, in den Raum. Zwar konnte es niemand hören, aber er musste sich irgendwie Luft machen, diese Ungerechtigkeit in die Welt schreien. »Ein unfähiger Großkotz!«

Andreas begann hektisch zu atmen. Er spürte, wie sein Puls raste und ihm wurde heiß. Schweiß rann über sein Gesicht. Mit einer energischen Armbewegung wollte er den Ärger wegwischen und wandte sich wieder dem Laptop zu. Er rieb sich die Augen, fuhr mit der Hand über den Bildschirm, aber er konnte nichts deutlich erkennen, alles war so verschwommen. Was ist denn nur los, drängte sich seine Verwunderung schwach durch sein Bewusstsein, dann war da mit einem Mal nichts mehr, nur dunkle Leere. Einen Augenblick sass er völlig bewegungslos da, um dann langsam zur Seite zu kippen. Die hohe Seitenlehne des Sessels bewahrte ihn davor, dass er nicht zu Boden fiel.

Kapitel 9

Das Nächste, das Andreas wieder wahrnahm, war eine weiße Zimmerdecke und eine Stimme.

»Herr Neumann! Hören Sie mich?«, vernahm er in gedämpftem Ton von der Seite her. Er drehte seinen Kopf und sah vor sich das Gesicht eines Arztes, der ihn gespannt betrachtete. »Verstehen Sie mich?«, fragte der Arzt nach.

»Natürlich«, erwiderte Andreas erstaunt und blickte sich um. Als er sich aufrichten wollte, wurde er sofort wieder sachte auf das Kissen zurückgedrängt.

»Bleiben Sie bitte liegen, bis ich Sie fertig untersucht habe. Ich bin der Notfallarzt Dr. Krämer und sie befinden sich auf der Intensivstation des Stadtkrankenhauses. Herr Neumann. Können sie mir sagen, wie ihre Wohnadresse lautet?«

»Ja sicher«, wunderte er sich und nannte ihm die Adresse.

»Wie kam ich denn hierher?«, fragte Andreas irritiert. »Ich bin doch nicht krank.« Er bewegte wie zur Bestätigung Arme, Beine und Kopf.

»Sie wurden vom Notfalldienst hierher gebracht«, antwortete der Arzt um nach einem Blick auf seine

Unterlagen weiter zu reden, »soweit ich sehe, sind Sie von einer Juliane Neumann begleitet worden. Ihre Frau?«

»Nein, meine Tochter. Ist sie hier?«

»Sie ist, nachdem sie nochmals kurz bei Ihnen gewesen war, dann nach Hause gegangen. Das war gestern Abend. Erinnern Sie sich nicht daran?« Der Arzt tastete und klopfte inzwischen Andreas ab, fragte immer wieder, ob er was spüre oder gar Schmerzen verspüre.

»Gestern Abend?«, wiederholte Andreas mit erstauntem Gesicht. Er versuchte, sich zu erinnern.

»Ja, gestern Dienstagabend. Wir haben jetzt Mittwochmorgen«, versuchte der Arzt, ihm auf die Sprünge zu helfen.

Schemenhaft kamen nach und nach kurze Bilder in ihm hoch. Stimmt. Jule hatte ihn plötzlich fest an der Schulter gerüttelt und geschrien »Papa! Papa! Wach doch auf. Was hast Du denn?« Sie hatte gemeint, er sei betrunken und wäre am Tisch eingeschlafen. Da er nicht auf sie reagierte, hatte sie den Notfalldienst gerufen.

Er erinnerte sich, dass er von Fremden auf eine Bahre gelegt und dann mit Jule in ein Fahrzeug gebracht worden war. Dann war alles wieder undeutlich. Dass Jule irgendwann bei ihm gestanden war und ihm zärtlich über den Kopf gestrichen hatte, kam ihm noch ins Bewusstsein. Danach war aber nichts mehr.

»Doch ich erinnere mich schwach. Aber warum war ich so beduselt und habe bis jetzt geschlafen?«

»Wir haben Ihnen eine Beruhigungsspritze gegeben. Sie waren enorm aufgeregt und nervös. Ihr Blutdruck und Puls liefen auf Hochtouren. Hatten Sie viel Ärger oder Belastungen? Was war das Letzte, an das Sie sich erinnern können?«

Andreas fühlte sich zusehends besser und jetzt fiel ihm wieder alles ein. Die Stellensuche, der Anruf aus der Firma Lindner. Denen hatte er aber seine Meinung gegeigt und sich dabei fürchterlich aufgeregt. Jetzt wallte es wieder hoch in ihm, wenn er daran zurückdachte. »Ärger? Das ist nur der Vorname. Da kam in der letzten Zeit ein gerüttelt Mass an Erbärmlichem zusammen. Und wenn man mit bald fünfzig die Arbeitsstelle seines Lebens verliert, ist das gar kein leichter Happen.«

»Aha, verstehe. Beruhigen Sie sich, bitte. Denken Sie an etwas Schönes«, sagte der Arzt schnell. Offenbar hatte er bemerkt, dass beim Patienten der Puls anstieg und beendete die Untersuchung. »Tief und langsam durchatmen, Herr Neumann!«

»Was fehlt mir eigentlich? Ich fühle mich wohl«, wollte Andreas nach einer Weile wissen.

»Sie hatten vermutlich einen Nervenzusammenbruch. Ich kann es aber noch nicht mit Sicherheit sagen. Es laufen noch ein paar Auswertungen im Labor, die ich abwarten muss. Aber ich denke mal, dass es Ihre Nerven waren, die sich gegen die Belastung aufgelehnt hatten.«

»Muss ich länger hierbleiben?«

»Wenn nichts Besonderes in den Auswertungen zu sehen ist, werden Sie heute noch nach Hause gehen können. Ich verschreibe Ihnen ein Stärkungsmittel, das Sie wieder auf den Damm bringt, aber Sie müssen zusehen, dass sich die Aufregungen in der nächsten Zeit in Grenzen halten«, meinte der Arzt mit eindringlichem Ton.

»Mach ich, soweit es in meiner Macht steht«, bestätigte Andreas mit erleichtertem Aufatmen.

»Gut. Dann müssen Sie sich jetzt noch etwas gedulden, bis alles bekannt ist. Sie dürfen aufstehen, wenn es sein muss, aber genießen Sie besser noch ein wenig die Ruhe im Bett. Ich komme wieder zu Ihnen, wenn ich alle Resultate habe.« Der Arzt wandte sich zur Tür, wo er sich nochmals umdrehte. »Die Schwester hat übrigens diese Tasche für Sie gebracht.« Er zeigte auf den Boden neben dem Nachttisch. »Ihre Tochter brachte sie heute Morgen vorbei.«

Als der Arzt gegangen war, holte sich Andreas die Tasche. Wahrscheinlich hatte ihm Jule etwas Wäsche gebracht. So war es auch und sein Handy lag ebenfalls mit dabei. Gut, dann konnte er sie anrufen, wenn er nach Hause durfte.

Als ob das Telefon gemerkt hätte, dass es wieder bei seinem Besitzer war, begann es zu surren. Er meldete sich.

»Guten Tag Andreas. Ich bin's, Pauline Lindner. Störe ich Sie?«

»Nein, nein. Ich habe Zeit, liege hier gerade im Krankenhaus.« Andreas wollte nicht weiter die Heimlichtuerei fortsetzen, das bekam ihm wirklich nicht. Aber wieso rief ihn die Witwe an? Was war denn jetzt schon wieder los?

»Was ist denn geschehen?«, kam die aufgeregte Stimme der Witwe durch.

»Ach, nichts Besonderes«, wiegelte Andreas ab. »Ich hatte gestern Abend nur einen leichten Schwächeanfall. Meine Tochter war beunruhigt und hat mich gleich hierher gebracht.«

»Versprechen Sie mir, dass Sie gut auf sich schauen. Ich möchte später gerne mal mit Ihnen reden, wenn es Ihnen wieder besser geht. Sie hätten mir erzählen müssen, dass mein Sohn Sie entlassen hat«, tadelte sie ihn. »Ich kann das überhaupt nicht gutheißen, was er getan hat. Da ist das letzte Wort noch nicht gesprochen, auch wenn ich nur stille Teilhaberin bin«, ereiferte sie sich weiter.

»Ach lassen Sie es doch. Ihr Sohn will und muss seinen Weg gehen, wie er ihn sich vorstellt. Im Übrigen ist kürzlich noch anderes Unangenehmes auf mich zugekommen. Meine Tante ist verstorben. Hat mich auch beschäftigt und tut es noch.«

»Dann nutzen Sie Ihre Ferien und ruhen sich aus. Ich will Sie jetzt nicht länger belästigen. Gute Besserung wünsche ich Ihnen. Ich werde mich wieder melden.«

»Vielen Dank Frau Lindner und Ihnen auch eine gute Zeit.« Andreas beendete das Gespräch und legte sich zurück. Dann hatte die laue Auskunft von Steffen sie doch dazu gebracht, bei ihrem Sohn nachzufragen. Sie hatte vermutlich gespürt, dass da mehr schief liegt im Busch, als sie angenommen hatte. Nun denn, jetzt war es raus mit seiner Entlassung und er brauchte nicht mehr zu schwindeln bei ihr.

Leise klopfte es an der Zimmertür, dann wurde sie langsam geöffnet. Andreas blickte neugierig zur Tür und schaute verblüfft, als Marianne ins Zimmer trat.

»Hallo Andreas«, grüßte sie mit einem gespannten, leicht verlegenen Lächeln. Zögernd trat sie ans Bett heran.

»Hallo Marianne. Schön dich zu sehen. ... wer ... woher ...«, stotterte Andreas überrascht und ebenfalls leicht verlegen.

»Dein Freund, Moritz, war gestern spät abends zu einem Bier gekommen und hat mir erzählt, dass du ins Krankenhaus gebracht worden bist.«

»Moritz? Dann hat ihn Jule informiert. Und jetzt weiß es wahrscheinlich schon die ganze Welt, wenn es der Stammtisch mitbekommen hat.«

»Nein, das weiß sonst niemand. Moritz hat es nur mir erzählt«, sagte sie sofort. »Aber sag mal, wie geht es dir und was hast du? Machst eigentlich einen munteren Eindruck.«

»Es geht mir auch schon wieder bestens. Der Arzt meinte, dass es wahrscheinlich ein Nervenzusammenbruch war. Ich kann vermutlich heute noch nach Hause.«

In Mariannes Gesicht zeigte sich Erleichterung und Freude. »Das ist schön zu hören. Diese blöde Kündigung belastet dich schwer.«

»Nicht nur die. Da gibt es noch einiges anderes, was mich ärgert, aber ich mag jetzt nicht darüber reden. Der Arzt sagt, ich soll mich nicht so aufregen. Das kann er ja leicht sagen, aber es ist nicht einfach für mich, so locker über was hinwegzusehen. Ich muss lernen, nicht alles so dicht an mich rankommen zu lassen.«

»Versuch, etwas Ablenkung zu bekommen.« Marianne langte in ihre Tasche und streckte Andreas ein Buch entgegen. »Hier. Ich weiß zwar nicht, was du so liest, aber das ist ein unterhaltsames Buch. Das bringt dich vielleicht auf andere Gedanken.«

»Danke vielmals. Ich habe schon länger kein Buch mehr in der Hand gehabt, obwohl ich eigentlich gerne lese.«

»Dann nimm dir jetzt die Zeit dazu. Das kann helfen.«

»Jawohl Frau Doktor, mach ich«, betätigte Andreas mit schalkhaftem Lächeln.

Andreas drehte und betrachtete das Buch in seiner Hand. Das freute ihn jetzt, dass Marianne sich die Zeit genommen hatte, bei ihm hereinzuschauen. Sie war wirklich eine tolle, mitfühlende Frau. Moritz hatte vermutlich nicht ganz unrecht, wenn er meinte, dass sie mehr als nur geschäftsmäßig freundlich mit ihm war. Da hatte er doch überhaupt nichts dagegen, bei so einer sympathischen Frau. Im Gegenteil.

Energisch wurde kurz drauf erneut an die Tür geklopft und im nächsten Augenblick ging diese mit Schwung auf. Andreas staunte. Karla trat ein und kam, Marianne dabei unbeachtet wegdrängend, sofort zu ihm ans Bett. Sie hätte er nie erwartet.

»Hallo Andreas. Na, was hast du denn angestellt? Wie geht es dir?«

Ehe er antworten konnte, begann Marianne zu reden: »Entschuldige, Andreas, aber ich muss wieder gehen. Ich bin auf dem Weg zur Arbeit kurz vorbeigekommen.« Sie streckte ihm die Hand zum Abschied entgegen. »Meldest du dich, wenn du wieder zu Hause bist?«

»Klar. Ich komm bei dir vorbei. Vielen Dank für deinen Besuch, das hat mich gefreut.« Andreas ergriff Mariannes Hand, um sie länger zu halten, als eigentlich üblich war. Marianne schien gar nichts dagegen zu haben bis sie dann fast etwas verlegen, ihre Hand doch zurückzog. Eher ablehnend darüber wirkte aber der Gesichtsausdruck von Karla.

Mit einem Lächeln drehte sich Marianne an der Tür nochmals zu ihm hin und verschwand dann mit einem kleinen Winken. Karla hatte sie gar keine Beachtung geschenkt.

Umgekehrt hatte aber Karla sie kritisch beobachtet, trat jetzt wieder näher heran, um mit forschem Unterton zu fragen: »Wer ist denn diese unanständige Frau gewesen? Nicht mal gegrüßt hat sie.«

Andreas grinste innerlich. War da so was wie Eifersucht bei Karla zu erkennen? Hatte er ins Krankenhaus gehen müssen, um zu erfahren, dass es doch nicht nur kulturelles Interesse war, wie sie bisher vorgegeben hat? Oder schämte sie sich gar, weil sie ihn am Telefon so abgefertigt hatte? Das wäre eine neue Seite an ihr. Nun, wie auch immer. Bei sich konnte er keine anderen Interessen, als die der Kultur empfinden. Er amüsierte sich richtig.

Sich zusammenreißend, gab er rasch Auskunft. »Das war Marianne. Die Bedienung in der 'Blauen Gans', meinem Stammlokal. Eine nette Person.« Schließlich hängte er an: »Übrigens hast Du sie auch nicht gegrüßt, als du hereingebraust kamst«.

»Als Trinkgeldsäule sollte sie einen freundlicheren Kontakt pflegen«, fand Karla in abwertendem Tonfall.

»Ich finde, sie ist sehr aufmerksam und angenehm im Umgang.« Er hatte sich nicht zurückhalten können, Marianne nochmals zu rühmen, fuhr dann aber fort: »Aber sag mal: Ich staune, dass du hier bist. Wer hat dir denn verraten, dass ich im Krankenhaus bin? Weiss das mittlerweile die ganze Stadt?«

»Deine Juliane hat mich angerufen. Sie hatte dein Handy und war sich nicht sicher, ob wir nicht einen Konzertbesuch geplant hatten. Daher rief sie an.«

»Wie du siehst, bin ich im Moment nicht nur materiell, sondern auch physisch nicht ausgehtauglich.« Ihr wollte er vorläufig nicht auf die Nase binden, dass es ihm bereits wieder gut ging.

»Aber das gibt sich doch sicher wieder. Hab gehört, dass du Ferien hast. Falls es dir langweilig wird, komm bei mir vorbei. Mein Garten braucht ohnehin eine Gärtnerhand und dann können wir bei einem Kaffee ein wenig plaudern.«

»Ich will der Firma Lindner nicht die Kunden abwerben.« Das fehlte noch, dass er Karla für einen Kaffee die Anlage pflegte. Sie scheute nicht davor zurück, ihn so oft wie möglich auszunutzen. Waren es zur Zeit nicht die von ihm finanzierten Konzertabende, dann eben Gartenpflege mit freiem Getränk. Allmählich begann sie ihn immer mehr an seine Ex-Frau zu erinnern.

»Dann sieh jetzt mal zu, dass du wieder auf die Beine kommst, dann sehen wir weiter.« Sie reichte ihm eine Tafel Schokolade. »Hier, Schokolade macht munter.«

»Danke dir«, sagte Andreas und suchte nach einem Grund sie loszuwerden. »Entschuldige, aber ich muss dringend zur Toilette.«

»Ja geh nur. Ich muss sowieso weiter. Muss ein paar wichtige Besorgungen erledigen.«

Andreas verabschiedete sich rasch von ihr, um dann,

Bedrängnis vortäuschend, aufzustehen, und betont unsicher in Richtung des Toilettenraumes zu gehen. Erfreut erkannte er aus den Augenwinkeln, wie sie das Zimmer verließ. Die Erleichterung äußerte sich bei ihm danach gleich in doppelter Hinsicht.

Andreas war dabei, den Klappentext von Mariannes Buch zu lesen, als sein Handy schon wieder zu summen begann. Er wusste zwar nicht, ob die Handybenutzung hier überhaupt erlaubt war, aber es war ja im Augenblick niemand da, also meldete er sich.

»Hier spricht Lona Winter, vom Sekretariat Anwalt Breuer«, kam eine schnell sprechende, geschäftsmäßig klingende Frauenstimme aus dem Lautsprecher.

»Frau Breuer?«, antwortete er verwirrt. Wer war das denn?

»Hier ist die Anwaltskanzlei Breuer. Mein Name ist Winter. Spreche ich mit Andreas Neumann?«

»Eh ... ja, das bin ich.« Andreas riss sich zusammen. Es war ihm peinlich, sich so begriffsstutzig angestellt zu haben. Das war ja normalerweise nicht seine Art. »Entschuldigen Sie, guten Tag Frau Winter.«

»Kein Problem. Ist ihnen eine Johanna Horrenberger bekannt?«, kam die Sekretärin sofort zum Thema.

»Ja, das war meine Tante. Sie ist kürzlich verstorben. Warum fragen Sie?«, antwortete Andreas etwas misstrauisch.

»Deshalb rufe ich an. Ich habe den Auftrag von Herrn Breuer, Sie um einen Termin bei uns zu bitten. Wir erledigen dies zwar normalerweise schriftlich, aber wir hätten kurzfristig am kommenden Freitag noch einen

Termin frei und Herr Breuer ist danach für länger orts-abwesend. Deshalb versuche ich abzuklären, ob ein Treffen am Freitagmorgen noch möglich wäre.«

Heute war Mittwoch, hatte der Arzt gesagt, also über-morgen. Dann bin ich sicher wieder zu Hause, überlegte sich Andreas. »Ja, ich denke, ich könnte mich da richten. Wann genau und wo denn?«

»Das wäre am Freitag, elf Uhr dreißig hier im Notariat an der Kirchgasse 11«, antwortete Frau Winter.

»Das ist ja fast um die Ecke von mir. Ja, ich könnte kommen.« Andreas wurde unruhig. »Aber um was geht es denn eigentlich? Gibt es Probleme wegen der Tante?«

»Nein nein, keine Probleme. Es geht um die Testa-mentseröffnung von Frau Johanna Horrenberger.«

»Was soll ich denn da?«, meinte Andreas erstaunt. Er war doch nur ein entfernter Neffe. Hatte schon lange keinen Kontakt mehr mit der Tante gehabt. Was konnte sie also von ihm wollen?

»Frau Horrenberger hatte uns zu Lebzeiten beauf-tragt, Sie und Ihre Tochter, Juliane Neumann, zur Testa-mentseröffnung einzuladen. Ihre Tochter wohnt nach unseren Angaben an gleicher Adresse. Bei Ihnen?«

»Ja, Jule wohnt bei mir. Ich weiß allerdings nicht, ob sie sich so kurzfristig freimachen kann. Sie ist beruflich ziemlich gebunden, aber ich werde sie fragen.«

»Falls es Ihrer Tochter nicht möglich ist zu kommen, können Sie natürlich auch stellvertretend für sie teil-nehmen. Dann wäre es allerdings hilfreich, wenn Sie eine kurze schriftliche Erklärung ihrer Tochter mitbrin-gen würden.«

»Gut, ich werde auf jeden Fall kommen.«

»Fein. Dann besten dank für Ihre spontane Zusage. Wir erwarten Sie also am Freitag, elf Uhr dreißig. Bis dann, Herr Neumann und einen angenehmen Tag.«

Andreas stotterte verblüfft einen Abschiedsgruß und legte sich dann, das Gehörte durch den Kopf gehen lassend, zurück in die Kissen.

Tante Hanni hatte ein Testament erstellt und er und Jule sollen zur Eröffnung anwesend sein. Das war unglaublich und bedeutete doch, dass sie etwas erben würden. Hoffentlich keine Schulden, er hatte doch so schon nichts mehr. Er war gespannt, ob noch irgendwelche andere entfernte Familienangehörige, von denen er nicht wusste, erscheinen würden. An der Beerdigung war er allerdings der einzige Verwandte gewesen. Dass Tante Hanni überhaupt an sie beide gedacht hatte, wunderte ihn doch ein einigermaßen. Er war gespannt, was er da am Freitag zu hören bekommen wird.

Angezogen sass Andreas im Sessel neben dem Krankenbett und versuchte zum dritten Mal, Jule zu erreichen, damit sie ihn abholen könnte.

Der Arzt war um die Mittagszeit wieder gekommen und hatte ihm eröffnet, dass keine Komplikationen gefunden worden waren. Es ging lediglich um sein angeschlagenes Nervenkostüm. Er hatte ihm ein Stärkungsmittel verschrieben und ihn nochmals sehr bestimmt dazu aufgefordert, alles zu tun, um die nervlichen Belastungen möglichst tief zu halten. Würde er das nicht beherzigen, könnte es schlimmstenfalls bis zu einem Burn-out führen. Den gravierenden Auswirkungen wäre dann nur mit ausgedehnten Aufenthalten

in Nervenkliniken und psychologischer Betreuung bei-
zukommen. Das hatte ihn schockiert und er hatte sich
fest vorgenommen, zu all seinen Problemen deutlich auf
Distanz zu gehen und das in den Vordergrund zu stellen, was er brauchte, wollte und ihm guttat.

Jules Handy war noch immer nicht erreichbar. Etwas
genervt legte er das Telefon ab und überlegte, ob er sich,
auch wenn er sich das jetzt schlecht leisten konnte, ein
Taxi rufen sollte. Dann würde er halt in den speckigen
Hausklamotten, die er getragen hatte, als sie ihn holten,
nach Hause gehen müssen.

In diesem Moment öffnete sich, nach einem kurzen
Klopfen, die Zimmertür und Jule kam mit einer Tasche
in der Hand herein.

»Hallo Papa«, strahlte sie ihn an und küsste ihn auf
die Wange. »Da bin ich, um dich abzuholen.«

»Jule! Ich habe ständig versucht, dich anzurufen, dass
du mich abholen kannst, ich kann nach Hause. Aber
dein Handy geht nicht.«

»Ich weiß. Mein Handy ist leer. Ich musste es zum
Laden anhängen. Jemand vom Krankenhaus hier, hat
mich im Geschäft angerufen. Ich hab kurz daheim was
zum Anziehen für dich geholt.«

»Oh, Danke dir Jule. Ich bin froh, wenn ich wieder in
normale Kleider steigen und nach Hause kann.«

Jule reichte ihm die Tasche und während Andreas
anfing, sich umzuziehen, zog Jule aus einer Tüte mehrere Zeitungen heraus.

»Sag mal Papa«, begann sie zögernd. »Ich habe schon
heute Morgen, als ich zur Arbeit ging, das mitgenommen, was du gestern auf dem Tisch hattest. Ich wollte

dich danach fragen.«

Mit Schrecken sah Andreas die Zeitungen mit den Anzeigen. »Was denn?«, meinte er mit betont unschuldigem Ausdruck.

»Sag mal. Arbeitest du jetzt von zu Hause aus? Was suchst du in den Stellenangeboten?«, fragte sie zurück und hielt die Zeitung mit den markierten Anzeigen hoch.

Mist, jetzt platzte sein Geheimnis. Er hatte doch warten wollen, bis Jule weggezogen ist. Sonst machte sie sich womöglich ein Gewissen daraus, ihn in seiner jetzigen Situation zurückzulassen.

Während Andreas überlegte, wie er es ihr erklären sollte, fuhr Jule fort: »Hier! Stellenangebote! Sag jetzt aber nicht, du suchst für dich eine neue Stelle?« Jule zeigte ungläubig auf die Zeitungsannoncen und wandte sich dann ihrem Vater zu. »Du hast mir gar nie davon erzählt, dass du dich mit dem Gedanken trägst, dich beruflich zu verändern. Gefällt es dir denn nicht mehr bei Lindner? Seit ich mich erinnern kann, arbeitest du doch dort.«

Andreas versuchte verzweifelt, Jule vom Thema abzubringen, und ging weiterhin nicht auf ihre Fragen ein.

»Du ich habe einen wichtigen Anruf von einem Notar bekommen …«

»Lenk jetzt nicht ab, Papa«, schnitt ihm Jule energisch das Wort ab. Neugierde beherrschte ihren Gesichtsausdruck. Mit den Händen in die Hüften gestützt, stellte sie sich vor ihren Vater.

Mist. Er hätte es wissen sollen, wenn seine Tochter die Neugier gepackt hatte, gab es kein Entrinnen mehr.

»Da stimmt doch etwas nicht, das sehe ich an deiner Nasenspitze, du warst noch nie ein guter Schwindler. Komm, erzähl mir, was los ist«, bat sie ihn und kniff ihn in die Nase. »Es interessiert mich doch, was mein lieber Paps, privat oder beruflich, noch anstellen will.«

Hoppla. Das war's dann. Wenn sie ihn 'Paps' nannte, konnte sie besonders einschmeichelnd sein. Sie wird nicht mehr locker lassen, bis sie alles weiß. Dafür kannte er sie zu gut und belügen wollte er sie auf keinen Fall. Wenn sie erfahren würde, dass Fremde wie zum Beispiel seine Stammtischkollegen, längst alles wussten und sie nicht, das wäre für sie eine riesige Enttäuschung und sie würde ihm das kaum verzeihen. Es war besser, ihr jetzt alles zu beichten. Er hoffte, sie irgendwie beruhigen zu können, und zwar so weit, dass sie nicht ihre Pläne wegen ihm verschieben würde.

»Na ja, von 'anstellen will' kann man eigentlich nicht sprechen, eher von 'muss'«, begann er sein Geständnis und setzte sich.

»Warum muss?«, drängte sie ungeduldig an ihrem Armband fummelnd, und stellte sich vor ihn hin.

Andreas atmete nochmals tief durch, um dann rasch herauszustoßen: »Ich bin entlassen worden.« Am besten war bei ihr, wenn er die volle Wahrheit sagte, und auch das, was er sich dabei gedacht hatte.

Jules Augen wurden groß. »Was? Du ... du bist entlassen worden?«

»Ja. Der junge Lindner hat mir gekündigt«, antwortete er erleichtert. »Ich wollte es dir noch nicht sagen. Du sollst deine Pläne unbeeinflusst verwirklichen, so wie du es dir vorstellst. Ich werde schon durchkommen, bin ja schließlich alt genug.«

Jule fasste ihren Vater mit beiden Händen an den Schultern. »Das darf doch nicht wahr sein. Du arbeitest schon seit Ewigkeiten dort und Lindner war immer sehr zufrieden mit dir. Oder ... hast du was angestellt?«

»Nein, ich habe nichts angestellt, kannst mir glauben«, beteuerte Andreas und erzählte jetzt alles, was in letzter Zeit vorgefallen war und wie ihm der junge Lindner die Anstellung aufgekündigt hatte.

Für einen Augenblick war sie sprachlos, entrüstete sich dann aber: »Das kann doch nicht wahr sein. Schmeißt dich einfach raus? Das darfst du dir aber nicht ...«

»Reg dich ab Jule, das lohnt nicht. Kündigung ist Kündigung, ganz legal nach Arbeitsrecht. Da spielt es keine Rolle, wie gut oder wie lange man im Betrieb gearbeitet hatte. Es schmerzt gewaltig und schlaucht mich, aber es bleibt nichts anderes übrig. Ich such mir jetzt einfach einen neuen Arbeitsplatz und damit Schluss. Ich mag nicht mehr darüber reden. Der Arzt hat mir ohnehin eindringlich geraten, mich in der nächsten Zeit vor großen Aufregungen fernzuhalten.« Andreas wischte mit der Hand durch die Luft und versuchte, ein gelöstes unbeschwertes Gesicht zu zeigen. Sie brauchte nicht zu wissen, dass diese Suche für ihn schwierig werden konnte. »Aber jetzt sag du mal, warum kommst du eigentlich so früh von der Arbeit, doch nicht extra für mich? Bist hoffentlich nicht auch gefeuert worden?«, versuchte er in einem theatralisch besorgten Tonfall, seine Situation für sie leichter darzustellen.

Tatsächlich ließ sich Jule vom Thema abbringen. Ihr

Gesicht nahm wieder einen konzentrierten Ausdruck an. »Nein du, ich kann es noch gar nicht glauben. Ich muss kurzfristig, mit meiner Chefin für drei Tage zu Besprechungen nach Brüssel fliegen. Morgen früh muss ich los. Am Freitag komme ich wieder zurück. Ich muss was packen für den Trip und wenn ich nicht zu müde bin, schon mal beginnen, meine Siebensachen für den Umzug zu verpacken. Am Samstag ziehe ich in die WG. Es wird grad alles ein wenig eng, aber ich nehme dann erst mal nur das Wichtigste mit. Den Rest kann ich immer noch nächste Woche holen.« Jule schien jetzt nur noch an das, was bei ihr dringend anstand, zu denken. Sie drehte sich ab und wollte beginnen, die Sachen ihres Vaters zusammenzupacken, stoppte aber brüsk in der Bewegung.

Sich zu ihm umdrehend meinte sie nachdenklich und besorgt: »Aber was machen wir jetzt mit dir? Kannst du denn alleine in der Wohnung bleiben, nach deinem Kollaps? Sollten wir fragen, ob die Karla Wegener nach dir sehen kann, während ich weg bin?«

»Um Gottes willen nein!«, entfuhr es Andreas. »Das ist kein Problem. Notfalls habe ich Moritz, meinen Freund. Es geht mir wieder richtig gut. Der Arzt befahl, ich soll mir viel Ruhe gönnen. Also werde ich die nächsten Tage ganz alleine in der Wohnung faul herumliegen, Lesen, Fernsehen, einen Spaziergang machen und was gutes Essen. Was will man mehr. So richtig durchhängen.«

Jule schaute ihn nachdenklich an. »Übrigens Wohnung. Kannst du sie denn halten, wenn ich wegziehe und du arbeitslos bist? Ich kann nicht für beide Wohnungen bezahlen bei meinem Gehalt.«

Andreas fuhr sich verlegen mit der Hand durchs Haar und sah dann auf seine Tochter. »Das ist das Zweite, was ich dir beichten muss: Ich habe, ohne es dir vorher zu sagen, schon einen Untermieter genommen. Er wird die Hälfte der Miete übernehmen. So wird es auf jeden Fall gehen. Dein Vater lebt also künftig auch in einer WG.«

Jule blickte ihn überrascht an. »Ein Untermieter? Also mich vorher was sagen, musstest du nicht, du bist schließlich der Mieter. Aber dass du einfach so auf die schnelle eine fremde Person in die Wohnung lässt, überrascht mich schon ein wenig. Das passt nicht zu dir.«

»Es ist eben keine fremde Person, es ist mein alter Freund Moritz Bechmeier. Du hast ihn ja kennengelernt. Er war doch schon einige Male bei uns. Er hat jetzt die Festanstellung bekommen und sucht eine Unterkunft. So kommt es für uns beide sehr gelegen. Wie sagt man dem heute: Eine 'Win-Win-Situation'«, versuchte er salopp, Jules Besorgnis zu verscheuchen.

»Ach so«, meinte Jule jetzt tatsächlich erleichtert, »dann ist ja dieses Problem bereits gelöst und ich muss mir keine Gedanken mehr wegen dir machen.« Sie blickte sich im Zimmer um. »Ja, ich denke, wir haben alles, also gehen wir. Ich bin froh, früh zu Hause zu sein, dann habe ich genügend Zeit für das Reisegepäck und kann noch einiges vorbereiten für den Umzug am Samstag.«

Doch Andreas erhob sich und stoppte sie nochmals. »Tut mir leid, Jule, wenn ich dich noch weiter aufhalte, aber ich habe da eine dritte Sache, über die ich dich unbedingt informieren muss«, bremste er ihren Gang.

Jule drehte sich wieder um und fragte beunruhigt: »Was denn, noch ein Geheimnis. Das wird mir allmählich unheimlich. Mein Papa, das unbekannte Wesen. Kannst es doch unterwegs erzählen.«

»Nein, das möchte ich nicht zwischen Tür und Angel besprechen«, winkte Andreas ab. »Es ist auch kein Geheimnis, aber etwas Geheimnisvolles.« Er setzte sich wieder auf den Stuhl und Jule, bei der die Neugier wiederum Oberhand bekam, trat zurück zu ihrem Vater und spielte an ihrem Armband herum, wie immer, wenn sie aufgeregt war. Einen kurzen Augenblick lang schwieg er.

»Jetzt bringst du es aber spannend. Komm schon, heraus damit. Noch eine Hiobsbotschaft? Erst arbeitslos, dann Untermieter. Was denn noch? Eine neue Frau?«

»Keine Frau. Ein Notar hat mich heute Morgen angerufen und nachgefragt, ob wir zwei am kommenden Freitag zu einer Testamentseröffnung kommen könnten«, ließ Andreas die Katze aus dem Sack. Er hatte bewusst noch nicht alles gesagt und freute sich diebisch, zu sehen, dass seine Tochter ihn noch eine Stufe ratloser anblickte.

»Was? Testamentseröffnung? Von wem? Komm, raus damit, spann mich doch nicht so auf die Folter, das ist nicht fair.«

»Tante Hanni hat offenbar ein Testament geschrieben und wir zwei sollen da erscheinen, um zu hören, was sie bestimmt hat.«

Wieder war Jule kurz sprachlos, sank auf den zweiten Stuhl und meinte dann: »Sag jetzt nicht, sie hat uns womöglich etwas hinterlassen? Wir hatten doch keinen

Kontakt mehr zu ihr, sie nur sträflich vernachlässigt.«

»Wenn wir dazu eingeladen sind, und der Notar tat es im Auftrag von Hanni, wird es vermutlich mit irgendeiner Art von Erbschaft zu tun haben. Ich hoffe nur, sie hatte nicht zu viele Schulden. Die kann man nämlich auch Erben.«

Jule griff sich aufgeregt in die Haare. »Heute ist mein Tag der vielen, großen Überraschungen. Eine jagt die andere. Unglaublich.« Der aufgewühlte, freudige Gesichtsausdruck verschwand abrupt und eine Falte zeigte sich auf ihrer Stirn. »Verflixt, ich kann aber nicht an diese Eröffnung kommen. Ich bin doch in Brüssel bis Freitagmittag.«

»Ich habe am Telefon gesagt, dass du vielleicht aus geschäftlichen Gründen nicht teilnehmen kannst. Aber die haben gemeint, dass das kein Problem sei. Ich könnte da als deine Vertretung entscheiden. Wenn du damit einverstanden bist? Müsstest mir nur eine Vollmacht mitgeben.«

»Aber sicher, ich habe mich doch schon immer auf meinen Papa verlassen können«, und schlug die Hände zusammen. »Mein Gott, was ist das nur plötzlich für eine aufregende Zeit. Da werd ich ja ganz kribbelig.«

Jule stand schnell vom Stuhl auf und sagte: »Ein Vorschlag, Paps. Ein kleiner Deal! Wir fahren jetzt nach Hause, ich packe rasch mein Köfferchen für Morgen und in dieser Zeit bereitest du für uns ein leckeres Abendbrot. Ginge das für dich? Beim Essen könnten wir dann nochmals ausgiebig über all die Neuigkeiten reden.«

»Gute Idee«, sagte Andreas und stand sofort auf. Er war froh, endlich mit ihr über sein Jobproblem geredet zu haben. Eine Sorge weniger für ihn. »Ich zaubere uns was Feines. Beeilen wir uns. Nach dem kärglichen Mittagsmahl hier habe ich jetzt echt Lust auf eine anständige Mahlzeit.«

Kapitel 10

Große Überraschung

In den letzten Tagen hatte sich Andreas wirklich Ruhe gegönnt, sein Arbeitsplatzproblem vorübergehend energisch in den Hintergrund geschoben und sich erholt. Er musste fit sein, wenn er sich vorstellen wollte.

Jule war auf Geschäftsreise und so hatte er mehr Ruhe, als er eigentlich brauchte. Moritz war vorbeigekommen, um nach ihm zu sehen. Ein gutes Gefühl, jemand zu haben, der sich um einen kümmerte. Eben ein echter Freund. Auch Marianne in der 'Blauen Gans' hatte er besucht. Sie hatte sich gefreut, ihn wieder munter zu sehen, und ihm hatte es gutgetan, mit ihr ein wenig zu plaudern.

Doch mittlerweile war Freitag geworden und er hatte sich bereit gemacht, zum vereinbarten Notartermin zu gehen. Nach außen hin sich ruhig gebend, aber innerlich doch gespannt, hatte er sich auf den Weg zum Notar Breuer in der Kirchgasse aufgemacht. Was er dort wohl an dieser Testamentseröffnung erfahren wird? Neugierig war er zum Empfangstisch getreten und hatte seinen Namen genannt. Kurz darauf kam Frau Winter, hatte ihn freundlich begrüßt und in ein Wartezimmer geführt. Zu Erstaunen saß dort ein Mann, dessen Gesicht ihm bekannt vorkam, es aber im Moment nicht einordnen konnte. Das hatte er des Öftern, da er durch seine Arbeit bedingt, mit vielen Leuten zusammenkam. Grüßend hatte er sich gesetzt, worauf ihn der andere sofort ansprach.

»Hier sehen wir uns also wieder.« Der Fremde streckte ihm die Hand entgegen.

Andreas war im Augenblick ratlos, wer das war, ergriff aber die Hand. »Sie kommen mir bekannt vor, aber ich weiß im Moment nicht woher.«

»Wir hatten uns kurz gesprochen bei der Trauerfeier von Johanna Horrenberger. Theodor Bucher ist mein Name. Ich bin ... oder war ... ihr direkter Nachbar.«

»Ach ja natürlich, jetzt hat's geklingelt bei mir.« Er schlug sich an den Kopf. »Entschuldigen Sie, mein Gedächtnis lässt mich manchmal etwas im Stich. Guten Tag Herr Bucher.« Andreas schüttelte dem Mann die Hand. Warum war der hier? War er etwa ebenfalls vorgeladen?

»Sind Sie, Herr Bucher, auch zur Testamentseröffnung eingeladen worden?«, fragte er ihn.

»Ja. Man hatte mich angerufen. Ich war erstaunt darüber. Ich wusste zwar von Johanna, dass sie ein Testament geschrieben hatte, dass ich aber damit etwas zu tun haben würde, davon hat sie nichts erwähnt. Sie hatte mir nur einen ganzen Bund Schlüssel in Verwahrung gegeben mit der Bitte, diese an den rechtmäßigen Erben zu übergeben, wenn sie verstorben wäre. Wahrscheinlich hat man mich deshalb hierher eingeladen. Ich nehme mal an, dass hier heute klar wird, wer ihren Besitz erbt. Vielleicht Sie.«

»Das glaube ich kaum.« Nach einer Weile des Schweigens nahm Andreas das Gespräch wieder auf: »Werden noch weitere Personen kommen? Wissen Sie das?«

»Ich habe keine Ahnung. Nachdem ich die Einladung bekommen hatte, habe ich in unserem Ort vorsichtig ein wenig herumgehorcht, aber es scheint niemand etwas von diesem Testament zu wissen.«

Eine Seitentür öffnete sich und ein gepflegt wirkender Mann in grauer Kleidung und Schlips trat herein.

»Die Herrschaften betreffend Testament Johanna Horrenberger?« Beide nickten und erhoben sich, um dem Mann die Hand zu schütteln.

»Herbert Breuer, mein Name. Ich bin der beauftragte Anwalt der verstorbenen Johanna Horrenberger. Darf ich Sie in mein Büro bitten.«

Im Büro, beherrscht durch einen eindrucksvollen Schreibtisch, forderte der Notar sie auf, in den Sesseln davor Platz zu nehmen. Drei Sessel standen da in Reihe. Auf die beiden Ersten setzten sie sich nach einem kurzen Zögern.

Hinter dem Schreibtisch hatte sich inzwischen Anwalt Breuer gesetzt und schob ein paar Papiere zur Seite. Dann griff er zu der direkt vor ihm liegenden Akte, schaute kurz darauf, um sogleich den Kopf zu heben und auf die zwei vor ihm sitzenden Männer zu blicken.

»Ich begrüße Sie und möchte mich vorneweg dafür bedanken, dass Sie sich so kurzfristig für diese Besprechung bereit erklärt haben.« Sein Blick ging zu Bucher. »Sie sind glaube ich, Theodor Bucher, richtig?«

»Ja, das bin ich«, antwortete der.

Der Blick des Notars wechselte zu Andreas. »Und Sie

sind Andreas Neumann?«

»Ja«, bestätigte er.

»Dürfte ich Sie der Ordnung halber kurz um Ihre Ausweise bitten. Ich bin von Gesetzes wegen verpflichtet, Ihre Identität zu prüfen.«

Während der Anwalt die Ausweise entgegennahm und prüfte, fragte er an Andreas gerichtet: »Eingeladen worden ist außerdem Ihre Tochter Juliane Neumann. Wird sie noch erscheinen?«

»Meine Tochter ist leider beruflich im Ausland und hat mich ermächtigt, sie zu vertreten«, gab Andreas Auskunft und übergab dem Anwalt ein Blatt Papier mit der Erklärung von Jule.

Der nickte daraufhin und nahm einen versiegelten Umschlag in die Hand. »Nachdem wir die Formalitäten erledigt haben und keine weiteren Personen zu erwarten sind, können wir zur Testamentsöffnung schreiten.« Mit Spannung verfolgten die beiden Männer das Prozedere, bei dem der Anwalt geübt und mit eleganter Bewegung den Umschlag mit einem silberglänzenden Brieföffner aufschlitzte.

Der Notar zog das Papier heraus, blickte kurz darauf, um dann zu erläutern: »Dieses Testament wurde von Frau Horrenberger in meinem Beisein handschriftlich verfasst und unterzeichnet. Eine Angestellte des Notariats und meine Wenigkeit haben am Schluss die Echtheit dieses Schriftstückes, das von der Erblasserin bei einwandfreier, geistiger Verfassung erstellt wurde, per Unterschrift beglaubigt. Das Testament ist somit rechtskräftig und kann nicht infrage gestellt werden.« Der Anwalt legte eine kurze Sprechpause ein. Andreas und der Nachbar Bucher saßen reglos und erwartungsvoll da, wagten kaum, zu atmen.

»Ich verlese den letzten Willen der Johanna Horrenberger, verfasst und beglaubigt am zwölften September des vergangenen Jahres.«

Meine lieben Verwandten, lieber Nachbar,
Ich hoffe, dass alle drei von mir bezeichneten Personen hier anwesend sind, um meinen Letzten Willen zu erfahren. Für den Fall, dass jemand das Erbe nicht antreten will, was ich nicht hoffe, hat Herr Breuer genaue Anweisungen, wie er weiter zu verfahren hätte.
Zuerst zu Dir, Theodor Bucher, mein lieber Nachbar und guter Freund. Du hast mir in den vergangenen Jahren, weit mehr als man dies von einem Nachbarn erwarten könnte, kräftig unter die Arme gegriffen. Dank deiner Unterstützung habe ich die letzten Lebensjahre auf meinem Anwesen trotz Altersgebrechen, fast unbeschwert genießen können. Ich danke dir hier nochmals von ganzem Herzen für deinen tatkräftigen und vertrauensvollen Beistand in allen Belangen des täglichen Lebens. Dank deiner Unterstützung konnte ich bis zuletzt meine geliebten Ziegen halten und pflegen. Diese zweiunddreißig prächtigen Tiere vermache ich dir jetzt, zusammen mit einem Weiderecht auf allen nicht bepflanzten Flächen meines Grundstückes. Der neue Besitzer hat dies zu akzeptieren. Von Herrn Breuer erhältst du einen versiegelten Umschlag mit meiner letzten Bitte an dich, diese kleinen Verrichtungen, die ich aufgeschrieben habe, nach meinen Wünschen zu erledigen. Ich hoffe, meine Angaben darin sind verständlich für dich. Ich danke dir sehr, lieber Theo.

Der Notar hielt inne mit der Verlesung und überreichte

dem mit offenem Munde dasitzenden Bucher einen großen, versiegelten Umschlag. Mit ungläubigem Gesicht ergriff dieser das Kuvert und konnte seine Überraschung nur sprachlos und mit mehrmaligem Schlucken überwinden.

»Ich fahre fort in der Verlesung des Testamentes«, sagte Breuer und nahm das Dokument wieder in die Hände.

Andreas und Juliane Neumann. Ihr zwei seid sicher überrascht, dass ihr eingeladen worden seid. Schließlich haben wir viele Jahre lang keinen Kontakt mehr miteinander gehabt. Leider, muss ich aus meiner Sicht sagen. Ich habe euch sehr vermisst. Ich konnte aber auch verstehen und es akzeptieren, dass es dem Frieden in eurer Familie zuliebe notwendig war, unsere Beziehung abzubrechen. Ich habe das mehr als nur bedauert, hätte ich doch so gerne ein wenig miterleben mögen, wie du Juliane zur jungen Dame heranwächst.

Der Notar unterbrach und nahm einen Schluck Wasser, um dann fortzufahren.

Ihr zwei, als Sohn und Enkelin meiner leider viel zu früh verstorbenen Schwester Rosa, seid die einzigen Verwandten, die ich noch habe und ich mag euch beide sehr. Ich habe mich heimlich immer wieder mal orientiert über Euch. Verzeiht mir bitte meine Schnüffelei. Es ist mir deshalb bekannt, dass ihr nun ohne Mutter und Ehefrau lebt. Aber es geht euch beiden, soweit ich es aus der Ferne beurteilen kann, gut. Du Juliane bist jetzt eine intelligente, strebsame junge Frau geworden und Andreas, du stehst den Mann in deinem geliebten Beruf hervorragend. Ihr seid zwei gute Menschen, die ich immer in meinem Herzen getragen habe. Deshalb denke ich auch an euch beide beim Schreiben dieses Schriftstückes.

Dir Juliane, die du am Anfang des Erwachsenenlebens stehst, vermache ich zehntausend Euro aus meinem Barvermögen. Verzeih mir, dass es leider nicht mehr ist, aber es soll dir helfen, deinen Weg im Berufs- und Geschäftsleben gut ausgebildet zu gehen. Damit kannst du dir den einen oder anderen Wunsch, den doch jede junge Frau hat, erfüllen. Ich wünsche dir ein wunderbares, glückliches Leben.

Und jetzt noch zu dir, Andreas. Ich übergebe dir zu treuen Händen meinen gesamten Besitz. Das Haus zusammen mit dem ganzen dazugehörenden Land mit allem, was sich darauf befindet. Außerdem einen kleinen Rest Bargeld, damit du über die erste Zeit kommst. Ich weiß ja, dass du seit deiner Scheidung knapp bei Kasse bist.

Jetzt war es an Andreas, völlig perplex und geschockt auf den Anwalt zu starren. Hatte er das richtig verstanden? Tante Hanni vererbte ihm ihren ganzen Besitz?

»Da... das glaub ich jetzt aber nicht«, stieß er hervor, doch der Anwalt bedeutete ihm zu warten, bis alles Verlesen war, und fuhr fort.

Ich bin mir sicher, dass es dir hier auf meinem Stück Land gefallen wird. Du bist ein Mensch, der gerne in der Natur ist und es auch bestens verstehst, sie zu pflegen und zu gestalten. Du wirst den Besitz sicher ganz in meinem Sinne hegen. Ich bin überzeugt, dass du damit zu einem glücklichen Zuhause findest und wer weiß, kommst du noch zu einer netten Frau, die mit dir hier leben möchte. Du wirst dich zu Beginn vielleicht noch etwas schwertun. Aber hab keine Angst, Theo Bucher, der Nachbar wird dir gerne mit Rat und Tat zur Seite

stehen. Ein wichtiger Tipp noch: Nimm dir Zeit und sieh dir
alles, auch im Hause, ganz genau an. Es wäre sehr schade,
wenn du etwas übersehen würdest.
Das war's, was ich zu Lebzeiten noch geregelt haben wollte.
Herr Breuer wird alle notwendigen Formalitäten für euch erle-
digen. Ich wünsche euch allen ein glückliches und zufriedenes
Leben. Denkt hin und wieder an mich. Ich liebe euch.
Eure Johanna Horrenberger und Tante Hanni.

Der Notar legte das Blatt ab, blickte auf die zwei Männer
vor ihm und schwieg. Er schien das zu kennen. Die
Erben mussten sich über das Gehörte erst einmal richtig
bewusst werden. Die wirbelnden Gedanken ordnen.
Andreas begann, langsam seinen Kopf hin und her zu
wiegen, so als ob er alles am Abwägen wäre. Er war
noch immer fassungslos.

»Sie bekommen selbstverständlich das Originaltesta-
ment, Herr Neumann. Die beiden Miterben erhalten je
eine beglaubigte Kopie.«

Die zwei Männer saßen noch immer sprachlos da,
begannen mit zittrigen Händen ins Gesicht oder durchs
Haar zu fahren.

Andreas gab sich einen Ruck, richtete sich auf und
meinte dann: »Entschuldigung, das haut mich jetzt grad
tüchtig um. Ich hatte gar nichts erwartet. Schon gar nicht
eine solch große Erbschaft.«

»Die ganze Herde hat sie mir vermacht, zweiund-
dreissig Ziegen, ich werd verrückt«, brachte Theo
Bucher über die Lippen.

»Ich kann Ihre Überraschung verstehen. Freuen Sie
sich darüber. Voraussetzung ist aber, und das muss ich

Sie der Ordnung halber fragen: Nehmen Sie die Erbschaft, so wie sie von Johanna Horrenberger in diesem Testament bestimmt worden ist, an?«

Nach einem kurzen Zögern bejahten es beide mit stockender Stimme und Andreas tat dies auch im Namen seiner Tochter. Dann überreichte der Notar an Andreas einen Umschlag. »Hier sind die Schlüssel für das Anwesen, die mir Herr Bucher nach dem Tode der Erblasserin übergeben hat, die Unterlagen zum Konto mit dem erwähnten Bargeld als Starthilfe, sowie ein persönlicher Brief der Verstorbenen an Sie Herr Neumann.«

Mit zitternden Händen nahm Andreas den Briefumschlag entgegen. Was für eine verrückte Situation, dachte er bei sich. Bis eben war er ein armer, arbeitsloser Mann gewesen und im nächsten Augenblick war er Besitzer eines ganzen Landgutes. Wie ungewöhnlich das Leben doch spielen konnte.

Als sie sich einige Zeit später, nach etlichen Unterschriften, vom Anwalt verabschiedeten, beschlossen Andreas und Theo Bucher, gemeinsam zum Mittagessen zu gehen. Sie wollten beide über das Gehörte reden, und sich darüber absprechen, wie es weiterging. Andreas würde sich als erstes Haus und Hof besichtigen müssen, um sich eine Vorstellung davon machen zu können, was ihm hier aus heiterem Himmel in den Schoss gefallen war und was damit alles auf ihn zukam. Am Sonntagmittag, so vereinbarten sie, würde er Theo Bucher besuchen und einen ersten Blick auf das Erbe werfen, das er vor rund sieben Jahren das letzte Mal gesehen hatte.

Nach dem gemeinsamen Essen mit Theodor Bucher schlenderte Andreas nach Hause. Vor dem Hauseingang blieb er in Gedanken versunken stehen. Er hatte eine ganze Menge von diesem Mann erfahren und damit schon ein klein wenig Ahnung, wie die Tante da draußen gewirtschaftet hatte. Er war gespannt, was er bei seinem Besuch alles vorfinden würde.

Entschlossen drehte er sich vom Hauseingang weg und ging die Straße entlang weiter. Er hatte sich spontan dazu entschieden, in der 'Blauen Gans' in Ruhe ein Glas zu trinken und wenn er Glück hatte, konnte er mit Marianne ein wenig über seine Erbschaft reden. Es war eine günstige Zeit und wahrscheinlich fast keine Gäste da. Mit Marianne konnte er gut über viele Angelegenheiten des Lebens diskutieren. Er fand, er konnte ihr auch vertrauen. Sie war eine praktisch denkende Frau, die auf dem Boden der Realität stand. Vielleicht hatte sie einen guten Rat, was er tun sollte. Er wollte jetzt mit jemandem darüber reden, nicht einsam zu Hause daran herum grübeln. Musste versuchen, das Unglaubliche zu verarbeiten.

Als er kurz danach das Wirtshaus betrat, war da außer Marianne hinter der Theke, tatsächlich kein anderer Mensch da. Genau so hatte er sich das erhofft.

»Hallo Marianne. Ist ruhig heute bei dir«, begrüßte er sie und setzte sich unweit der Theke an einen kleinen Tisch. Den Stammtisch mied er ohnehin, seit man ihn kaum mehr beachtete oder gar blöd anmachte.

»Grüß dich Andreas. Schön, dich zu sehen«, strahlte ihn Marianne an und trat zu ihm. »Was darf ich dir bringen? Ein Bierchen?«

»Nein, heute nicht. Bring mir doch ein Glas Wein, aber von dem Guten, von dem, den dein Chef trinkt. Und wenn du Zeit hast, für dich doch auch gleich ein Glas.«

»Hoppla, was ist denn geschehen? Dachte mir schon, als ich dich sah, dass da was besonderes los ist bei dir.« Sie wandte sich ab, um das bestellte zu holen.

»Du merkst aber auch alles. Dir kann ich wohl nichts vorgaukeln«, meinte Andreas ihr hinterher redend.

»Ja weißt du«, sagte sie von der Theke her, »man lernt seine Gäste kennen, wenn man sie genauer anschaut. Und bei dir fällt's mir leicht, in deinem Gesicht zu lesen.«

»Dann bin ich ein, wie sagt man, ein offenes Buch für dich? Das wär mir aber ein wenig peinlich.«

Marianne kam mit zwei Gläsern Wein an den Tisch und setzte sich ihm gegenüber. »Keine Angst. Offenes Buch zwar nicht gerade, aber ich seh dir schon gut an, wie es dir zurzeit geht.« Sie wurde jetzt leicht verlegen. »Und bei Menschen, die ich gut mag, schau ich halt eben auch genauer hin.«

Es entstand eine kleine Verlegenheitspause, in der beide aneinander vorbeischauten und schwiegen. Marianne schien von ihrer eigenen Direktheit überrascht zu sein, die letzte Bemerkung gemacht zu haben, und Andreas war es ob dieser liebevollen Aussage ganz warm geworden. Er empfand ihre letzten Worte beinahe als eine kleine Liebeserklärung. Marianne hatte sich als Erste wieder gefasst, griff zu ihrem Glas und fragte: »Und? Auf was stoßen wir an? Hast du einen neuen Job gefunden?«

»Nein. Leider noch nicht, ist ja auch gar nicht so einfach.« Er legte eine kleine Pause ein. »Aber ich habe eine große Überraschung erlebt heute Morgen.« Nach einem kurzen räuspern kam er schließlich mit der Neuigkeit um die Ecke. »Ich habe ein Haus geerbt.«

»Wie bitte? Ein Haus geerbt? Machst einen Witz?«

»Nein wirklich. Ich habe das Haus von meiner Tante Hanni geerbt.«

»Wow, wenn das kein Grund zum Anstoßen ist.« Marianne kam ihm mit dem Glas entgegen. »Auf dein Haus, du Glückspilz.«

»Auf das Haus«, antwortete Andreas. »Ob ich da ein Glückspilz bin, ist erst mal noch offen. Ich habe ja keine Ahnung, in welchem Zustand das Ganze ist. Ich habe es vor sieben Jahren das letzte Mal gesehen und auch da nur auf die Schnelle. Ich hatte mit der Tante wegen meiner Ex-Frau keinen Kontakt mehr gepflegt. Ich wollte gelegentlich, wo ich geschieden bin, mal wieder bei ihr vorbeischauen, um zu sehen, wie es ihr geht. Leider ist sie vorher verstorben.«

»Dann schau es dir erst mal an, dann kannst du entscheiden, was du damit anstellen willst. Dort einziehen, vermieten oder verkaufen. Wo steht das Haus denn überhaupt?«

»In Oberfreiach, knappe dreissig Kilometer von hier. Am Sonntag fahr ich wahrscheinlich hin, um es mir anzusehen. Ich habe vom Anwalt bereits die Schlüssel bekommen.«

»Das wäre ja nicht so weit. Dann bleibst du in der Nähe. Das ist schön«, meinte Marianne und wurde dabei wieder ein wenig verlegen.

Andreas bemerkte dies mit Freude und begann zu reden über das, was ihn jetzt beschäftigte. »Im Augenblick dreht sich ganz schön viel bei mir. Ich habe die Arbeit verloren, muss eine Neue suchen, meine Jule zieht Ende der Woche weg in eine WG und dann zieht mein alter Schulfreund Moritz bei mir ein. Und jetzt noch diese Erbschaft. Seit ich nicht mehr den Spendablen spielen kann, merke ich, wie die Anzahl von Freunden und Kollegen sich drastisch reduziert. Das gibt auch zu denken und tut weh. Aber zum Glück habe ich einige wenige, die weiter zu mir stehen. Mein Freund Moritz zum Beispiel oder eben Du. Ich bin froh darüber, dass wir zwei so gut miteinander reden können. Bei dir geht es mir einfach gut.«

Jetzt war es an Andreas, seine Verlegenheit nicht verbergen zu können. Aber sein Gefühl hatte ihn einfach überrumpelt und hatte ihn das, was er eigentlich nur gedacht hatte, sagen lassen.

Über das Gesicht von Marianne glitt ein überraschtes und glückliches Lächeln. Sie hatte offensichtlich nicht so ein direktes Geständnis von Andreas erwartet.

»Wenn du es noch nicht bemerkt haben solltest«, sagte sie leise und etwas schüchtern, »Ich mag dich auch. Du kannst dir jederzeit bei mir Rat oder Hilfe holen, wenn du was brauchst. Für dich nehme ich mir immer Zeit ...« Marianne brach leicht erschrocken ab. Sie schien sich bewusst zu werden, dass dies, was sie hier eben zu Andreas gesagt hatte, eigentlich einer Liebeserklärung gleichkam. Verlegen stand sie auf und ging zur Theke um dort, als sei das in diesem Moment wichtig, Gläser an ihren richtigen Platz zu schieben.

Gäste betraten das Restaurant. Jetzt war es leider vorbei mit der Ruhe und Zweisamkeit. Marianne kam nochmals an den Tisch zu Andreas und trank einen Schluck Wein.

»Was meinst du, Marianne? Wenn wir doch mal zusammen essen gehen, wenn du frei hast. Dann könnten wir etwas längere Zeit, ungestört miteinander plauschen. Hättest du Lust?«, fragte er rasch, ehe Marianne sich den Gästen zuwenden konnte.

»Aber sicher hätte ich Lust, mit dir einen Abend zu genießen.« Sie legte ihre Hand auf seine. »Fragt sich nur wann, du weißt ja, ich bin hier fest eingespannt. Warte einen Augenblick, ich bedien mal eben die Gäste, danach schaue ich auf den Arbeitsplan, wann es bei mir möglich wäre.« Rasch wandte sie sich ab.

Andreas hatte es wie ein Stromstoß durch den Körper empfunden, als ihn Marianne so zärtlich berührt hatte. Verflixt, warum war ihm nicht schon früher aufgefallen, dass sie ihn so mochte. Und er sie doch auch, musste er sich eingestehen. Erst seit den Bemerkungen von Moritz, als er das erste Mal mit ihm hier gewesen war, hatte er mehr darauf geachtet und festgestellt, dass sie mit ihm wesentlich herzlicher umging, als es bei ihrer Aufgabe als Bedienung nötig war.

Sie war für ihn wirklich eine liebenswerte Person. Das war ihm jetzt bewusst geworden. Mit ihr konnte er wenigstens frei über alles reden, was ihn beschäftigte und sie verstand ihn und seine Sorgen. Sollen ihm doch die Stammtischabende mit den Saufbrüdern hier, und auch die Kulturabende mit der immer nur fordernden

Karla gestohlen bleiben. Er freute sich auf gemütliche Treffen mit Marianne, bei denen er Stress abbauen konnte.

Am frühen Abend saß Andreas am Wohnzimmertisch und besah sich die Stellenangebote in der neuen Tageszeitung. Schon zum wiederholten Male ging er alles genau durch, aber es war wieder nichts Passendes für ihn dabei. Eigentlich vertrieb er sich damit nur die Zeit, bis Jule endlich von der Geschäftsreise zurückkam. Sie hatte doch gemeint, dass sie vermutlich am frühen Abend zurück sein würde. Den Stammtisch konnte er ohnehin sausen lassen. Er musste Jule doch endlich von der Erbschaft berichten. Sie hatte zwar heute Nachmittag nachgefragt per SMS, als sie am Flughafen auf das Bording wartete, aber er hatte das nicht per Telefon machen wollen und so wusste sie noch gar nichts von ihrem Glück.

Andreas legte die Zeitungsblätter weg, schaltete den Laptop ab und setzte sich aufs Sofa. Eben wollte er die Fernbedienung des Fernsehers in die Hand nehmen, als die Wohnungstür aufgestoßen wurde und die Stimme von Julia ertönte: »Hallo Papa, da bin ich wieder!«

Andreas stand vom Sofa auf und schon stürmte Jule ins Zimmer, ließ die Reisetasche fallen und umarmte ihren Vater zur Begrüßung.

»Hallo, meine Jule! Schön, dass du wieder da bist«, begrüßte er seine heftig atmende Tochter.

»Puuh, das waren stressige Heavy-Tage in diesem Brüssel. Ich hatte mir das gar nicht so intensiv vorgestellt, aber meine Chefin war top zufrieden mit mir. Du, stell dir vor, sie meinte auf dem Nachhauseweg, dass wir ein gutes Team seien und vermutlich künftig noch manche Geschäftsreisen zusammen antreten würden. Mensch Papa, ich bin zwar total ausgelaugt, aber einfach nur happy. Mir gefällt mein Job so spitze«, sprudelte sie aufgeregt heraus.

»Das ist toll, Jule. Gratuliere, das freut mich wahnsinnig für dich.« Er setzte sich wieder aufs Sofa. »Du bist jetzt zwar völlig durch den Wind, aber, verträgst du noch eine weitere aufregende Nachricht?«

»Ja schon. Aber zuerst: Wie geht es dir gesundheitlich? Du hast dich in den SMS nicht so deutlich geäußert.«

»Es geht mir absolut gut. Habe so richtig abgehängt und fühle mich wieder stark.«

»Das klingt gut. Und jetzt? Hast du einen neuen Job gefunden?«

»Nein, leider immer noch nicht. Aber ich war doch bei der Testamentseröffnung von Tante Hanni.«

»Ach ja. Das hatte ich bei all dem Trubel der letzten drei Tage fast vergessen. Und, wie war's? Hast du etwas geerbt?«

»Ja, und du auch!«

»Was? Echt?«, fragte Jule ungläubig zurück.

»Halt dich fest«, meinte Andreas und griff zu einem Papier vom Klubtisch vor sich. »Du kannst hier das Testament lesen, aber ich möchte es dir im Voraus schon sagen: Du hast zehntausend Euro geerbt.« Schmunzelnd ergänzte er: »Ich nehme an, es war in Ordnung, dass ich in deinem Namen das Erbe angenommen habe.«

»Zehntausend ... was? Du veräppelst mich wieder,

Papa«, stotterte Jule und blickte ihren Vater ungläubig an.

Er streckte ihr das Papier entgegen: »Nein wirklich. Lies das hier.«

Jule begann, das Testament zu lesen. Ihre Augen wurden dabei immer größer, bis sie schließlich mit Kopfschütteln das Blatt sinken ließ.

»Das glaub ich jetzt aber nicht. Tante Hanni schenkt mir zehn Riesen. Dabei haben wir uns doch seit vielen, vielen Jahren nicht mehr gesehen. Da bekomme ich doch glatt ein noch größeres, schlechtes Gewissen. Und du Papa hast alles andere, außer dieser Ziegenherde, geerbt. Das ist aber ein starkes Stück. Da muss ich doch erst mal was drauf trinken.« Sie stand auf, um ihre Reisetasche wegzubringen.

»Ich kann gut auch was zur Beruhigung vertragen«, sagte Andreas und erhob sich ebenfalls, um ihnen beiden etwas aus der Bar zu holen.

Jule kam zurück, plumpste in den Sessel und fuhr sich mit der Hand übers Gesicht. »Zehntausend Euro. Einfach so, nur für mich. Ich werd verrückt.« Nochmals nahm sie das Testament in die Hand, um es ein zweites Mal zu lesen.

Andreas kam mit zwei tüchtig gefüllten Cognacgläsern zurück und setzte sich auf das Sofa.

Nachdenklich blickte Jule auf das Testament. »Sag mal Papa, was meinte denn Tante Hanni damit, als sie geschrieben hatte: 'Ein wichtiger Rat noch: Nimm dir Zeit und sieh dir alles, auch im Hause, genau an. Es wäre sehr schade, wenn du etwas übersehen würdest.'?«

»Ich habe das auch schon mehrmals gelesen, aber ich

habe keine Ahnung, was sie damit meinte. Wahrscheinlich wollte sie einfach, dass ich mir alles genau anschaue, ehe ich es womöglich wegschmeiße oder so.«

»Warst du schon dort? Ich kann mich kaum mehr erinnern, wie es dort aussieht. Ich weiß nur noch, dass es viele Tiere gab und ich Beeren von den Sträuchern essen durfte, soviel ich wollte.«

»Nein, noch nicht. Übermorgen Sonntag bin ich mit diesem Nachbarn von ihr, einem Theodor Bucher, verabredet. Da will er mir alles zeigen und erzählen, was Tante Hanni gemacht hat und wie sie die letzten Jahre verbracht hat. Kommst du mit?«

»Ich habe doch meinen Umzug an diesem Wochenende. Und mit Susanne ist abgemacht, dass jede am Samstag ihre Sachen zur Wohnung bringt und wir am Sonntag zusammen alles einrichten wollen. Am Montag müssen wir ja wieder zur Arbeit. Das geht jetzt echt schlecht. Aber ich möchte schon unbedingt mal dahin. Und auch von Tante Hanni am Grab Abschied nehmen. Ich versuche, im Geschäft freizubekommen, dann machen wir was ab. OK?«

»Schon gut. Ich habe mir vorgenommen, dass ich vermutlich im Verlauf der nächsten Woche für ein paar Tage hingehe, um mir dann alles gründlich anzusehen. Ich muss mir doch genau überlegen, ob ich das Anwesen behalten kann, oder verkaufen muss. Ich habe doch jetzt jede Menge Zeit dazu, das Ganze gründlich zu besichtigen und darüber nachzudenken, was ich damit anfange. Vielleicht könntest du dann mal rauskommen.«

Andreas hielt das Glas hoch: »Und jetzt ein Prost auf die

gegenwärtig turbulente Zeit, auf unsere Erbschaft, auf Tante Hanni und dass sich alles so finden wird, wie sie es sich vermutlich vorgestellt hat.« Ein glockenheller Klang ertönte, als die zwei mit ihren Gläsern anstießen.

Kapitel 11

Das Landhaus

Mit gemischten Gefühlen klopfte Andreas am Sonntag-
nachmittag an die Haustür von Theodor Bucher. Zum
einen war er neugierig darauf, was ihn auf Tante Hannis
Landhaus alles erwartete, zum anderen fragte er sich,
wie er von diesem scheinbar engen Freund der Tante
und den übrigen Nachbarn aufgenommen würde.
Werden sie ihn akzeptieren oder sich gegen ihn stellen?
Gegen den Fremdling, der sich doch zu Lebzeiten von
Hanni kaum um sie gekümmert hatte, und der jetzt kam
und das Ganze in Besitz nahm.

Die Tür öffnete sich und Theodor Bucher kam freundlich lächelnd, mit ausgestreckter Hand heraus. »Herzlich
willkommen, Herr Neumann. Bitte kommen Sie herein.
Wie wär's? Bei einem Kaffee könnten wir erst einmal
ausgiebig reden und danach dann zusammen zum Haus
gehen.« Mit einer Armbewegung bat er ihn ins Haus.

Nachdem sich Andreas auf eine rustikale, aber
bequeme Sitzgruppe gesetzt hatte, der Mann mit der
Kaffeekanne aus der Küche kam und einschenkte, fragte
er höflichkeitshalber: »Ich hoffe, dass ich Ihnen mit
meinem Besuch nicht den Sonntag verderbe.«

»Auf keinen Fall. Sie glauben ja nicht oder besser

gesagt, können es gar nicht wissen, wie still es hier am Rande des kleinen Dorfes werden kann. Da habe ich gerne zur Abwechslung mal Besuch. Und Sie sind immerhin mein neuer Nachbar. Ich verrate Ihnen gleich offen, ich bin höllisch gespannt auf Sie. Wie Sie merken, reden wir hier nicht lange um den heißen Brei herum, kommen meistens direkt zur Sache. Deshalb biete ich Ihnen auch gleich das 'Du' an. Lassen wir doch die Förmlichkeiten, die sind hier überflüssig. Ich bin Theodor oder wie mich die meisten nennen, der Theo.« Er streckte Andreas die Hand hin.

Angenehm überrascht vom ungezwungenen, offenen Empfang ergriff er die Hand von Theo: »Und ich bin der Andreas, oder auch einfacher, der Andi. Ich bin gespannt auf Sie, ... nein entschuldige ... gespannt auf dich und natürlich auf all das, was mich hier erwartet.«

»Ja, dann würde ich sagen, fangen wir doch an. Wir werden kaum über alles und schon gar nicht im Einzelnen reden können, sonst sitzen wir morgen noch hier. Das wird sich nach und nach ergeben müssen. Wo fangen wir an? Was möchtest du als Erstes sehen oder hören?«

Andreas überlegte kurz. »Am liebsten würde ich erst einmal gerne wissen, wie meine Tante hier die letzten paar Jahre verbracht hat. Wie hat sie gelebt, was hat sie gemacht, mit wem hat sie Kontakt gehabt. Du scheinst ja die Person gewesen zu sein, die ihr am nächsten stand.«

»Es ist schon so. Wir zwei haben viel zusammen gearbeitet, vor allem auch deshalb, weil ich auch ihre Produkte auf dem Markt verkaufe. Mit zunehmendem Alter von Johanna wurde unsere Zusammenarbeit, oder besser gesagt, meine Mithilfe bei der Besorgung der anfallenden Arbeiten auf ihrem Besitz, immer häufiger notwendig. Sie brachte es nicht übers Herz, wenigsten einen Teil ihrer Tiere wegzugeben oder einige von den Bäumen und Sträuchern aufzugeben. Da half auch mein immer häufigeres Zureden nichts. Es sollte alles so erhalten bleiben, wie sie es über viele Jahre hinweg, aufgebaut hatte.«

»Dann warst du tüchtig eingespannt, und dies neben den eigenen Aufgaben auf deinem Besitz. Hat Hanni dich denn wenigsten entschädigt für deine Arbeit?«

»Oh ja. Da kannte sie kein Pardon. Sie wollte nichts geschenkt. Wir haben ja einerseits eine Art geschäftliche Beziehung gehabt, indem ich, wie schon gesagt, ihre Produkte in Kommission übernahm und auf den Märkten verkaufte. Aber wir pflegten eine schöne persönliche Beziehung, nicht was du jetzt vielleicht denkst, wir hatten einfach eine tiefe Freundschaft und viele gemeinsame Interessen, aus der ein volles gegenseitiges Vertrauen erwuchs. Sie hatte mir zum Beispiel verraten, dass sie ein Testament erstellt hat. Unter dem Siegel der Verschwiegenheit übergab sie mir manche persönlichen Aufgaben zur Erledigung oder zu treuen Händen für den Fall der Fälle. Sie wollte nicht alles dem Anwalt überlassen.«

„Wieso? Was gibt es denn, was sie nicht dem Anwalt überlassen wollte?"

»Tut mir leid. Da darf ich nach Weisung ihrer Tante jetzt nicht darüber reden. Aber nur so viel: Es ist nichts Schlimmes, im Gegenteil. Sie war sehr froh, dass ich diese Dinge für sie erledige.«

»Aha. Dann hatte meine Tante in den vergangenen Jahren ein erfülltes und wie ich jetzt höre, dank dir, auch ein wohlbehütetes Leben genossen. Das freut mich für sie«, konstatierte Andreas.

Gute zwei Stunden dauerte es, in denen Theo erzählte und Andreas immer wieder nachfragte. So bekam er schließlich ein Bild über seine Tante, wie sie hier, eingebettet in einen kleinen Kreis von guten Nachbarn und Freunden ein wunderbares Leben in der Natur, zusammen mit vielen Tieren, verbracht hatte. Trotz der Abgeschiedenheit schien sie alles andere als einsam gelebt zu haben, bis ein Herzstillstand ihrem glücklichen Dasein ein plötzliches Ende gesetzt hatte.

»Tja«, seufzte Andreas leise und versuchte, alles gehörte zusammenzubringen. Nachdenklich lehnte er sich zurück. »Dann denke ich, fürs Erste mehr als genug über meine Tante erfahren zu haben. Ich hätte jetzt nur noch den Wunsch, dass ich einen Blick auf Hannis Paradies werfen kann. Ich habe nur noch vage Erinnerungen, wie es vor rund sieben Jahren ausgesehen hatte, als ich das letzte Mal bei ihr zu Besuch war.«

»Kein Problem. Vertreten wir uns die Beine und gehen rüber zu Johannas Haus«, meinte Theo und erhob sich. »Du hast die Schlüssel dabei, die dir der Anwalt gegeben hat?«

»Verflixt, die habe ich nicht mit. Die stecken noch in diesem Umschlag vom Notar. Der liegt zu Hause, noch gar nicht geöffnet, habe ich ganz vergessen«, antwortete Andreas leicht erschrocken.

»Kein Problem, ich hab ja noch welche. Die kriegst du dann, wenn du hier übernommen hast.«

Während sie das Haus verließen und auf einem schmalen Feldweg durch Felder und kleine Waldstücke liefen, zeigte Theo ihm, wo die Grenze zwischen seinem Land und dem Land von Hanni verlief. Nach kaum zehn Minuten Spaziergang kam Hannis Haus in Sicht, erst nur stückchenweise durch zahlreiche Bäumen und Sträucher durchschimmernd, dann aber in voller Größe. Wie leicht geduckt stand es, auf der Rückseite umringt von mehreren mächtigen Eichen, halb unter deren ausladenden Ästen. Breit und behäbig im Schutz der Bäume. Nach vorne raus erstreckte sich auf fast der ganzen Breite des Hauses eine große, gedeckte Veranda. Die zwei Männer kamen näher und Andreas erkannte die von links heranführende Zufahrt zum Haus. Sie erreichten die Veranda und stiegen die drei Stufen hinauf. Sich umdrehend betrachtete er den ausgedehnten Baumgarten. Das war ja ein richtig großes Stück Land, was da zum Haus gehörte. Zahlreich standen die verschiedensten Arten von Sträuchern in kleineren oder größeren Gruppen oder in Reihen verteilt auf dem Gelände. Dazwischen immer wieder einige Bäume. Weiter hinten, wo die Ebene langsam anstieg, herrschte vor allem das Grün der Wiese vor, vereinzelt durch Flächen mit eingezäunten Sträuchern unterbrochen. Andreas war erschlagen vom Ausmaß und der Fülle des Grundstückes.

»Ich hatte die Größe gar nicht mehr so in Erinnerung. Das sind sicher vier, fünf Hektar?«, fragte er.

»Genau genommen sind es sechseinhalb gemäß Katasterplan. Du müsstest es aus den Unterlagen sehen können, die du vom Anwalt bekommen hast.«

»Das alles hat Tante Hanni bewirtschaftet? Unglaublich.«

»Zum größten Teil ja. Aber bei den schwereren Arbeiten brauchte sie in den letzten Jahren immer mehr Unterstützung. Für ihre Ziegenherde, die sie mir jetzt vererbt hat, habe ich schon seit Längerem gesorgt. Das war kein Problem für mich und ging Hand in Hand mit meiner Herde. Aber das Ernten und die Verarbeitung der Früchte und Beeren hat sie bis zuletzt ganz alleine geschafft.«

»Wohin ist sie mit all dem Geernteten? Wenn ich das so sehe, kommt da doch viel zusammen«, fragte Andreas.

»Das meiste hat sie mir mitgegeben zum Verkauf. Ich fahre zweimal die Woche zum Markt und biete dort ihre und meine Produkte an. Das läuft seit Jahren bestens. Einiges hat sie im Keller eingelagert und manches verkaufte sie direkt an Leute, die immer mal bei ihr vorbeikamen. Lagerfähiges Obst, eingeweckte Früchte und Beeren und die verschiedensten Marmeladen hatte sie im Angebot. Wirst es dann sehen, wenn du dir das Haus ansiehst«, erklärte Theo und forderte ihn mit einer Handbewegung auf, ins Haus zu gehen.

»Ja gut, einen Blick will ich schon mal hineinwerfen, aber genauer werde ich mir das in den nächsten Tagen in aller Ruhe ansehen. Ich bin echt erschlagen vom Ganzen hier.«

Während Theo einen Schlüsselbund aus der Tasche nahm, um die Haustür aufzuschließen, schoss Andreas ein Gedanke durch den Kopf. An Theo gewandt, fragte er: »Sag mal, Theo. Ich gehe davon aus, dass du seit dem

Tode von Hanni hier für das Notwendigste sorgst. Gibt es noch weitere Helfer?«

»Nein, nur ich. Es haben sich mir zwar zwei Nachbarinnen, ehemalige Freundinnen von Johanna, anerboten, dass sie helfen könnten, wenn Bedarf im Hause ist. Es war aber bisher nicht notwendig. Der Großteil der Ernten steht ja erst bevor und zu den Hühnern und Gänsen schaue ich jeweils bei meinem täglichen Kontrollgang hierher.«

»Wie ich sehe, gibt es eine ganze Reihe von Arbeiten zu erledigen. Ich bin die nächsten Wochen frei und könnte mich nützlich machen. Ich bräuchte aber am Anfang deine Unterstützung für das Was, Wie und Wo. Wärst du bereit, mir noch beizustehen, bis ich mich hier zurechtgefunden habe? Ich bezahle dich selbstverständlich dafür.«

»Aber sicher. Das bin ich doch der verstorbenen Johanna schuldig. Aber ich bin schon froh, wenn ich mich hier langsam zurückziehen kann. Manche meiner eigenen Arbeiten bleiben liegen oder leiden darunter. Alles schaffe ich auf Dauer nicht.« In seiner direkten Art fuhr er fort: »Das ist schön, wenn du hierher kommst. Scheinst mir ein guter Nachbar werden zu können. Ich freue mich.«

»Oh langsam. Ob ich das Ganze übernehmen und herziehen kann, steht noch in den Sternen geschrieben. Ich muss zuerst eine neue Arbeitsstelle suchen und weiß überhaupt nicht, wie ich dann alles unter einen Hut bringen kann. Vielleicht bin ich gezwungen, das Ganze zu verkaufen.«

Jetzt schaute ihn Theo mit ungläubigem Blick,

erschrocken an. »Ab… aber das kannst du doch nicht machen. Johanna hat fest damit gerechnet, dass du hier künftig der Besitzer sein wirst. Das weiß ich von ihr. Sie hat mehr als einmal zu mir gesagt: 'Mein Neffe Andreas wird das alles hier so erhalten. Er ist vom Fach und ein zuverlässiger, rechtschaffener Mann'.« Theo blickte ihn mit flehendem Gesichtsausdruck an. »Überleg es dir bitte gut. Das hier ist für einen gesunden Mann leicht zu schaffen. Johanna konnte auch gut davon leben.«

»Dann wusstest du also, dass ich das Anwesen von Tante Hanni erben würde?«, fragte Andreas verwundert.

»Aber natürlich. Ich sagte dir doch schon, dass sie mich bei vielem ins Vertrauen gezogen hat. Ich musste ihr aber versprechen, darüber, und über einiges anderes, mindestens bis zur Testamentseröffnung zu schweigen. Und ich halte mich an das, was ich der Johanna versprochen habe.«

Das konnte ja heiter werden. Was wusste dieser Theo alles und wann würde er ihm mehr davon verraten, was er von Hanni erfahren oder aufgetragen bekommen hatte? Jetzt fühlte sich Andreas so richtig in der Zwickmühle. Einerseits musste er eine neue Arbeit finden, von der er leben konnte. Dass er von dem was hier wuchs dies könnte, wie es Tante Hanni getan hatte, davon war er nicht überzeugt. Seine Bedürfnisse lagen vermutlich doch etwas höher, als es ihre gewesen waren. Andererseits war das, was er hier zu sehen und hören bekommen hatte, ausgesprochen verlockend für ihn. Abgesehen davon, dass er sich gegenüber Tante Hanni doch stark verpflichtet fühlte. Wie er jetzt vernommen hatte, war die Tante überzeugt gewesen, dass er ihr kleines Paradies weiterführen würde.

Völlig ratlos wandte er sich der Haustür zu, um einen Blick ins Innere des Hauses zu werfen. Er musste später Daheim in Ruhe über alles gründlich nachdenken. In der kommenden Woche wollte er wieder herkommen und ausgiebig das Ganze kennenlernen. Vielleicht sah er dann klarer.

Als Karla die Gaststätte 'Zur blauen Gans' betrat, blickte sie sich rasch im Raum um, ob Andreas da war. Doch er war nirgends zu sehen. Das wäre auch dumm gewesen, denn dann hätte sie sich zu ihm setzen müssen. Sie war aber hier wegen dieser Marianne, über die Andreas sich so lobend geäußert hatte. Diese Frau war vermutlich der Grund dafür, dass er nicht mehr zu ihren Kulturabenden kommen wollte. Das Geld war doch nur eine faule Ausrede. Auf jeden Fall war es dringend notwendig, dass sie hier ihr Revier verteidigte und Klarheit schaffte.

Kaum hatte sie sich gesetzt, kam Marianne heran, begrüßte sie und fragte nach ihren Wünschen.

Offenbar hatte Marianne sie nicht erkannt, denn sie verhielt sich völlig neutral auf das Bedienen konzentriert. Doch als sie ihr den Kaffee servierte, gab sie sich zu erkennen.

»Na? Schon was von Andreas gehört? Wie geht es ihm?«

Marianne stutzte und sah sie stirnrunzelnd an. »Ach, jetzt erinnere ich mich an Sie. Sie waren mir doch gleich bekannt vorgekommen, aber man trifft ja hier auf viele Leute. Wir haben uns doch im Krankenhaus bei Andreas kurz gesehen. Frau ...?«

»Wegener, Karla Wegener. Ich bin seit mehreren Jahren mit Andreas gut bekannt. Wir sind alte Freunde.«

»Ach ja, Frau Wegener. Andreas hatte sie, glaube ich, schon mal kurz erwähnt. Es geht ihm soweit wieder gut. Hat zur Zeit nur ein etwas turbulentes Leben. Seine Kündigung und jetzt noch die Erbschaft. Sie wissen ja wahrscheinlich davon.«

»Was? Erbschaft? Nein, davon wusste ich nichts«, entfuhr es Karla ungewollt und heftig. Verflixt, sie hätte ihn längst anrufen sollen. Blöde Situation, nicht auf dem Laufenden zu sein. »Was denn geerbt?«, fragte sie neugierig.

»Das muss Ihnen Andreas selbst erzählen. Er will nicht, dass alles so an die große Glocke gehängt wird.« Marianne machte den Eindruck, als ob es ihr Spaß bereiten würde, dass sie mehr von Andreas wusste als diese Karla.

»Wir haben uns seit dem Krankenhausaufenthalt nicht mehr gesprochen. Werde ihn mal kontaktieren«, entgegnete sie etwas gereizt. Irgendwie musste sie dieser Person aber zu verstehen geben, dass sie die älteren Rechte hatte. »Andreas und ich sind ja schon lange eng befreundet und gehen regelmäßig zusammen aus. Er besorgt mir auch den Garten um mein Haus. Er bedeutet mir sehr viel.«

Marianne stutze einen Augenblick, schien den plumpen Wink aber verstanden zu haben. »Dann wird er es Ihnen sicher erzählen. Lassen Sie Ihren Kaffee nicht kalt werden«, meinte sie betont sachlich und entfernte sich Richtung Theke.

Karla lehnte sich zurück. Sie war zufrieden. Diese

Frau schien verstanden zu haben, was sie klarstellen wollte, und trank gelassen ihren Kaffee. Sie musste wachsam sein. Wenn Andreas jetzt geerbt hatte, war er nun ein interessanter Mann und diese Serviererin musste auf Distanz gehalten werden.

Als sie etwas später bezahlte, nahm sie die Gelegenheit wahr, mit einer weiteren Bemerkung noch ein wenig mehr Eindruck zu hinterlassen.

»Dann werde ich mich mal mit Andreas kurzschließen und zusehen, wie ich ihm helfen kann«, meinte sie beim Aufstehen.

»Ich denke, Andreas wird sich schon zu Helfen wissen. Er ist ja ein gestandenes Mannsbild. Adieu Frau Wegener«, sagte Marianne und blickte der Frau mit nachdenklichem Gesichtsausdruck nach.

Während Andreas in der Küche die Reste des Abendessens wegräumte und mit dem Abwasch begann, versuchte er ein weiteres Mal, ein Resümee über seine gegenwärtige Lage zu ziehen. Seit er am Sonntagabend von der Besichtigung des Erbes zurückgekehrt war, hatten sich die Gedanken nur noch um diese unglaubliche Situation gedreht. Jule, die ihren Umzug beendet hatte, war gestern Abend nochmals gekommen um sich von ihm zu verabschieden und natürlich auch, um zu hören, was er da auf dem Lande vorgefunden hatte. Er hatte ihr alles erzählt, auch dass er eventuell das Geerbte verkaufen müsse, doch Jule hatte sich vehement dagegen ausgesprochen.

»Du kannst doch nicht einfach Tante Hannis Haus verkaufen, das geht nicht. Nach allem, was sie in ihrem

Testament an dich geschrieben hat. Ließ dir das nochmals durch«, hatte Jule sich ereifert. »Schau dir alles genauer an, wie du es vorhattest. Und ich möchte es auch sehen. Erst danach darfst du entscheiden.« Damit hatte sie recht, musste er sich eingestehen.

Den Kopf voller unruhiger Gedanken hatte er eine schlaflose Nacht verbracht. Früh morgens war er aufgestanden, um sich einen Kaffee zu brauen. Dann hatte er, um auf andere Gedanken zu kommen, Jules leeres Zimmer auf Hochglanz gefegt, denn ab heute Abend würde Moritz mit seinen ersten Sachen bei ihm einziehen. Sein Fazit war im Augenblick: Jule ist ausgezogen; Moritz wird gleich einziehen; er hatte noch immer keine Anstellung und Tante Hannis Haus und Hof warteten darauf, von ihm betreut zu werden.

Wie es weitergehen sollte, war ihm überhaupt nicht klar. Er beschloss, sobald Moritz eingezogen war und sich zurechtgefunden hatte, für einige Tage rauszufahren, um alles auf diesem Landgut gründlich kennenzulernen. Danach würde er entscheiden müssen, wie es weitergehen sollte.

Er stellte das letzte Geschirr in den Küchenkasten, als es an der Wohnungstür läutete. Das dürfte Moritz sein, dachte er und ging raus, um zu öffnen.

»Herzlich willkommen in deinem neuen Heim. Ich hoffe, du kommst künftig nicht immer zu spät«, empfing Andreas mit leisem Schalk im Gesicht seinen Freund und bat ihn mit einer Armbewegung herein.

»Danke. Aber wieso zu spät? Hatten wir eine Zeit abgemacht?«, fragte Moritz, leicht überrascht vor der Tür stehen bleibend.

»Nein, der Abwasch ist schon fertig«, sagte Andreas grinsend und forderte ihn nochmals mit der Hand auf, einzutreten.

»Dann komme ich doch pünktlich«, meinte Moritz trocken, ergriff seine zwei großen Taschen und trat ein. »Da wär ich mit meinen Siebensachen.«

»Das wird ja nicht alles sein«, fand Andreas, dabei prüfend auf die zwei Taschen blickend.

»Doch beinahe. Viel mehr habe ich im Augenblick nicht. Ich habe nach dem Tode meiner Frau alles hinter mir abgebrochen. Ich wollte nichts mehr, was mich an diese Zeit erinnerte. Habe alles verkauft oder verschenkt. Das war notwendig. Jetzt baue ich neu auf. Morgen früh werden ein Bett und ein Schrank geliefert.«

»Dann findet das Einräumen ja Morgen statt. Komm, trinken wir ein Glas zu deinem Einzug, oder musst du sofort wieder zurück?«

»Um ehrlich zu sein, am liebsten würde ich gleich hierbleiben. Ich hab diese Höhle im zweiten Untergeschoss doch langsam satt. Nicht einmal ein Oberlicht gibt es dort. Das haut mir mit der Zeit auf's Gemüt. Und Morgen habe ich ja frei für den Umzug.«

»Dann schlaf doch hier auf der Couch. Die ist bequem. Ich bring dir Kissen und Decke. Setz dich, ich hol mal eben den Wein.«

Als sie kurz danach bei einem Glas zusammen saßen, fragte Moritz: »Und? Hast du dir dein Erbe angesehen, Herr Landhausbesitzer?«

»Einen ersten Blick drauf geworfen und mir vom Nachbarn viel erzählen lassen. Ich sag dir, das ist unglaublich, was die alte Dame alles geleistet und wie sie gelebt hatte. Aber ich gehe am Mittwoch für ein paar Tage wieder hin, um mir das Gesamte in Ruhe genau anzuschauen. Falls du bis dann hier allein klarkommst?«

»Sicher. Geh nur. Ich fackel dir deine Wohnung schon nicht ab. Ich muss ja wieder arbeiten ab Mittwoch. Und sonst? Hat es dir gefallen da draußen auf dem Lande? Weißt du schon, was du damit anstellen willst?«

»Was ich bis jetzt gesehen habe, hat mir mehr als nur gefallen. Wäre schön, dort zu Leben, aber ich muss doch von was existieren können. Der Nachbar meinte zwar, Tante Hanni hätte recht gut von dem, was sie produzierte, gelebt. Kann ja sein, aber ich habe vermutlich etwas mehr Bedürfnisse, als die alte Dame sie hatte. Wahrscheinlich werde ich es, mit schlechtem Gewissen gegenüber der Verstorbenen und auch gegen den Willen von Jule, verkaufen müssen. Was mir echt schwerfallen wird.«

»Hast doch jetzt erst mal Zeit genug, dir alles genau anzusehen und darüber nachzudenken. Vielleicht wäre das der Anlass, dein jetziges Leben zu überdenken und ernsthaft eine Veränderung ins Auge zu fassen. Verpflichtungen gegenüber deiner Tochter hast du keine mehr, musst nur noch für dich alleine sorgen. Oder hängst du an deiner beruflichen Tätigkeit?«

»Ich hänge an meiner Arbeit, ja, aber die Aufgaben da draußen würden mich schon auch reizen. Um ehrlich zu sein muss ich zugeben, ich bin ein Gewohnheitsmensch. Zu häufige Veränderungen sind nicht mein Ding. Vielleicht sollte ich aber wirklich mal über den Schatten springen, gründlich darüber nachdenken und versuchen herauszufinden, was ich mir von meinem Leben noch erwarte.«

»Tu das. Wenn ich dir dabei auf irgend eine Art helfen kann, sage es mir. Manchmal kann die Sicht eines unbeteiligten Freundes einem aus dem ewigen Kreislauf helfen.« Moritz hob sein Glas und prostete Andreas zu.

Es blieb an diesem Abend nicht bei einem Glas Wein. Vieles war zu erwägen und jetzt wo er die Möglichkeit hatte, mit einem loyalen, guten Freund frei darüber zu diskutieren, genoss er dies und die Zeit verflog dabei im Nu.

Nachdem Andreas am nächsten Vormittag Moritz geholfen hatte, die angelieferten Möbel zusammenzubauen, nahm er sich den Rest des Tages wieder die Zeit, die neueste Zeitung nach Stellenangeboten zu durchforsten. Leider war wiederum nichts für ihn dabei. Gartenbautechniker wurden eben nicht in Massen gesucht und in den gegenwärtigen Zeiten, wo das Geld allgemein eher knapp wurde, sparte sich manch einer den Profi und griff selbst zur Hacke.

Das Handy begann zu summen. Andreas nahm es in die Hand und brummelte nach einem Blick auf die Anzeige: »Was will denn jetzt der allwissende Herr Juniorchef noch von mir? Muss das sein?« Nach einem kurzen Zögern und zweimal kräftigem Durchatmen, nahm er das Gespräch an.

»Neumann!«, meldet er sich wieder betont schroff.

»Lindner Gartenbau. Karel Lindner am Apparat. Hallo Herr Neumann, wie geht es Ihnen?«, erklang die Stimme des jungen Eigentümers etwas süßlich.

»Guten Tag. Was gibt's?«, antwortete er mit mürrisch

klingender Stimme, ohne auf die Frage einzugehen.

»Haben Sie einen Augenblick Zeit? Ich möchte Ihnen gerne einen Deal vorschlagen.«

»Nur kurz, ich bin beschäftigt.«

»Es geht um die Nachbearbeitung des Auftrages Kufferer. Sie haben den damals doch ausgeführt und jetzt ist leider eine Nachbereitung erforderlich. Währen Sie bereit, diese Aufgabe zu übernehmen? Es wäre mir sehr geholfen damit.«

»Ich wüsste nicht, warum ich das tun sollte. Ich habe den Auftrag exakt nach Ihren Anweisungen und gegen meine persönliche Einschätzung, ausgeführt. Wenn es jetzt Nacharbeiten gibt, dann lassen Sie diese doch durch den Nachfolger machen.« Andreas konnte nicht glauben, was da sein Exchef zu drehen versuchte. Wollte der Schnösel ihn doch tatsächlich dazu ausnutzen diese Korrekturarbeiten auszuführen, um damit keine weiteren Arbeitsstunden dafür in Kauf nehmen zu müssen.

»Aber ich habe Sie doch bezahlt bis Ende des kommenden Monats. Damit sind Sie doch verpflichtet, noch eine Arbeitsleistung zu erbringen«, versuchte Lindner ihn herumzukriegen.

»Ich bin Ihnen gegenüber zu gar keiner Arbeitsleistung mehr verpflichtet. Sie erinnern sich, dass ich noch Überstundenguthaben und Urlaub einziehe ...«

»Aber die decken doch nicht die ganze Restzeit ab«, unterbrach Lindner ihn schroff.

Was bildete sich dieser Lindner nur ein, begann sich Andreas jetzt doch zu Ärgern. Glaubte der tatsächlich, ihn über den Tisch ziehen zu können? Oder wusste der am Ende nicht mal mehr, was er vor zwei Wochen festgelegt hatte? Der wollte es gar nicht mehr wissen, so war doch das. Der hatte weder Moral, Sachkenntnis noch Führungsqualitäten. Der war nur ein unfähiger Wirrkopf mit großem Geltungsdrang.

Er holte tief Luft: »Lesen Sie doch in meiner Personalakte mal nach, was Sie mir bei Ihrer Kündigung schriftlich bestätigt haben, dann sehen Sie, dass ich zu keinerlei weiteren Diensten bei Ihnen verpflichtet bin. Sie wollten mich ja keine Minute länger als unbedingt notwendig in der Firma haben.« Übertrieben dienlich setzte er nach: »Falls Sie Ihre Erklärung nicht mehr finden sollten, kann ich Ihnen gerne eine Kopie zukommen lassen.«

»Das kann schon so sein, aber könnten Sie mir in diesem speziellen Falle nicht doch ein wenig entgegenkommen. Sie tun es letztlich meinem verstorbenen Vater zu liebe.«

Das durfte doch nicht wahr sein. Jetzt probierte dieser Schwachkopf doch tatsächlich, das gute Verhältnis, das zwischen seinem verstorbenen Vater und ihm bestanden hatte, auszunutzen. Glaubte Lindner junior wirklich, dass er dieses Spiel aus sentimentalen Gründen mitspielen würde? Da hatte er sich aber geschnitten.

»Sie denken doch nicht allen Ernstes, dass ich, nachdem Sie mich aus heiterem Himmel eiskalt vor die Tür gesetzt haben, noch irgendwas für Sie tun werde. Da hilft auch Ihr Gesäusel um Ihren leider verstorbenen Vater nichts. Verschonen Sie mich damit, ich arbeite nicht für unfähige Geschäftsinhaber ...«, schrie Andreas die letzten Worte ins Handy und unterbrach die Verbindung.

Unglaublich! Jetzt war er sich endgültig sicher, dass

der Schnösel die Firma in Kürze an die Wand fahren würde. Aber halt, stopp! Tief durchatmen und den Ärger wegblasen, wies er sich selbst an, sonst landete er womöglich nochmals im Krankenhaus.

Er sollte wieder mal seinen ehemaligen Arbeitskollegen Steffen anrufen, nachfragen, wie es denn bei ihm so lief. Andreas atmete mehrmals tief durch, um den Ärger endgültig verklingen zu lassen, und wählte die Nummer.

»Eicher?«, meldete sich der frühere Arbeitskollege unvermittelt.

»Na, Steffen? Hast du keine Arbeit, dass du so schnell zum Telefon greifen kannst?«, meldete sich Andreas zur Begrüßung.

»Doch, eigentlich schon. Aber ich habe gesehen, dass mein früherer Boss mich anruft, der hat Priorität«, erwiderte der lachend.

»Ich wollte mal nachfragen, wie es dir geht. Ich hatte da grade einen Anruf von dem jungen Lindner. Er versuchte doch tatsächlich, mich für eine Nachbesserungsarbeit zu verpflichten. Hab ihm aber Saures gegeben, kommt überhaupt nicht in Frage. Aber, wie steht's bei dir? Kommst du zurecht?«

»Na ja. Solala. Ich tue halt einfach das, was er oder der Klingler mir auftragen. Nicht mehr, nicht weniger. Schlicht 'Dienst nach Vorschrift'. Aber Spaß macht das so nicht mehr, seit du weg bist. Alles läuft nach sturem Befehlston und die Arbeit sollte fertig sein, ehe man damit angefangen hat. 'Zeit ist Geld', muss ich mir immer wieder anhören.«

»Hast du dich schon umgesehen nach einer anderen

Anstellung?«, fragte Andreas.

»Ja hab ich, aber es gibt zur Zeit nicht all zu viele Angebote.«

»Wem sagst du das. Ich habe auch noch nichts Neues gefunden. Ist echt schwierig. Dafür ist sonst gewaltig viel geschehen. Stell dir vor, meine Tante ist gestorben und hat mir Haus und Land vererbt.«

»Was, echt? Wahnsinn, du hast es gut. Da bist du all deine Probleme ja los«, meinte Steffen.

»Schön wär's ja, aber ich muss ja von was leben. Nur von der reizenden Umgebung auf dem Landsitz, habe ich nicht gegessen. Ich versuche ...«

»Andi, ich muss aufhören, der Chef ist im Anmarsch. Ich ruf dich zurück«, unterbrach ihn Steffen hektisch und beendete das Gespräch.

Ach der arme Kerl, bemitleidete ihn Andreas. Steffen war ein guter Facharbeiter, er hatte immer gerne mit ihm zusammengearbeitet, aber jetzt wurde er vermutlich nach Strich und Faden von seinen Chefs ausgenutzt. Die wussten schon, dass er kaum eine andere Wahl hatte, als einfach das zu tun, was und wie sie wollten. Er hätte ihm gerne geholfen, aber er sah zur Zeit keinerlei Möglichkeit. Vielleicht später, wenn er irgendwo wieder eine Anstellung hatte.

Kapitel 12

Neugierig auf alles, was er in den nächsten Tagen erfahren und entdecken würde, bog Andreas von der Landstraße ab in die Zufahrt zu Hannis Grundstück, das jetzt sein Grundstück war. Auf dem kleinen Parkplatz neben dem Haus hielt er an und blieb für einen Augenblick nachdenklich im Auto sitzen, in der Hand die Schlüssel und einen Brief.

Erst heute Morgen, als er alles zusammengepackt hatte, was er mitnehmen wollte, kam ihm im letzten Moment in den Sinn, dass er die Schlüssel nicht wieder vergessen durfte. Die steckten in diesem Umschlag, den er vom Notar bekommen hatte. Er hatte ihn geöffnet. Neben den Schlüsseln war da ein versiegelter Brief drin gewesen. Darauf stand in zittriger Schrift: *'Für meinen Neffen Andreas Neumann persönlich'*. Das Wort 'persönlich' war doppelt unterstrichen. Mit leicht bebenden Fingern hatte er das Siegel aufgebrochen. Er hatte mit lesen nicht mehr warten wollen, bis er im Landhaus war. Die Neugierde war zu groß. Was hielt denn Tante Hanni hier noch für eine Überraschung bereit, und hatte zu lesen begonnen.

Mein lieber Andreas,

Du wunderst dich vielleicht, dass du von mir noch diesen persönlichen Brief erhältst. Mit dem, was ich im Testament geschrieben habe, ist ja alles Wesentliche gesagt. Und doch gibt es da etwas, was ich vertraulich nur dir und ohne dass es Andere zu sehen bekommen, wissen lassen möchte. Ich habe, wie du jetzt weißt, bestimmt, dass alles was ich besitze, mit Ausnahme von dem, was ich Theo und Juliane vermacht habe, dir anvertraue. Ich habe dich schon seit jeher als liebenswerten, ehrlichen und zuverlässigen Mann gehalten. Wie du nun ebenfalls weißt, habe ich trotzdem immer wieder mal Erkundigungen über euch beide eingezogen. Verzeih mir nochmals, dass ich euch heimlich bespitzeln ließ. Mir war es aber wichtig, genau zu wissen, was und wie ihr zwei geworden seid. Leider haben sich vor vielen Jahren unsere Wege getrennt. Ich konnte die Art und Denkweise deiner Frau überhaupt nicht teilen, fand sie sehr egoistisch und zerstörend. Meine Befürchtungen haben sich dann viele Jahre später leider bewahrheitet. Sie hat euch zwei aus selbstsüchtigen Gründen einfach verlassen. Die Leidtragenden ihres ganzen Eigensinns waren du und <u>deine Tochter Juliane</u>. Das hatte mir sehr wehgetan. Ich hätte mich nach eurer Scheidung sehr gerne gemeldet bei dir, doch hatte ich bedenken, wollte mich nicht aufdrängen und warten, ob deine Ex-Frau sich wirklich dauerhaft von dir entfernt hatte.

Jetzt denke ich, ist es so weit, dass ich dir das zurückgeben darf, was Helga mir damals schweren Herzens als Dankeschön überlassen hat, dafür, dass ich Juliane für zwei Wochen im Sommer bei mir aufgenommen hatte. Es soll dir Freude, Frieden und Sicherheit bringen so lange du lebst.

Wenn du dich vielleicht über diesen Brief wunderst, dann sei dir gesagt, ich tue das in der Art nur deshalb, weil ich sichergehen will, dass alles wirklich zu dir persönlich gelangt. Ver-

trauen ist zwar gut, sich gut absichern aber besser.
Wenn du dich umsiehst, vergiss auf keinen Fall, Theo nach meinen Marmelade-Rezepten zu fragen.
Ich wünsche dir alles Glück und Zufriedenheit für dein weiteres Leben.
Deine Tante Hanni

Dieser Brief hatte ihn gefreut, aber er wunderte sich, warum sie so einen völlig normalen Brief überhaupt versiegelt hatte. Da waren seiner Meinung nach keinerlei Geheimnisse oder besondere private Äußerungen drin zu finden. Er hatte sich noch einmal hingesetzt, sich einen weiteren Kaffee zubereitet und alles, was ihm die Tante geschrieben hatte, nochmals gelesen und durch den Kopf gehen lassen.

Erst nach mehrmaligem Lesen fiel ihm etwas auf. Der Brief bestand aus zwei Seiten, wobei die zweite Seite nur gerade noch den letzten Satz und Gruß von ihr enthielt, obwohl dies problemlos auf der ersten Seite Platz gehabt hätte. Und dann bemerkte er noch etwas. Tante Hanni hatte jeweils ganz unten in der Mitte die Seiten nummeriert, auf dem ersten Blatt stand eine Eins, auf dem Zweiten eine Vier. Wo waren die dazwischen? War da etwas verloren gegangen oder hatte Tante Hanni vergessen, die Seiten zwei und drei beizulegen. Oder hatte sie sich einfach verschrieben? Er kam zu keiner vernünftigen Erklärung oder einem Hinweis, der ihm plausibel genug erschien. Schließlich brach er auf in der Hoffnung, auf dem Weg dorthin oder beim Besichtigen von Haus und Land, eine Idee zum seltsamen, versiegelten Brief zu finden.

Mit einem Ruck stieß er die Autotür auf und stieg aus. Jetzt hier angekommen würde er sich Zeit nehmen, alles eingehend zu betrachten und sich jeweils zu den entstehenden Fragen beim Nachbarn schlauzumachen. Er hatte Theo angerufen und ihm mitgeteilt, dass er herkam, um sich jetzt gründlich umzusehen. Er würde im Verlaufe des Tages rüberkommen, hatte er gesagt. Er könnte ihm dann die ersten, wichtigsten Arbeiten erklären. Er hoffte, bis am Samstag alles so weit zu kennen, dass es ihm möglich wurde, eine Entscheidung zu treffen, ob er das Anwesen behalten konnte und was es konkret für ihn bedeuten würde. Alles so zu erhalten wie es jetzt ist oder einige Dinge anzupassen oder eben einfach zu verkaufen, das waren für ihn die möglichen Alternativen.

Aus dem Kofferraum hievte er zwei große Taschen. Da er nicht wusste, was alles im Haus für den täglichen Bedarf vorhanden war, hatte er sich kurzerhand das Notwendigste eingepackt, um ein paar Tage hier aushalten zu können. Bettwäsche, Toilettensachen, Arbeitskleider und Wäsche sowie zwei Tüten Lebensmittel hatte er dabei. Alles andere würde sich finden. Sollte er was vergessen haben, gäbe es sicher unten im Dorf die Möglichkeit, etwas zu bekommen. Nachdem er sein Gepäck auf die Veranda vor dem Haus getragen hatte, wollte sich Andreas erst einmal ein wenig die Füße vertreten. Es war ein wunderbarer Vormittag mit Sonnenschein und angenehmer Wärme. Sich im Haus umzusehen und einzurichten, konnte warten. Ein gemütlicher Fußmarsch durch das Land, das jetzt ihm gehörte und dessen Grenzen ihm Theo am Sonntag genau gezeigt hatte, war nun angesagt.

Als Erstes wandte er seine Schritte auf ein dichtes Buschwerk rechts vom Haus zu, aus dem Gegacker und Geschnatter zu ihm herüberklangen. Schon bald erkannte er eine Holzhütte und schritt schneller auf dem Trampelpfad dahin. Die Büsche lichteten sich. Vor der Hütte gab es eine kleine Wiese mit einem Teich. Alles eingezäunt von einem massiven Maschendrahtzaun auf Steinplatten, die rundherum in das Erdreich eingelassen waren. Der sollte vermutlich zum Schutze vor dem Fuchs dienen. Eine Schar Hühner, Andreas schätzte sie auf etwa dreißig Stück, pickten emsig auf der Wiese herum. Im und um den Teich sah er zu seiner Überraschung auch etwa ein Dutzend Gänse. Dass Hanni Hühner hatte, war ihm bekannt gewesen, aber von den Gänsen hatte er nichts gewusst.

Vom Hühnerhaus weggehend wandte er sich zuerst dem großen Schuppen zu, der direkt an das Wohnhaus anschloss. Das große Tor öffnend, offenbarte sich ihm ein geräumiger Raum voll mit Handwerkszeug, Körben, Kisten und Schachteln sowie einigen kleinen Gerätschaften. Alles ordentlich sortiert und eingeräumt. Tante Hanni war offensichtlich eine sehr ordnungsliebende Person gewesen. Nach einem längeren Blick über alles hinweg, was da stand und hing, war sich Andreas sicher, dass ihm hier kaum etwas fehlen würde, um damit das Anwesen im Schuss zu halten.

Er trat wieder hinaus und schloss das Tor, um sich jetzt dem Feld mit all den Bäumen und Sträuchern zuzuwenden. Gemächlichen Schrittes streifte er kreuz und quer über die Wiese und betrachtete eingehend die Obstbäume und Beerensträucher. Eine beeindruckende Vielfalt verschiedenster Bäume standen, meist in Gruppen von zwei oder drei, beieinander. Neben Äpfeln und Birnen erkannte er auch Kirschen und Pflaumen. Allesamt als Niederstammarten, was die Ernte und Pflege vereinfachte. Schlau von der Tante. Noch größer war die Vielfalt an Beerensträuchern. Himbeeren, Erdbeeren und Johannisbeeren dominierten in der Nähe des Hauses, während Brombeeren, Stachelbeeren und Heidelbeeren vor allem im hinteren, ansteigenden Teil des Grundstückes zu finden waren. Hier hinten war das ganze Grundstück mit einem soliden Zaun umschlossen und jede Gruppe von Sträuchern darin stand geschützt innerhalb einer leichten Einzäunung. Das sah alles so aus, als ob hier Hannis Ziegen ihren Weideplatz hatten. Aber von den Ziegen war im Augenblick nichts zu sehen. Wahrscheinlich war die Herde, die Theo geerbt hatte, zurzeit irgendwo auf seinem Gelände.

Andreas war mehr als nur beeindruckt. Alles was er sah, strahlte einen ausgezeichneten und gepflegten Zustand aus. Da hatte Tante Hanni fachgerechte Arbeit geleistet, vermutlich einiges davon unter Mithilfe vom Nachbarn Theo. Es war eine Freude zu sehen, was da alles blühte oder wuchs. Seine Tante hatte hier wirklich ein kleines Paradies geschaffen und erhalten. Hut ab vor so einer älteren Dame. Ihm lief ein freudiger Schauer durch den Körper. Das wäre eine große Freude, hier das von der Tante aufgebaute, weiter zu führen und vielleicht da oder dort sogar etwas auszubauen. Trotz der Skepsis gegenüber dem, was er glaubte hier überhaupt betreuen zu können, wuchs die Begeisterung in ihm.

Als er nach mehr als einer Stunde zum Haus zurück und auf die Veranda kam, fiel ihm eine an der Hauswand stehende Hundehütte auf. Hatte Hanni einen Hund gehabt? Die Hütte machte den Anschein, als ob sie bis vor kurzem in Gebrauch gewesen wäre. In der Hütte lag eine kuschelige Decke und an der Seite stand ein verstaubter Fressnapf. Aber wo war dann der Hund? Hatte Theo ihn zu sich genommen, damit er nicht die ganze Zeit alleine war? Er würde ihn gleich danach fragen, wenn er ihn traf.

Andreas hatte sein Gepäck eingeräumt und sass jetzt mit einer Tasse Kaffee auf der Veranda. Es war für ihn einfach paradiesisch, in dieser Ruhe und Abgeschiedenheit. Wenn er es hinbrächte, auf diesem Land genügend zu produzieren, dass er davon leben konnte, dann müsste er sich das Ganze nicht mehr lange überlegen. Ob er allerdings alles, was zu tun war, neben seiner künftigen Arbeit schaffte, war eine Frage, die er im Augenblick noch nicht schlüssig beantworten konnte. Dazu brauchte er Theo, um sich ein Bild über den notwendigen Arbeitsumfang besser abschätzen zu können.

Wie gerufen, erschien zwischen den Bäumen auf der linken Seite ein Mann. Theo kam bedächtigen Schrittes daher um ihm wie versprochen, die ersten, wichtigsten Arbeiten zu erläutern.

Andreas erhob sich, ging ihm ein paar Schritte entgegen, um ihn zu begrüßen.

»Guten Tag, Theo. Vielen Dank, dass du dir Zeit nimmst, um mich hier ein wenig einzuweisen. Ich bin bei einem Kaffee, möchtest du auch?«, begrüßte er ihn und wies zur Veranda.

»Hallo Andi, gerne, da sage ich nicht nein.«

»Bitte setz dich doch. Er kommt sofort.« Einen Augenblick später servierte er Theo einen Kaffee.

»Und?«, fragte Theo, »hast du dir schon einiges angeschaut?«

»Oh ja. Die Hühner und die Gänse. Ich wusste gar nicht, dass Hanni Gänse besaß. Ich glaube, die hat sie noch nicht so lange, oder?«

»Seit etwa zwei Jahren würde ich meinen.«

»Aha. Dann hab ich mir natürlich die Bäume und Sträucher unter die Lupe genommen. Sieht alles top aus. In einem super Zustand. Eine wahre Freude. Hat sie da deine Unterstützung gebraucht?«

»Eigentlich nur wenig. Wenn es aber darum ging, zur Pflege auf die Bäume oder hohe Leitern zu klettern, hat sie mich gebraucht. Sonst hat sie alles selbst erledigt, auch das Ernten der Früchte.«

»Da ziehe ich aber den Hut vor dieser Leistung, die meine Tante da an den Tag gelegt hat.«

»Ja, Johanna war eine bemerkenswerte Frau. Sie war mit ihren sechsundsiebzig Jahren nicht nur körperlich, sondern auch geistig bis zuletzt voll auf der Höhe. Ganz allein hat sie hier friedlich gelebt.«

»Ach ja, von wegen 'ganz allein'. Das bringt mich auf eine Frage. Ich sehe hier eine Hundehütte, und mir scheint, dass die mindestens bis vor Kurzem noch in Benutzung war.«

»So ist es. Der 'Basso' lebte seit etwa fünf Jahren bei ihr. Er war ihr damals zugelaufen. Niemand hatte ihn vermisst. Wurde vermutlich ausgesetzt. Johanna nahm ihn auf und hatte dann schnell sehr an ihm gehangen.

Vor knapp zwei Monaten ist er gestorben. Johanna hatte es nur schwer verkraftet. Man könnte fast meinen, sie sei ihm schließlich gefolgt.«

»Wer weiß. Man hört von solchen Beziehungen zwischen Mensch und Tier ja immer wieder. Dann hatte sie wenigstens einen Begleiter in den letzten Jahren.« Andreas trank nachdenklich seinen Kaffee, um dann das Thema zu wechseln.

»Bevor du mich in die notwendigen Arbeiten einführst, muss ich dir noch eine seltsame Frage stellen.«

»Ja bitte?«

»Tante Hanni hat mir in einem persönlichen Brief, den ich vom Anwalt bekommen hatte, aufgetragen, dass ich dich nach den 'Marmelade-Rezepten' fragen soll. Weißt du, was sie damit genau meinte?«

»Sicher. Das war ein Auftrag von ihr, auf den ich gemäß ihren Anweisungen warten musste. Wenn du danach fragst, soll ich dir einen Brief aushändigen, den sie mir dazu übergeben hatte. Ich kann ihn dir Morgen oder Übermorgen vorbeibringen, wenn ich zu den Ziegen gehe.«

»Nein lass nur. Musst deswegen nicht extra herkommen, hast hier schon genug für Tante Hanni und mich getan. Um die Marmeladenrezepte will ich mich später kümmern. Ich hole ihn gelegentlich bei dir ab. Aber ich wäre jetzt froh, wenn du mir ein wenig auf die Sprünge helfen kannst und zeigst, was hier zu tun ist. Ich versuche dann mal die nächsten zwei, drei Tage, mich zurechtzufinden. Am Freitagabend hole ich meine Tochter in der Stadt ab. Sie möchte sich den Ort unbedingt noch mal ansehen. Am Sonntag fahren wir dann gemeinsam wieder zurück. Bis dann sollte ich alles gesehen und erfahren haben, um nächste Woche zu einer Entscheidung zu finden, ob überhaupt und wenn ja, wie ich diesen Landsitz übernehmen könnte.«

Theo blickte ihn herausfordernd an. »Also, ich hoffe mal sehr, dass wir Nachbarn werden. Wie du ja weißt, muss ich mich wieder voll auf mein Anwesen konzentrieren. Die Arbeiten auf meinem Grundstück können nicht ewig warten.« Er erhob sich und blickte auffordernd auf Andreas. »Dann schauen wir uns doch mal die Aufgaben an, um die du dich so rasch als möglich kümmern solltest.«

»So, da wären wir. Willkommen im Paradies von Tante Hanni«, sagte Andreas am späteren Freitagabend zu Jule, als er auf den Parkplatz vor dem Landhaus fuhr. Während der ganzen Fahrt war er kaum zu Wort gekommen. Jule hatte eifrig über ihre Arbeit und ihr neues Leben in der WG mit ihrer Freundin, berichtet.

»Du glaubst nicht, wie schnell die letzten Tage für mich hier vergangen sind. Theo, der Nachbar, hat mir alles gezeigt und erklärt. Danach war ich nur noch am Arbeiten. Es ist hier einiges liegen geblieben. Theo konnte ja nicht alles erledigen neben seinem eigenen Betrieb. Doch jetzt ist das dringendste aufgeholt, dafür bin ich ganz schön geschafft. Ich bin zwar hier auch der Chef, aber die Arbeit muss ich selbst machen«, meinte er zum Schluss mit einem Lachen.

»Wau, schau mal!«, rief Jule aus und lief ein Stück in die Wiese hinaus. »Ja so wunderschön hatte ich es noch im Gedächtnis. Ich bin so gespannt, ob alles noch so ist,

wie ich es in Erinnerung habe«, sagte sie, als sie zurückkam und zum Haus ging. »Aber ich denke, ich schaue
mir das Morgen in Ruhe an. Ich bin ebenfalls echt müde
und es wird jetzt doch schon langsam dunkel.«

»Kein Problem, wir haben ja das ganze Wochenende
Zeit«, meinte Andreas und schloss die Haustür auf. »Ich
freu mich jetzt vor allem auf die Pizzen, die du mitgebracht hast. Danach verziehe ich mich schätzungsweise
ziemlich flott ins Bett.«

»Oh ja, ich bin auch am Verhungern. Essen wir und
dann bin ich ganz rasch für den Frieden. Ich freue mich
auf Morgen«, sagte Jule und begann sofort mit dem Aus-
packen des Mitgebrachten.

Während sie das schnelle Abendessen zubereiteten,
erzählte Andreas seiner Tochter ausführlich von all dem,
was er bisher gesehen und getan hatte. Er berichtete ihr
auch über Theo, den hilfsbereiten Nachbarn, der ihn
gründlich in alles eingewiesen hatte, und erzählte, was
er von Theo über das Leben von Tante Hanni erfahren
hatte.

Nachdem sie ihre Pizzen verspeist hatten, gähnte Jule
tüchtig und gab damit zu verstehen, dass sie müde war.

»OK, ich denke, das ist genug für heute. Morgen früh
möchte ich dir aber erst einen Brief zeigen, den mir
Tante Hanni via Anwalt übergeben hatte. Irgendwie
klingt er ein bisschen mysteriös. Ich bin gespannt, was
du dazu meinst.«

Sich streckend, erhob sich Jule und räumte das
Geschirr in die Spüle. »Meine Neugier ist auch müde.
Dann bis morgen, Papa. Ich hau mich jetzt auf die
Ohren. Schlaf gut.« Sie verließ die Küche mit müdem

Schritt, aber dennoch scheinbar sehr zufrieden.

In friedlicher Stille sassen am nächsten Morgen Andreas und Jule auf der Veranda beim Frühstück. Beide blickten in die idyllische Umgebung vor ihnen und genossen die ruhige ländliche Atmosphäre. Nur wenig war zu hören. Aus Richtung des Hühnerhauses hörte man gelegentlich ein Gackern und aus der Ferne konnte man hin und wieder den feinen Klang von Glocken vernehmen. Vermutlich kam das von der Ziegenherde, die sich irgendwo, außerhalb ihres Blickfeldes, auf der Weide befand.

»Das ist so schön friedlich hier«, sagte Jule, »das erinnert mich wieder an früher. Da hinter dem Baumgarten am Hang oben bin ich oft gesessen und habe in den Tag geträumt. Da rauf will ich nachher und sehen, ob es mir immer noch so gefällt. Manchmal war die Ziegenherde in der Nähe. Da war eine junge, neugierige Ziege dabei, die stets zutraulich zu mir zum betteln kam. Ich hatte sie deshalb 'Bettlerin' genannt. Was wohl aus ihr geworden ist? Vermutlich wird sie nicht mehr leben. Ach, es war eine so schöne Zeit. Ich ärgere mich immer noch maßlos, dass ich in den letzten Jahren nicht einfach, gegen den Willen von Mutter, die Tante besucht habe. Ihr geholfen habe, Früchte zu ernten, sie einzuwecken oder feine Marmeladen daraus zu kochen.«

»Marmelade! Du erinnerst mich wieder daran. Ich wollte dir doch den Brief von Tante Hanni zeigen.« Andreas stand auf und ging ins Haus. Kurz darauf kam er mit dem Brief heraus und gab ihn ihr zum Lesen. »Hier, der war im Umschlag vom Anwalt, zusammen mit den Schlüsseln.«

Jule las lange und aufmerksam, um dann nachdenklich auf ihren Papa zu blicken. »Ein lieber Brief, ganz Tante Hanni. Aber komisch ist dieser letzte Satz. Hast du den Nachbarn gefragt nach den Rezepten?«

»Ich habe Theo gefragt und der war überhaupt nicht überrascht darüber. Johanna hätte ihm einen Brief in Verwahrung gegeben, den er erst, wenn ich ihn nach den Rezepten frage, mir übergeben soll, meinte er.«

»Ich glaube, das Rezeptbuch lag damals in der Küche, bei den Kochbüchern, im Regal ganz oben. Hast du dort mal nachgeschaut?«

Andreas hatte verneint, deshalb stand Jule jetzt auf, um nachzusehen. Doch sie kam mit leeren Händen wieder zurück. »Da stehen nur die Kochbücher. Das war so eine Mappe mit ihren handgeschriebenen Rezepten, die ist aber nicht da.«

»Ich finde es aber komisch, warum sie mir dieses Rezeptbuch auf so geheimnisvolle Art übergeben will.«

»Vielleicht«, überlegte Jule laut, »möchte sie sicherstellen, dass nur du in den Besitz der wertvollen Rezepte kommst. Dass du weiterhin nach ihren Angaben, das Einwecken der Früchte und die Marmeladenzubereitung weiter betreibst.«

»Aber ich bin doch kein Koch. Ob ich so was überhaupt hinkriegen könnte, bin ich mir gar nicht sicher.«

»Das ist gar nicht so schwierig, wie du glaubst. Sie hat alles genau beschrieben. Ich erinnere mich, dass ich damals ganz allein das eine oder andere Verarbeiten durfte. Sie hat mit mir das Rezept durchgelesen und dann habe ich unter ihrer Aufsicht alles selbst gemacht. Ich war dann jeweils stolz darüber, dass es immer was geworden ist. Das ist wirklich nicht schwierig, das kannst du auch.«

»Also ich weiß nicht. So eine umständliche Übergabe. Ob da nicht eine andere Absicht dahinter steckt?«

»Dann wart ab, bis du den Brief vom Nachbarn bekommen hast. Vielleicht finden wir in ihm die Erklärung dafür.«

Andreas wischte mit der Hand durch die Luft. »Ach, was Wichtiges wird es kaum sein. Vermutlich erschien es für Tante Hanni einfach wichtig oder sie erlaubte sich noch ein kleines, spannendes Rätselraten mit uns.« Er stand vom Tisch auf: »Komm, räumen wir ab und gehen zusammen mal auf einen Erkundungsgang.«

Kapitel 13

Nachbarn und Neugier

Andreas und Jule traten auf die Veranda, als sie Stimmen vernahmen. Von der Straße her kamen zwei ältere Frauen, in Arbeitskleidern und mit Schürzen bekleidet, auf das Haus zu.

»Nanu? Nachbarbesuch?«, meinte Andreas und trat von der Veranda herunter. Mit Jule zusammen warteten sie, bis die beiden Frauen herankamen.

Die hatten aufgehört zu reden und traten jetzt neugierig blickend auf sie zu, um in einigem Abstand vor ihnen stehen zu bleiben.

»Guten Tag«, grüßten Andreas und Jule freundlich.

»Dachte ich mir's doch, dass sich da bei Johanna jemand herumtreibt«, meinte die eine größere Frau in barschem Tonfall, während sie von der Zweiten nur stumm mit fast grimmigem Blick begutachtet wurden.

Die Frauen hielten sie offenbar für Eindringlinge.

»Ich bin Andreas Neumann und das hier ist meine Tochter Juliane. Ich bin der Enkel und Erbe von Frau Horrenbergers Besitz. Und wer sind Sie?«, fragte er in betont freundlichem Ton.

Die zwei blickten einander mit einem beifälligen Blick an.

»Dachten wir uns doch, dass die Erben nicht lange auf sich warten lassen«, meinte die große Frau, scheinbar die Wortführerin der beiden. »Ich bin die Nachbarin auf dieser Seite, Klara Schindler.«

»Und ich bin ihre Schwester, die Hermine Schindler«, krächzte die Kleine mit einer, zu ihrer geringen Körpergröße unerwartet rauen und tiefen Stimme.

»Freut uns, Sie kennenzulernen«, bemühte sich Andreas um eine freundliche Stimmung und streckte ihnen seine Hand zur Begrüßung entgegen. Doch die Zwei zeigten keinerlei Willen, ihm ihre zu geben. Offensichtlich waren sie sehr misstrauische Personen. Mit in die Schürzentaschen gesteckten Händen standen sie da und besahen sich die beiden Fremdlinge.

»Uns freut es nicht. Schade, dass Johanna schon sterben musste. War halt etwas gar viel allein«, stieß jetzt Klara, die Große hervor.

Während Jule, erschrocken über den feindlichen Ton, auf die beiden starrte, kamen Andreas die Worte von Theo bei ihrem Kennenlernen in den Sinn. 'Wir reden hier nicht lange um den heißen Brei herum, kommen meistens gleich direkt zur Sache'. Das schien hier tatsächlich so zu sein. Man redete das, was man dachte. Klar und ohne auf Gefühle Rücksicht zu nehmen. Da musste er sich erst dran gewöhnen.

»Ja, es ist sehr schade, dass Tante Hanni gestorben ist. Wir hätten sie gerne noch unter uns gehabt«, versuchte Andreas weiter, die abweisende Stimmung zu ignorieren.

»Da haben wir aber nichts davon bemerkt«, konterte Klara prompt. »Wir hatten Johanna gerne unter uns, aber von Ihnen haben wir nie was gesehen. Erst bei der Beerdigung haben Sie sich das Erste mal gezeigt, ohne Tochter!«, hängte sie noch bissig an.

»Ich konnte damals leider nicht, ich war beruflich verhindert«, versuchte sich Jule zu verteidigen.

Jetzt reckte sich die kleine Hermine der Jule entgegen: »Ach, Sie sind wahrscheinlich das Mädchen gewesen, das vor Jahren manchmal hier bei Johanna in den Ferien war. Sie hat immer mit viel Freude von Ihnen gesprochen.«

»Tante Hanni war ein lieber Mensch. Wir hatten zusammen viel Spaß und Freude«, bestätigte Jule schnell.

»Ob sie auch jetzt noch so viel Freude an Ihnen hat, wenn sie herunterschaut? Noch nicht mal Zeit zur Verabschiedung haben Sie sich für sie genommen!«, krächzte Hermine energisch und schaute Jule vorwurfsvoll an.

Jule war geschockt, ob diesem massiven Vorwurf, der ja leider nicht ganz unbegründet war. Der Schreck trieb ihr Tränen in die Augen. Rasch wandte sie sich ab und lief weg ins Haus. Andreas blickte ihr traurig hinterher. Da war die kleine Hermine aber doch etwas gar hart und direkt dahergekommen. Das konnte man doch nicht tun. Auch wenn einiges an den Vorwürfen der zwei Frauen seine Richtigkeit haben mochte, durfte man sie doch nicht mit dieser Schonungslosigkeit angreifen.

»Ich bitte Sie«, verteidigte er Jule, »Sie können doch meine Tochter nicht einfach so hemmungslos attackieren?«

»Ich greife sie doch nicht an. Ich sag nur, wie es war

und ist. Die Wahrheit darf man doch sagen«, rechtfertigte sich jetzt Hermine mit dumpfem, herrischen Ton.

»Lass mal Mine, du meinst es ja nicht so, aber diese Städter verstehen dich halt nicht«, beruhigte Klara ihre Schwester.

Zu Andreas gewandt fuhr Klara dann fort: »Und wie steht es bei Ihnen? Schauen Sie sich hier alles genau an, um zu überlegen, wie Sie das Ganze möglichst schnell zu möglichst viel Geld machen können? Alles, was Johanna in vielen, vielen Jahren mit harter Arbeit und Fleiß erschaffen hat?«

Jetzt war es an Andreas, geschockt zu sein, ob solch direkter, ungerechter Schonungslosigkeit, wie sie ihm hier an den Kopf geworfen wurde. Das konnte er bei aller Nachbarschaftsliebe nicht so auf sich sitzen lassen. Was glaubten die Zwei denn eigentlich, wer sie sind, dass sie sich hier aufführten wie die Richter. Er reckte sich stramm in seiner ganzen Größe vor den Schwestern auf.

»Jetzt reicht es aber!«, schrie er sie derart laut an, dass beide kräftig zusammenzuckten und mit einigen Schritten rückwärts in Abwehrhaltung gingen. »Diese unglaublich dummen und ungerechten Sprüche von Euch zwei Hexen brauche ich mir nicht länger anzuhören. Behaltet eure einfältigen, hirnlosen Vorwürfe für Euch. Auf solche Nachbarn kann ich gerne verzichten. Verschwindet von diesem Ort hier, ihr seid eine Schande für jeden ehrlichen Menschen.« Mit erhobenem Arm wies er sie zur Straße und sagte laut mit Nachdruck: »Wenn Ihr beide in der Lage seid, vernünftig mit Anstand ein Gespräch unter erwachsenen Menschen zu führen, dann seid Ihr hier künftig jederzeit willkommen. Wenn nicht, wäre ich genötigt, Euch beide wegen übler Nachrede anzuzeigen. Klar?«

Wie zwei geprügelte Hunde, die Köpfe eingezogen, wieselten die zwei alten Frauen, so schnell sie konnten, sich immer wieder ängstlich zurückblickend, davon. Andreas ließ seinen erhobenen Arm, mit dem er sie weggewiesen hatte, fallen und wandte sich dann, schwer atmend, ab zum Haus. Von wegen 'nicht drum rum reden ...', üble Nachrede, Verleumdung, war das doch. So was mussten sie sich doch nicht gefallen lassen.

Noch immer arg geschockt vom Besuch der Schwestern Schindler, sassen Andreas und Jule am späteren Nachmittag auf der Veranda. Der Ärger über das, was sie sich hatten anhören müssen, war noch nicht verraucht. Die Freude, miteinander Haus und Land anzuschauen, war unwiederbringlich verpufft gewesen. Sie brachten zwar für ein Stück weit das Verständnis dafür auf, dass die alteingesessenen Nachbarn hier nicht eben hocherfreut waren, dass jetzt zwei Wildfremde daherkamen und sich auf dem Besitz breitmachten. Aber dass sie auf solch ungerechtfertigte Art und Weise angegriffen worden waren, konnten sie nicht verdauen.

Dass die Schwestern mit ihren Bemerkungen allerdings auch einen Schwachpunkt bei ihnen berührt hatten, machte das Erlebte für sie erst recht nicht besser. Sie kämpften beide mit einem schlechten Gewissen, dass sie die Tante, obwohl sie das gekonnt hätten seit Helga weggezogen war, es nie zustande brachten, sich um sie zu kümmern. Sie wenigstens dann und wann mal zu besuchen. Dieses Schuldgefühl nagte an beiden. Und trotzdem hatten sie jetzt Geld und Anwesen geerbt.

»Das Ganze hier erscheint mir im Augenblick nicht mehr so einladend, seit uns diese Schwestern so böse Unterstellungen gemacht haben. Es macht ja nicht wirklich Freude, mit solchen Leuten Seite an Seite zu leben«, sprach Andreas seine Gedanken aus.

»Schon, aber deswegen das Erbe abzulehnen, ergibt ja auch keinen Sinn. Damit fühlten sich ja diese Leute in ihren abstrusen Meinungen gar noch bestätigt. Nein, nein. Wir müssten versuchen, ihnen das Gegenteil zu beweisen.«

»Ja wie denn? Indem ich hier einziehe und mich unterordne?«

»Nicht unterordnen. Ihnen einfach zeigen, dass du das Landgut ebenso gut betreiben kannst, wie Tante Hanni es tat. Selbstständig und mit deiner Hände Arbeit. Das scheint mir der Punkt zu sein, den die Leute hier akzeptieren würden.«

»Wo du nur diese Weisheit herhast? Aber du hast recht mit deiner Sicht, wenn ich nur wüsste, wie ich das hinkriege«, sinnierte Andreas.

»Hab ich von meinem Papa bekommen. Du wirst das hinkriegen«, meinte Jule lächelnd.

In der darauf folgenden nachdenklichen Stille wurden Schritte hörbar. Und tatsächlich erschien zwischen den Bäumen Theo. Andreas hatte ihn angerufen und gefragt, ob er eine Stunde Zeit hätte, damit er ein Problem mit ihm besprechen könne. Er wollte ihn auf die beiden Schwestern ansprechen. Außerdem mit ihm vereinbaren, dass Theo die nächsten Tage hier weiter das Nötigste für

Tiere und Haus erledigte.

»Du machst aber einen nachdenklichen Eindruck, Andreas«, meinte Theo und wandte sich Jule zu. »Guten Abend, Frau Neumann, nehme ich an?«

»Guten Abend, Herr Bucher. Nennen Sie mich doch einfach Jule. Wir werden uns ja künftig vermutlich öfters sehen.«

»Kommt ganz auf Sie an, ich bin immer da. Dann bin ich einfach der Theo.«

Dann wandte er sich wieder Andreas zu. »Du scheinst mir ein wenig bedrückt. Was hat dir in der kurzen Zeit so den Spaß verdorben?«

»Meine anderen Nachbarn, die Schwestern Schindler. Sie haben uns heute besucht und uns ohne Umschweife ihre klare Meinung kundgetan.«

»Oh du meine Sch..., ausgerechnet«, griff sich Theo mit verkniffenem Gesichtsausdruck ins Haar. »Die Zwei lassen leider nur selten eine Gelegenheit aus, sich in Szene zu setzen.«

»Ja leider. Aber komm doch. Setzen wir uns.«

Als sie auf der Veranda sassen und Jule Apfelsaft servierte, begann Andreas alles zu erzählen, was sich mit den beiden Schwestern abgespielt hatte. Nichts vergaß er, auch nicht den Umstand, dass er wütend geworden war, sie 'Hexen' genannt, und ihnen gedroht hatte, sie anzuzeigen. Er vergaß auch nicht, zu erwähnen, dass solche Nachbarn, seinem eventuellen Entschluss hierher zu ziehen, deutlich abträglich waren.

»Das glaube ich dir gerne. Aber Andreas! Hier haben dich jetzt die zwei wirklich kratzbürstigsten Damen der Gemeinde besucht. Was sie dir an den Kopf geworfen haben, darfst du auf keinen Fall ernst nehmen. Die Zwei sind bekannt und berüchtigt dafür und werden deshalb nirgends in der Gemeinde wirklich wichtig genommen. Du musst dich nicht wundern, aber wenn sie wieder kommen, und ich bin sicher, sie werden wieder kommen, dann wirst du der allerbeste Mensch in ihrer Umgebung sein. Das erklären sie dir dann wiederum mit der gleichen Direktheit wie das Schlechte von Heute. Gegen Neulinge sind sie extrem abweisend, aber wenn sie dich mal in ihr Herz geschlossen haben, könntest du alles von ihnen bekommen. So sind Klara und Hermine, du wirst sehen, nach einiger Zeit hast du eitel Sonnenschein.«

»Wenn du meinst«, erwiderte er erleichtert, »du kennst ja die Leute hier. Es muss ja keine Verbrüderung sein, aber friedliche Nachbarn, mit denen man gelegentlich ein paar Worte plauschen kann, sind mir schon wichtig.«

»Macht euch keine unnötigen Gedanken über die beiden«, Theo blickte jetzt auf Jule. »Nehmt sie als die Sonderlinge, die sie nun mal sind. Glaubt mir, die tun keiner Fliege wirklich was zuleide.«

»Nun, Jule? Kannst du leben mit dem, was wir von Theo gehört haben«, wandte er sich an seine Tochter.

»Ja klar. Aber die zwei kauzigen Weiblein sind wirklich nicht ganz ohne und verstehen es, einen am wunden Punkt zu treffen. Bei mir ist es ihnen zumindest gelungen. Aber ich vergesse das jetzt, Schwamm drüber«, meinte sie mit einer wegwischenden Handbewegung.

»Gut. Mache ich auch«, pflichtete Andreas bei und

wandte sich wieder an Theo. »Dann sollten wir jetzt über
...«

»Halt! Bevor ich es vergesse!«, fiel ihm Theo ins Wort
und griff in die Seitentasche seiner Hose. »Hier. Ich habe
dir den Brief von Johanna mitgebracht. Hiermit habe ich
ihn dir auftragsgemäß, persönlich übergeben.«

»Oh, so förmlich?«, schmunzelte Andreas.

»Nun, es war ein klarer Auftrag eurer Tante, den sie
mir ans Herz gelegt hatte. Bin froh, damit wieder eine
Aufgabe weniger zu haben. Aber jetzt zu den Sachen, die
du mit mir bereden wolltest.«

»Und ich verzieh mich in die Küche. Essen Sie mit uns
Theo? Sie sind herzlich eingeladen«, fragte Jule beim
Aufstehen.

»Leider nein, Danke. Ich muss dringend noch zu den
Tieren.«

So besprachen die beiden, was die nächsten Tage zu
tun sein würde und wann vermutlich Andreas wieder
zurückkam und sich entschied. Es musste schließlich
vorwärtsgehen. Theo konnte nicht ewig für zwei Land-
sitze gleichzeitig sorgen.

Als sich Andreas nach dem Abendessen satt zurück-
lehnte, stellte Jule mit hastigen Bewegungen sofort das
Geschirr auf dem Servierbrett zusammen. Jule plagte
scheinbar die Neugier, sie konnte sich kaum mehr
zurückhalten. Schon den ganzen Nachmittag war sie,
neben dem Ärger über die Schwestern, ganz kribbelig
gewesen wegen Tantes neuem Brief, hatte immer wieder
davon zu reden begonnen. Doch wenn sie Morgen Mittag nach Hause wollten, hatten sie jetzt erst einige Arbei-

ten, die Theo genannt hatte, zu erledigen. Nun, während des Abendessens hatte sie sich unruhig und fahrig verhalten. Andreas ahnte es und amüsierte sich, dass seine neugierige Tochter kaum mehr warten konnte, bis er den Brief endlich öffnen würde.

»Hey Papa! Was ist jetzt mit Tante Hannis zweitem Brief? Bist du nicht neugierig, was sie schreibt?«, war sie nicht mehr zurückzuhalten.

Andreas überlegte, ob er sie noch ein wenig zappeln lassen sollte. War zwar etwas gemein, es machte ihm aber immer so höllisch Spaß zu sehen, wie sie sich ereifern und manchmal kaum an sich halten konnte. Es war ja vermutlich mit diesen Briefen ohnehin nur ein spaßiger Schnickschnack von Tante Hanni, also durfte er doch das Spiel noch etwas in die Länge ziehen.

»Ja doch. Ich hol dann mal den Brief.« Er gab vor, aufstehen zu wollen. »Wo hab ich ihn bloß ...«

»Du hast ihn in deine Westentasche gesteckt, als Theo ihn dir gegeben hat«, sagte Jule sofort und drückte ihn wieder auf den Stuhl zurück.

Aha, da hatte sie also sehr aufmerksam beobachtet, wo der geheimnisvolle Brief hinging. Bewusst umständlich holte er das Kuvert heraus, drehte es mehrmals von allen Seiten betrachtend, um dann das Siegel zu brechen. Nervig langsam begann er, den Umschlag auf zu knubbeln. Aus den Augenwinkeln konnte er erkennen, wie Jule die Augen verdrehte.

»Nimm doch ein Messer«, drängte sie.

»War versiegelt wie der Erste. Steht drauf: 'Nur für Andreas Neumann'. Da ist nicht nur ein Brief drin. Da ist noch was Dickes drin«, sagte er, den Umschlag betastend, ohne auf den Hinweis von Jule zu reagieren.

»Komm, mach schon. Du lässt mich wieder so gemein zappeln. Das ist nicht fair, Papa!«, grollte Jule und fummelte einmal mehr nervös an ihrer Armkette.

Er durfte es wohl nicht zu weit treiben, es war wirklich ein wenig unfair seiner Tochter gegenüber, dachte er bei sich, und ergriff ein Messer um den Brief zu öffnen. Er entnahm dem Umschlag ein Blatt Papier, entfaltete es und konnte es nicht lassen, mit dem Blatt vor dem Gesicht sich tief zurückzulehnen, sodass Jule nicht sah, was geschrieben stand. Er überflog den Brief, kein langer, aber fein säuberlich in der Art von Tante Hanni verfasst.

»Papa, bitte vorlesen! Sonst mach ich es.« Jule griff in Richtung des Briefes, aber Andreas hatte das kommen sehen und das Blatt schnell weggehalten. »Pappaaa!« Jules Geduld schien am Ende.

»Ich lese ja schon vor«, beruhigte er mit einem unverschämten Grinsen im Gesicht.

»Ich werde mich rächen, warte es ab«, warnte sie ihn und lehnte sich dann mit gespitzten Ohren in Richtung ihres Vaters.

Andreas begann endlich, den Brief vorzulesen:

Lieber Andreas,
Da bin ich wieder und wie du vermutlich schon bemerkt hast,
jetzt mit der Seite zwei vom ersten Brief, den du vom Anwalt
bekommen hattest. Diesen Teil habe ich Theo gegeben, weil ich
damit eine weitere Sicherheitsschranke errichten wollte. Bei
Anwälten ist zwar das allermeiste sicher aufgehoben, aber die
dürfen ja auch nur das tun, was die Gesetze vorschreiben. Ich

will aber nicht, dass immer alles vor den Augen des Gesetzes ausgebreitet wird. Es gibt Privates, von dem die Obrigkeit nichts zu wissen braucht.

Du hast dich sicher gewundert, dass du Theo nach den Marme-laden-Rezepten fragen musstest. Wahrscheinlich hast du dir dabei gedacht, dass deine alte Tante Hanni vermutlich nicht mehr immer so klar im Kopf ist, wenn sie so großen Wert auf diese simplen Rezepte legt. Aber das stört mich, da wo ich jetzt bin, überhaupt nicht. Ich möchte dir hier nur mit viel Nach-druck ans Herz legen, dich um die wertvollen Rezepte zu kümmern. Niemand sonst weiß von dem Versteck, in dem sie für dich bereit liegen. Hol sie zu dir, dann wird es dich weiterführen.

Hier verrate ich dir, wie du zu ihnen kommst:

Im Regal rechts oben im Küchenbuffet findest du meine Koch-bücher. Nimm sie heraus, die brauchst du nicht. Sind viel zu alt. Taste die verklebte Rückwand ab. Auf der rechten Seite wirst du feststellen, dass die Wand dahinter ein Loch hat. Reiß die Verklebung weg und du siehst ein Schlüsselloch. Der Schlüssel, der hier passt, besteht aus zwei Teilen. Der eine Teil hängt am Schlüsselbund, den dir der Anwalt übergeben hat, und den du sicher schon verwundert betrachtet und damit nichts anzufangen gewusst hast. Den anderen Teil findest du hier in diesem Umschlag. Beide zusammengefügt ermöglichen dir, das kleine Fach zu öffnen. Dort findest du mein wertvolles Marme-laden-Rezeptbuch.

Nimm es an dich, es ist wirklich kostbar. Vielleicht empfin-dest du es als Zeitverschwendung, aber nimm dir die Zeit und schau dir das Buch ganz genau durch. Wenn du das findest, was ganz wichtig ist, wirst du es erkennen.

Wenn es dir klar geworden ist, treffen wir uns auf Seite drei wieder.

Andreas glaubte, beinahe zu hören, wie die Tante bei der letzten Bemerkung amüsiert gekichert hatte und schwieg jetzt gedankenverloren. Auch Jule hing nachdenklich dem Gehörten nach.

Wenn er versuchte, das was Tante Hanni geschrieben hatte auf den Punkt zu bringen, dann hieß das: Nimm das Rezeptbuch, ließ es, dann lesen wir uns wieder. Sonderbar.

Er griff in den Umschlag und zog einen gleich aussehenden halben Schlüssel heraus. Das war also des Rätsels Lösung dieses seltsamen Gegenstandes. So viel Aufwand nur für ein Rezeptbuch. Tante Hanni musste in ihren Rezepten wirklich einen großen Wert gesehen haben. Wahrscheinlich waren sie ja tatsächlich gut. Theo hatte ihm doch erzählt, dass sich ihre Produkte auf dem Markt sehr gut verkaufen liessen. Sogar zum Haus kamen manche Kunden, die selbst gemachte Naturprodukte bevorzugten. Dass die Tante ihre Rezepte aber so hoch einschätzte, war aber doch etwas übertrieben. Vermutlich hatten sich hier in der Abgeschiedenheit die Proportionen ein wenig verschoben.

»Tante Hanni hielt aber viel von ihren Marmeladen, dass sie einen solchen Aufwand betrieb, um dir die Rezepte zu übergeben«, mutmaßte Jule, die offenbar auf ähnliche Gedanken gekommen war. »Oder ob sie doch, wie du schon meintest, etwas anderes damit bezwecken wollte?«

»Schwer zu sagen. Unsere Tante bleibt mir ein Rätsel. Sie schreibt in ihren Briefen oft so mehrdeutig geheimnisvoll, als ob es ihr Spaß gemacht hätte, uns ein wenig an der Nase herum zu führen.«

»Was solls. Komm, wir sehen mal nach, was wir hinter den Kochbüchern finden«, meinte Jule und stand auf. »Vielleicht öffnet das uns die Augen.«

Die neugierige Jule lief in die Küche und als er dahin kam, hatte sie bereits die Bücher herunter geräumt, stand auf einem Stuhl, und war am Abtasten der Rückwand.

»Hier! Da ist eine Stelle, wo nichts dahinter ist«, rief sie nach kurzer Zeit aufgeregt. »Komm, gib mir ein Messer, damit ich die Verklebung ablösen kann.«

Andreas reichte ihr eines und sah zu, wie Jule ein Loch aus dem Deckpapier herauslöste und tatsächlich eine Schlüsselloch-Öffnung sichtbar wurde. »Du musst großzügig herausschneiden. Da wird eine Art Deckel sein, der sich öffnen lässt. Schau mal, ob du Ritzen findest.«

Jule tastete wieder ab, löste die Abdeckung bis zum Rande des Regals und legte tatsächlich Spalten frei. Nachdem sie die ganze Rückwand abgelöst hatte, war da ein größerer Deckel zu sehen. »Darf ich aufschließen?«, bettelte sie. Schmunzelnd reichte er ihr den zusammengefügten Schlüssel und sie führte ihn zitternd in die Öffnung. Nach einem Dreh nach links ließ sich der Deckel öffnen. Sie griff hinein und beförderte einen dicken Packen Papiere heraus, den sie ihrem Vater herunterreichte. Mehr war nicht drin, vergewisserte sich Jule, und sprang vom Stuhl.

Andreas setzte sich an den Küchentisch und besah sich das dicke Bündel von allen Seiten. Einige Dutzend

Blätter Papier, hinten und vorne mit einem Karton gedeckt. Das Ganze mit einer Schnur zusammengebunden. Auf dem Deckel stand: *'Johanna Horrenbergers Einweck- und Marmeladen-Rezepte'*. Im ersten Teil befanden sich die Einweck-Rezepte, im zweiten die für die Marmeladen. Auf jedem Blatt klebten, fein säuberlich mit Klebstreifen befestigt, große und kleine Notizen in Hannis leicht zittrigen Handschrift. Manchmal nur ein oder zwei Zettel, andere mit mehreren Blättern und gelegentlich sogar mit Skizzen versehen. Tante Hanni hatte sich hier viel Mühe gemacht, alles deutlich aufzuschreiben.

Jule sah ihm gespannt über die Schulter, als er durch das Bündel blätterte. Auf den ersten Blick war nichts Besonderes zu sehen. »Die Tante schrieb, ich soll mir Zeit nehmen, um alles genau durchzusehen«, meinte er, leicht erschlagen von der Fülle von Blättern. »Ich würde schon merken, wenn ich das Wichtige gefunden hätte. Ob sie mir da nicht etwas viel zutraut. Ich bin ja kein Koch.«

»Schau es in Ruhe durch. Du wirst sicher finden, was sie damit gemeint hatte«, versuchte Jule, ihm Mut zu zusprechen.

»Aber ich hab heute absolut keine Lust mehr, mich da durchzukämpfen. Ich bräuchte wahrscheinlich die ganze Nacht dazu. Ich nehme es Morgen mit nach Hause. Da lese ich alles genau durch«, entschied Andreas.

»Gute Idee, da hast du Zeit. Wenn du auf etwas Spannendes triffst, gib mir aber sofort Bescheid. Dann komme ich bei dir vorbei. Bin unglaublich neugierig, was da rauskommt. Tante Hanni hat uns da wirklich ein richtig spannendes Rätsel hinterlassen.«

»Wenigstens ein wenig Spannung bei der langweiligen Lektüre. Ich hoffe, ich schlafe nicht ein dabei und verpasse das so Wichtige.«

Kapitel 14

Erbschaft schafft Interesse

Gegen Mittag am Sonntag hatte Andreas seine Tochter an ihrem neuen Wohnort abgesetzt und war dann nach Hause gefahren. Sie hatten nicht mehr viel angestellt auf dem Landsitz. Die Tiere gefüttert, gemütlich das Frühstück genossen und Jule ging noch mal kurz den Hang hinauf, dorthin, wo sie sich als Schulmädchen häufig in ihr Traumland zurückgezogen hatte. Derweil hatte er das Gepäck in den Wagen geräumt und als Jule zurückkam, ging's ab nach Hause.

Als Andreas in die Wohnung trat, rief er laut nach Moritz, doch er bekam keine Antwort. Dann war er wohl bei der Arbeit. Auf dem Wohnzimmertisch fand er einen Zettel von ihm.

Hallo Andi, bin im Dienst. In der Küche habe ich einen Dienstplan aufgehängt, damit du Bescheid weißt. Habe mich bereits picobello bei dir eingelebt. Hoffe, du hattest interessante Tage auf dem Land.
Bis am Abend, Moritz

Gut so, dann konnte er jetzt ganz in Ruhe einkaufen. An der Tankstelle vorne an der Ecke hatten sie auch sonntags offen und eine ansehnliche Auswahl. Auftanken sollte er ohnehin auch noch.

Als er eine gute Stunde später die Lasagne aus dem Backofen nahm, knurrte sein Magen tüchtig. Erst mal den Hunger stillen und dann ein Mittagsschläfchen, nahm er sich vor. Schließlich war Sonntag und in der vergangenen Woche hatte er doch einiges geschafft auf dem Landsitz. Später wollte er sich dann mit Hannis Rezeptbuch befassen.

Dazu kam es allerdings gar nicht, denn Moritz riss ihn aus dem friedlichen Nachmittagsschläfchen, als der zur Tür hereinkommend rief: »Guten Abend Herr Landgutbesitzer!« Andreas schreckte vom Sofa hoch.

»Oh Entschuldigung«, sagte Moritz, als er ins Wohnzimmer kam, »wollte dich nicht erschrecken, ist immerhin schon fünf Uhr vorbei. Guten Tag Andi!«.

»Hallo Moritz. Feierabend?«, grüßte Andreas verschlafen und richtete sich auf.

»Ja. Und ich habe Hunger. Hauen wir was in die Pfanne?«

»Natürlich, komme gleich.«

Einige Zeit später sassen sie nach dem Essen bei einem Glas Wein. Moritz schwärmte davon, wie er sich hier schon Zuhause fühlte und Andreas erzählte von dem, was er da draußen auf seinem geerbten Landsitz, alles vorgefunden hatte. Von den mysteriösen Briefen der Tante erwähnte er allerdings nichts. Er wollte erst Klarheit darüber bekommen, was es mit ihnen auf sich hatte.

Erst am nächsten Morgen, Moritz war bereits zur Arbeit gefahren, sah sich Andreas die Post der vergangenen Tage durch. Vier Bewerbungen hatte er abgeschickt, aber nicht eine Antwort war dabei. Gut, es war noch nicht lange her und er war etwas ungeduldig. Aber der letzte Monat hatte begonnen, den er noch von Lindner bezahlt bekam. Es wurde höchste Zeit, dass er einen Job fand. Leicht gefrustet setzte er sich in den Sessel und begann ohne große Begeisterung, das Rezeptbuch der Tante unter die Lupe zu nehmen. Konnte er den ersten Teil, die Einweckerei, überspringen und sich auf die Marmeladen-Rezepte beschränken? Sie hatte schließlich geschrieben: 'Frag nach den Marmelade-Rezepten'. Er entschied sich für einen Kompromiss und blätterte den Einweck-Teil im Eilzugstempo durch, ohne auf irgendwas aufmerksam geworden zu sein.

Jetzt begann er den Marmeladen-Teil zu begutachten. Blatt für Blatt las er suchend durch. Eigentlich waren immer in etwa die gleichen Abläufe der Zubereitung beschrieben bei den einzelnen Rezepten. Nur die Mengen und Zutaten unterschieden sich. Und natürlich auch die Kochzeiten. Bei der zehnten Beschreibung wurde es ihm zu mühselig. Er brauchte eine Pause und legte das Buch ab. Eineinhalb Stunden hatte er schon diese nicht sehr unterhaltende Lektüre konzentriert gelesen, um ja nichts zu verpassen, aber ihm war bisher gar nichts Besonderes aufgefallen. Mal davon abgesehen, dass es furchtbar langweilig war. Er brauchte eine Pause, ein Aperitif war jetzt das Richtige.

Er stand auf und holte sich einen Drink aus der Küche. Mal sehen, was in der heutigen Zeitung neues zum Besten gegeben wurde. Quer über die Seiten blickend, las er die Schlagzeilen. Nichts wirklich Besonderes, beinahe so langweilig wie die immer fast gleichen Rezepte in Tante Hannis Rezeptbuch. Mist. Dieses Rezeptbuch ging ihm nicht mehr aus dem Kopf. Schon Jule hatte ihn auf dem Nachhauseweg bedrängt, dass er unverzüglich mit dem Lesen beginnen sollte. Eigentlich erwartete er überhaupt nichts Besonderes. Aber die Neugier von Jule hatte ihn jetzt ebenfalls dazu angestachelt, heraus zu finden, was bei diesem Spiel am Ende herauskam.

Mit einer harschen Bewegung warf er die Zeitung weg und griff wieder zum Rezeptbuch. Er musste dieses Ding zu Ende lesen. Irgendwo würde sich doch hoffentlich der versprochene Hinweis finden lassen. Rezept Nummer elf war an der Reihe. Dann zwölf, und immer weiter, und immer das Gleiche. Allmählich kam er dem Ende des ganzen Bündels entgegen und er hatte noch immer nichts entdeckt. Musste er womöglich doch noch die Einweck-Rezepte genauer durchackern? Langsam begann er nervös zu werden. Mittlerweile war er beim zweitletzten Blatt angelangt, auch hier die übliche Beschreibung. Sollte es auf der allerletzten Seite stehen? Er blätterte um. Auf den ersten Blick sah er auch hier nichts Besonderes. Doch etwas gab es auf der Rückseite des vorletzten Blattes. Da war ein gefaltetes Blatt mit Klebestreifen angeheftet und darauf stand: 'Zusatz für Andreas'. Das war es also, was er erkennen sollte. War ja einfach und deutlich. Verflixt, warum hatte er nicht erst ganz hinten nachgesehen, dann hätte er sich die mühsame Leserei ersparen können.

Sorgfältig löste er das Blatt ab. Jetzt wurde er doch nervös. Es würde ja die Seite drei sein, wie sie am Ende des zweiten Briefes angemerkt hatte. Er faltete es auseinander, so war es, unten stand die Drei. Er begann zu lesen:

Hallo mein Neffe,

Da bist du wieder. Hast dich durchgekämpft durch meine Sammlung und hältst jetzt den letzten Teil des Briefes an dich persönlich, in deinen Händen. Vermutlich hattest du dich schwergetan, aber der Aufwand wird sich lohnen für dich, du wirst schon sehen.

Eigentlich gibt es jetzt nicht mehr viel zu schreiben, nur das, was dich ans endgültige Ziel führen wird. Ich wünsche mir sehr, dass du meinen Obst- und Beerengarten weiterhin betreiben und pflegen wirst. Indem du die Früchte nach meinen Rezepten verarbeitest, wird dir Theo die Produkte auf dem Markt sicher verkaufen können und dir ein Einkommen verschaffen. In den vielen Jahren, die ich das getan habe, hat sich nämlich ein ansehnlicher Kundenstamm gebildet. Halte dich an meine Rezepte, sie haben sich mit viel herumprobieren so ergeben, wie sie jetzt geschrieben sind. Achte auf Reinheit beim Verarbeiten, insbesondere bei den Marmeladengläsern. Koch sie vorher gut aus, dann wird der Inhalt später nicht so schnell verderben.

Bevor du jetzt wieder denkst, dass deine alte Tante hier ein übertriebenes Brimborium veranstaltet, tue erst noch das Folgende:

Dir ist sicher aufgefallen und hast dich gewundert darüber, dass ich auf jedem der drei Blätter jeweils ein paar wenige Worte unterstrichen habe. Ich hoffe, du hast die bisherigen Briefe nicht schon weggeworfen. Diese unterstrichenen Worte bringen dich weiter. Füge sie alle in der Reihenfolge der Seiten zu einem Satz zusammen.

Ich gehe davon aus, dass die junge Jule noch über ein gutes Erinnerungsvermögen verfügt, sodass mein rätselhaftes Spiel sich auflöst und du endlich zum Ziel gelangst. Mit dem, was du findest, kannst du anstellen, was immer du willst. Es sind dir keine Vorgaben gegeben. Wie ich dich kenne, wirst du auch deine Tochter daran teilhaben lassen, was auch gut ist. Für mich ist es sehr befriedigend zu wissen, dass ihr damit eine sorgenfreie, friedliche Zukunft haben werdet. Genießt das Landhaus und euer Leben. Mich erfüllt das Wissen, euch beide auf diese Art glücklich zu machen, ungemein beim Verlassen dieser Welt. Es soll ein ganz herzliches Lebewohl sein. Ich grüße euch beide nochmals sehr aus ganzem Herzen. Ich liebe euch.

Eure Tante Johanna

Andreas hatte den Brief langsam und ein zweites Mal gelesen, um sicher zu sein, nichts überlesen zu haben. Bei ihrem Abschiedsgruß musste er sich eine Träne verdrücken, um dann aber rasch zur realen Aufgabe zurückzukommen. Stimmt, hier hatte die Tante auch wieder Worte unterstrichen, was er aber jeweils überlesen hatte. Er erhob sich, um die anderen beiden Briefe zu holen. Zum Glück hatte er sie nicht im Landhaus gelassen.

Fein säuberlich legte er sich die drei Briefe nebeneinander, wie es die Seitennummerierung vorgab.

Also. Was war jetzt unterstrichen? Konzentriert mit beiden Händen und gespreizten Fingern, um gleichzeitig bei allen drei Briefen auf das Unterstrichene zeigen zu können, las er dann:

'*Deine Tochter Juliane ... weiß von dem Versteck ... bei den*

Marmeladengläsern'.

Wie denn? Seine Tochter wusste das die ganze Zeit und hat nichts davon gesagt? Das glaub ich jetzt nicht. Hat sie mich zur Strafe, weil ich sie gerne zappeln lasse, so hinters Licht geführt? Das musste er sofort wissen und griff zum Telefon, um seine Tochter anzurufen. Egal ob sie bei der Arbeit war, das war wichtig.

Er schien Glück zu haben, denn schon nach dem dritten Läuten meldete sich Jule.

»Hallo Juliane, ich bin's, dein Papa. Hast du kurz Zeit?«

»Ja, passt grad gut. Was gibt es denn? Hast du was gefunden in den Rezepten?« Jule klang neugierig und hatte vermutlich damit gerechnet, dass ihr Vater sie informieren würde.

»Sag mal, geht's noch? Du hast mich die letzten Tage schön an der Nase herumgeführt«, warf Andreas seiner Tochter an den Kopf.

»Hä, wie? Was habe ich?«, antwortete sie verdutzt.

»Du wusstest schon die ganze Zeit von dem Versteck, zu dem uns Tante Hanni führen wollte.«

»Was erzählst du da. Ich weiß nichts von einem Versteck.«

»Aber die Tante hat es jetzt im dritten Brief verraten. Raffiniert verteilt über alle drei Seiten hatte sie einen Schlüsselsatz versteckt. Der lautet: 'Deine Tochter Juliane weiß von dem Versteck bei den Marmeladengläsern'. Also, du weißt es doch. Wann hat sie dir denn das gesagt?«

Einen kurzen Moment blieb es still. Juliane schien nachzudenken. »... ich wisse vom Versteck bei den

Marmeladengläsern ... ?«, wiederholte sie laut zu sich. »Woher soll ich das denn wissen?«, befand sie nachdenklich.

»Tante Hanni schrieb, sie nehme an, dass du über ein gutes Erinnerungsvermögen verfügen würdest. Ist das vielleicht schon länger ...«

»Jaaaah, natürlich.«, schrie Jule plötzlich ins Telefon. »Jetzt hat's klick gemacht. Ich glaub, ich weiß, was sie meint.«

»Und? Jule? Was weißt du?« Auf der anderen Seite der Leitung blieb es stumm. »Jule!! Ok, jetzt gibst du es mir zurück. Rache ist süß, natürlich. Aber komm bitte, rück raus damit. Was weißt du?«

»Was springt für mich dabei raus?«, meinte Jule schnippisch.

»Ach hör auf damit. So habgierig bist du doch gar nicht. Aber ich lass schon was springen im Rahmen meiner beschränkten Möglichkeiten. Versprochen.«

»Abgemacht«, bestätigte Jule, um dann nach einer weiteren kleinen Kunstpause fortzufahren. »Ich denke, Tante Hanni meint das Versteck im Vorratskeller. In der Mauer hinter den Marmeladengläsern. Als ich das letzte Mal bei ihr in den Ferien war, habe ich es zufällig beim Einräumen von Gläsern entdeckt. Tante Hanni hat mir dann verraten, dass sie dort früher ihre Wertsachen versteckte. Sie hatte es aber nicht mehr in Gebrauch und hat es mir überlassen, dort meine gesammelten Schätze zu verstecken. Die sind vielleicht immer noch dort. Und dazu wahrscheinlich jetzt noch etwas, was sie dir geben will.«

»Im Vorratskeller. Bist du dir sicher?«, zweifelte Andreas ein wenig.

»Ja. Je länger ich über ihren Satz nachdenke, umso sicherer bin ich mir. Da unten gibt es mehrere Gestelle. Auf einem werden die Marmeladengläser gelagert, bis sie in den Verkauf gehen. Wenn es noch so ist wie damals, dann ist es ungefähr in der Mitte vom zweitobersten Ablagebrett. Dort gibt es einen Ziegelstein in der Mauer, der sich leicht herausschieben lässt. Dahinter ist ein Hohlraum. Das wird es sein.«

»Dann werde ich dort mal nachsehen. Jetzt bin ich aber doch echt gespannt, was sie da für mich versteckt hat.«

»Ruf mich bitte an, wenn du was gefunden hast? Wann gehst du wieder raus?«

»Weiss noch nicht genau. Wahrscheinlich Ende Woche. Ich geb dir Bescheid.«

Jetzt hatte ihn die Neugier, wofür die Tante einen derartigen Aufwand für notwendig gehalten hatte, stärker gepackt, als er Jule gegenüber zugeben würde. Mal sehen, wann er hinausfahren konnte. Erst stand die Verabredung mit Marianne auf dem Plan, auf die er sich enorm freute. Danach hielt ihn aber kaum mehr etwas davon ab wieder zum Landhaus zu fahren. Und dann wurde es auch langsam Zeit, endlich eine Entscheidung zu treffen.

Beim leeren des Briefkastens am nächsten Morgen, entdeckte Andreas den Brief einer Gärtnerei. Er hatte sich bei diesem Betrieb beworben und nun wollten sie ihn gerne zu einem Vorstellungsgespräch einladen. Endlich eine Möglichkeit! Die Firma lag zwar etwas weiter draußen und würde einen längeren Arbeitsweg bedeuten als bisher, aber am Wichtigsten war das Arbeitsumfeld. Er wollte sich das gerne ansehen.

Als er sich in die Zeitung vertieft hatte, begann sein Handy zu summen. Er holte es sich vom Tisch und meldete sich.

»Hallo Andreas! Ich bin's, Steffen. Na, wie geht es dir so?«

»Hey, Steffen, schön dich zu hören. Mir geht es gar nicht so schlecht, außer, dass ich immer noch keinen Job hab. Aber ich habe ein Vorstellungsgespräch. Mal sehen, ob etwas daraus wird.«

»Ich drück dir die Daumen. Bei wem ist es denn?«

»Bei der Gärtnerei Müller.«

»Aua, pass auf. Die waren auch an mir interessiert, aber die zahlen grottenschlecht und erwarten von dir, dass du fast jederzeit auf Abruf bereitstehst. Natürlich ohne zusätzliche Entschädigung.«

»Danke für den Tipp. Ich werde darauf achten. Und du? Wie läuft's so in der Firma Lindner?«

»Ziemlich scheiße, um es mal deutlich zu sagen. Ein supermieses Arbeitsklima, immer weniger Aufträge und den Gerd entlassen sie jetzt auch. Nun warte ich nur drauf, dass sie mich ebenfalls an die Luft setzen.«

»Mist, das klingt ja echt mies. Hoffentlich findest du bald eine andere Anstellung. Aber ich nehme an, dass du nicht so schnell gehen musst. Irgendwer muss ja die Arbeiten machen, wenn die Chefs nur im Büro sitzen.«

»Ja, wäre echt spitze. Ich brauch doch das Geld für meine Familie«, jammerte Steffen niedergeschlagen. »Aber hör mal, Andreas, weshalb ich anrufe: Ich hab da ein schlechtes Gewissen. Ich weiß nicht, ob ich eventuell einen Fehler gemacht habe.« Er zögerte mit weitersprechen.

»Was hast du denn angestellt?«, fragte Andreas.

»Ich habe mich verplappert. Über dich.«

»Wieso verplappert?«

»Es ist so. Ich musste gestern zu einer Arbeit bei einer ehemaligen Freundin von dir. Der Karla Wegener.«

»Ja und jetzt?«, fragte Andreas unbeeindruckt.

»Ach, weißt du. Wie es so ist, man kommt ins Gespräch und da fragte sie mich, ob ich wisse, wie es dir so gehe. Sie hätte gehört, dass du geerbt hast. Da habe ich ihr von dir erzählt. Dass du ein Glückspilz seist, weil du ein Landhaus mit viel Umland geerbt hast. Da hat sie mich mit großen Augen angeschaut und dann ist es mir klar geworden, dass ich das nicht einfach so hätte ausplaudern dürfen. Da habe ich Mist gebaut. Du möchtest wahrscheinlich gar nicht, dass das jedermann weiß.«

»Na ja, das ist kein Weltuntergang und spielt keine Rolle. Früher oder später wird so etwas doch immer bekannt«, meinte Andreas nach Kurzem überlegen.

»Tut mir leid, Andreas. Ich entschuldige mich, das war falsch von mir. Ich hoffe, du bekommst dadurch nicht unnötig Probleme. Bist ja mit ihr nicht mehr ganz so grün, wie du mir kürzlich mal erzählt hast.«

»Kein Problem, Steffen. Da kann nicht viel Ärger kommen.«

»Sie war verwundert, als ich das gesagt hatte, wollte neugierig mehr wissen, aber ich hab dann nichts weiter erzählt. Ich weiß ja auch nicht mehr. Ich wollte dir nur Bescheid geben, damit du nicht verwundert bist, wenn sie dich anruft. Oder hat sie etwa schon?«

»Nein, bis jetzt nicht. Aber ich kann mir gut vorstellen, dass sie sich bald meldet.«

Die beiden redeten noch einige Zeit, vor allem natürlich über die Situation an Andreas ehemaligem Arbeitsort, bis sie sich schließlich verabschiedeten.

Wenn er sich vor Augen führte, was ihm da Steffen berichtete, war das echt eine Katastrophe, wie der junge Lindner zusammen mit seinem Spezi Klingler, das Geschäft herunter fuhrwerkte. Es tat weh zu erfahren, wie schnell das, was er mit dem Senior geschaffen hatte, in Grund und Boden gefahren wurde.

Er wollte soeben in die Küche, um sich etwas zum Mittagessen zuzubereiten, als sein Handy wieder summte. Beim Blick auf das Display nickte er und sagte zu sich »Und da kommt sie ja schon, die aufsässige Karla.«

Kurz ließ er sie warten, setzte sich wieder zurück aufs Sofa und meldete sich dann: »Neumann!«, sprach er in gelangweiltem Tonfall.

»Hallo Andreas! Ich bin's, die Karla.«

»Ach, hallo Karla.«

»Ich wollte mal nachfragen, wie es dir so geht«, kam es schmeichelnd herüber.

»Wie's halt so geht, wenn man arbeitslos ist. Man sitzt untätig herum und hat kein Geld mehr.« Der Teufel ritt ihn und er faselte weiter: »Eigentlich haben wir ein verkehrtes System in unserer Welt. Wir sollten doch viel Geld haben, wenn wir nicht arbeiten, da hätte man genügend Zeit es auszugeben. Nicht andersrum.«

»Ach du Spinner, bist wieder auf deinem geistreichen Komiktrip. Im ernst jetzt, wie geht es dir?«, versuchte sie es auf dem fürsorglichen Weg.

»Wie gesagt: Trübsal blasend herumsitzen, Bewerbungen schreiben, Absagen lesen und die Zeit mit telefonieren vertreiben. Solange das Geld dazu reicht, natürlich«, dozierte er in schlappem Ton.

»Andreas! Ich merk doch, du weichst mir aus. Willst nicht reden darüber?«

»Über was reden? Unsere Konzertbesuche? Keine Lust und kein Geld zur Zeit.«

»Nein! Ja, doch auch!«

»Ja was denn nun? Ja oder Nein?«, stellte sich Andreas penetrant begriffsstutzig.

»Herrschaft noch mal«, begann Karla allmählich die Geduld zu verlieren. »Über deine Erbschaft, die du gemacht hast, wie ich zufällig vernommen habe. Du hättest ein Landhaus mit allem drum und dran geerbt. Stimmt doch, oder?«

»Ach so das! Ja stimmt schon. Ein Stück Natur pur.«

»Gratuliere, dann bist du jetzt stolzer Landgut-Besitzer.«

»Na, Stolz, das ist noch nicht raus. Erst mal genauer hinschauen. Weißt du, man kann dabei auch Schulden erben und von schönen Blumenwiesen und der Idylle allein kann man nicht leben.«

»Das hat dir deine Tante vermacht? Dir alleine oder auch deiner Tochter?«

Aber hallo, jetzt will sie's aber genau wissen. Die wird ja immer neugieriger. Ist sie auf einen reichen Mann aus? Dann hat sie Pech mit mir. Ich bin nicht interessiert.

»Nur mir allein«, gab er knapp und widerwillig Auskunft. Was Jule bekommen hatte, darüber wollte er nicht reden, das ging Karla nichts an.

»Aha. Kannst es ja verkaufen, dann bist du vermutlich den Rest deines Lebens frei von Geldsorgen. Ach ja, damit hättest du dann auch dein richtiges Lebenssystem. Nichts zu tun und alle Zeit der Welt, um das Geld auszugeben.« Sie lachte gekünstelt über ihren Spruch. »Falls du noch eine Begleitung brauchst dabei, ich könnte mich zur Verfügung stellen.«

Mein Gott, jetzt schreckte sie vor gar nichts mehr zurück. Bietet sich an, fast wie eine Hure. Dass er das nicht früher bemerkt hatte, dass sie derart auf Geld und Geltung aus ist. Er musste dieses Gespräch beenden, sie ekelte ihn allmählich an.

»Ob ich das Erbe überhaupt annehme, ist noch gar nicht raus«, schwindelte er sie an. Sie brauchte ja nicht zu wissen, dass dies bereits gelaufen war.

»Ich hör wohl nicht richtig. Dieses Erbe ablehnen. Du bist ja verrückt. Nutz das Glück der Stunde«, riet sie missmutig.

»Mal sehen. Vielleicht verschenk ich es.« Ein Lachanfall wollte ihn überfallen. Er musste sich tüchtig zusammenreißen, dass ihm nicht verräterische Töne entschlüpften.

»Was, verschenken!«, rief sie. »Du spinnst ja. Du bist doch nicht Bill Gates. Du musst ...«

»Hör mir zu Karla«, unterbrach er ihre entrüstete Ansage. Er musste energisch auftreten, sonst würde er sie nie loswerden. »Nimm bitte zur Kenntnis, dass ich mit dir über diese Erbsache nicht diskutieren will. Das ist meine ureigene private Angelegenheit. Und jetzt wünsche ich dir eine gute Zeit. Adieu Karla!«

Andreas stellte sich vor, wie Karla völlig perplex in das Telefon schrie und es schließlich wütend auf die Gabel schmiss. Dazu hatte sie wahrscheinlich noch kräftig aufgestampft und ihn mit wüsten Worten beschimpft. Laut prustend konnte er dem eben zurückgehaltenen Lachanfall freien Lauf lassen. Er war sich fast sicher, dass sie ihn vermutlich nie mehr anrufen wird. Oder etwa doch? Schließlich war er jetzt doch so etwas wie eine gute Partie und das zog sie doch unweigerlich an. Aber im Grunde genommen war das gar nicht so zum Lachen, wenn Menschen sich so habgierig benahmen, eher zum Schreien.

Die Mittagessenszeit war vorbei und Andreas hatte Lust auf ein Bierchen und einen kleinen Schwatz mit Marianne. Jetzt würde sie vermutlich Zeit haben. Die Mittagsgäste waren wieder bei der Arbeit.

Als er die 'Blaue Gans' betrat, sah er sich bestätigt. Fast niemand hielt sich hier mehr auf und Marianne tummelte sich gelangweilt hinter dem Tresen. Bei seinem Erscheinen ging wie immer ein erfreutes Lächeln über ihr Gesicht.

»Grüß dich Marianne«, strahlte er sie an und setzte sich an den leeren Stammtisch.

»Hallo Andreas. Schön, dich wieder mal zu sehen. Warst schon länger nicht mehr hier«, begrüßte ihn Marianne freudig und trat an den Tisch. »Was darf ich dir bringen?«

»Magst du ein Glas Wein mit mir trinken? Hast du

Zeit?«, fragte er zurück.

»Ja, gerne. Jetzt ist erst mal Flaute. Vom Roten, den der Chef trinkt?«

Er nickte und Marianne holte den Wein und setzte sich an den Tisch.

»Zum Wohle«, erhob sie das Glas und nahm einen Schluck. »Gibt's was Neues? Hast wieder eine Arbeit gefunden?«

»Leider noch nicht. Es ist verdammt schwierig. Es gibt nicht viele Angebote hier in der Umgebung, aber ich kann mich Morgen bei einem Betrieb vorstellen. Vielleicht wird da was draus.«

»Ich wünsch es dir und drück dir die Daumen. Lass dich nicht unterkriegen. Irgendwann tut sich ein Weg auf«, meinte sie optimistisch.

»Ich hoffe es«, erwiderte er nicht sehr überzeugt. Nach einem weiteren Schluck Wein meinte er dann: »Aber ich war ein paar Tage draußen im Landhaus, das ich geerbt habe.«

»Ach ja, darum sah man dich nicht. Na? Wie sieht's aus? Gefällt es dir?«

»Es ist ein richtiges kleines Paradies, was meine Tante dort über viele Jahre hinweg aufgebaut hat. Mit viel Land dabei. Voll bepflanzt mit Bäumen und Sträuchern.« Eine ganze Weile erzählte er ihr munter von allem, was er gesehen und erfahren hatte. Es machte ihm richtig Freude, davon zu berichten. Marianne hatte ihm aufmerksam zugehört.

»Wenn ich dich so höre, bekomme ich das Gefühl, dass dich das Ganze dort tief beeindruckt hat. Du scheinst Gefallen daran zu haben. Ich vermute, du hast jetzt entschieden, dorthin zu ziehen und alles zu übernehmen?«

»Nein, noch nicht. Ich weiß noch nicht genug, um abschätzen zu können, ob es für mich möglich ist, dort zu leben. Also ich meine damit, dass ich von dem, was ich dort herstellen und verkaufen könnte, auch leben kann. Meine Ansprüche sind, denke ich, etwas höher als es die von Tante Hanni waren.«

»Aber du kannst vermutlich auch mehr produzieren, als deine Tante das in ihrem Alter vermochte. Vergiss diesen Punkt nicht.«

»Stimmt. Deshalb fahre ich am Donnerstag wieder raus, um eben die wirtschaftlichen Möglichkeiten genau unter die Lupe zu nehmen. Lust hätte ich, ehrlich gesagt schon auf dieses Landhaus, aber eben, ich muss davon leben können.«

»Das ist ja klar. Hast du denn keine Mittel, um wenigstens die Anfangszeit zu überbrücken?«

»Nein, leider nicht. Die Scheidung hat mir alles genommen, was ich hatte und Jule war ja noch einige Zeit in Ausbildung«, verneinte er etwas verlegen. Es war ihm peinlich, mit Marianne über diese Dinge zu reden.

»Und dann gibt es noch andere Probleme«, wechselte er das Thema. »Ich muss mir klar werden, ob ich in der Lage bin, diese ganze Küchenarbeit da draußen zu meistern.«

»Aber du lebst doch jetzt auch allein, kochst für dich, dann ist das doch kein Problem«, wunderte sich Marianne ein wenig.

»Nicht das Kochen. Ich meine die Herstellung von Eingewecktem und von Marmeladen. Ich habe doch keinerlei Kenntnisse darüber. Tante Hanni hat mir zwar ein dickes Buch von Rezepten hinterlassen, aber ob ich das schaffe und die Freude an solcher Arbeit dafür aufbringe, bin ich mir gar nicht sicher. Etwas Spaß müsste doch schon dabei sein, wenn man das so häufig machen muss. Zu manchen Zeiten fast täglich, schätze ich.«

»Ach so!«, verstand Marianne jetzt seine Bedenken. »Das sind aber nicht wirklich schwierige Arbeiten und sie gelingen immer, wenn man sich an die wichtigen Vorgaben hält.«

»Ja, ja, das sagst du so einfach. Will man eine Pflanze aufziehen, ist das auch nicht schwierig, wenn man sich an die wichtigen Maßgaben hält. Für brauchbare Ergebnisse braucht es aber zum guten Gelingen auch das notwendige Gespür dazu.«

»Und viel Erfahrung ist fast noch wichtiger, aber die bekommst du dann ja rasch«, warf Marianne ein. »Ein Vorschlag, Andreas. Wenn du willst, kann ich dir gerne eine Einführung in das Einwecken und die Marmeladenzubereitung geben. Ich kenne beides gut, weil ich das früher oft mit meiner Mutter zusammen gemacht habe. Bin in jungen Jahren fast aufgewachsen damit«, fügte sie lachend an.

»Ich warne dich, ich nehme dich womöglich beim Wort. Überleg es dir gut, in diesem Gebiet bin ich wahrscheinlich ein eher schwieriger Schüler.«

»Wir kommen schon klar zusammen, da habe ich keine Bedenken. Würde mir sogar Spaß machen«, nahm Marianne lachend die Herausforderung an.

»Prima, ich komme darauf zurück. Aber was anderes. Wir wollten uns doch am Donnerstag zu einem gemütlichen Essen treffen. Wie siehts aus bei dir? Steht das noch?«

»Ja sicher, gerne. Donnerstag ist perfekt. Da haben wir hier geschlossen.«

»Prima. So gegen 18:00 Uhr? Ich hole dich dann ab, wenn du mir verrätst, wo du zu finden bist«, freute sich Andreas sichtlich.

Noch länger plauderten sie dann über dies und das und vergaßen darüber fast die Zeit, wären da nicht die ein oder anderen Gäste gewesen, die einen Wunsch an die Bedienung hatten. Andreas fühlte sich richtig wohl, mit Marianne hier zu sitzen und zu plauschen. Eher ungern verließ er das Gasthaus am späteren Mittag, als die ersten Stammtischler kamen.

Andreas sass vor dem Fernseher und verfolgte eine Vorabendsendung. Er wartete auf Moritz, der bald von der Arbeit kam, um dann zusammen das Abendbrot einzunehmen.

Ein weiteres Mal brummte sein Handy. Heute war der Tag des Telefonierens. Die Nummer auf dem Display sagte ihm nichts. Es war vielleicht wegen einer seiner Bewerbungen.

»Neumann?«, meldete er sich betont freundlich.

»Guten Abend, Andreas. Deine Ex-Frau Helga ist am Draht«, drang es, wie man es von ihr gewohnt war, forsch aus dem kleinen Lautsprecher.

Er hatte beinahe sein Handy fallen lassen, so perplex war er im ersten Moment. Mit ihr hatte er am wenigsten gerechnet. Da musste etwas gravierendes Geschehen sein, dass sie ihn anrief. Seit mehr als drei Jahren, seit der Scheidung, hatte sie sich bei ihm nicht mehr gemeldet. Er bei ihr allerdings auch nicht, musste er sich eingestehen, aber es hatte ja auch keine Gründe dafür gegeben.

»Helga, das ist eine Überraschung. Was ist geschehen, dass du anrufst? Bist du in Frankreich?«

»Ja, bin ich. Nichts Besonderes. Ich habe nur erfahren, dass du in den Genuss eines großen Erbes gekommen bist.«

Typisch Helga. Sie verliert keine Zeit, kommt direkt zum Thema. Wie hatte sie das nur so schnell erfahren, weitab in Frankreich? Vielleicht hatte Jule ihr davon erzählt.

»Von wegen, grosses Erbe. Es ist ein altes, grosses Haus mit etwas Land drumherum. Das ist schon alles. Kennst es doch, nur noch einige Jahre älter.« Er versuchte sofort, das Erbe runter zu spielen. Vermutlich hatte sie die Absicht, für sich etwas rauszuholen, und spekulierte auf seine Gutmütigkeit.

»Aber ich nehme an, dass die alte Krähe mit meinem Geld, das sie damals von meinem Los bekommen hat, den Laden dort im Schuss halten konnte. Damit ist doch einiges an Wert vorhanden«, brachte Helga ihre Sicht der Situation knallhart auf den Punkt.

»Tante Hanni war keine 'alte Krähe'. Bitte nenn sie nicht so, man redet nicht so abfällig über Verstorbene. Sie war ausgesprochen liebevoll und hat unserer Jule wunderschöne Zeiten bei ihr ermöglicht«, rügte Andreas jetzt schonungslos die ruppige Art von Helga.

»Ha, dass ich nicht lache. Der alte Drachen und liebevoll. Sie hat mich doch runtergeputzt, wo immer es nur ging.«

»Aber vorher hast du auch immer dafür gesorgt, sie schlecht dastehen zu lassen. Dass sie sich gewehrt hat, darüber darfst du dich weiß Gott nicht beklagen.«

»Und du bist immer auf ihrer Seite gestanden, statt zu deiner Frau.«

»Weil sie von dir ungerecht behandelt worden ist. Darüber haben wir vor Jahren doch schon zu Genüge diskutiert. Was soll das Aufwärmen von alten Katastrophen? Du hast doch sicher nicht deswegen angerufen.«

»Nein, natürlich nicht. Diese Zeiten sind endgültig vorbei. Ich will nur meinen Anspruch anmelden auf einen Teil von deinem Erbe.«

Hatte er sie jetzt richtig verstanden? Dann stimmte sein Verdacht. Sie wollte tatsächlich einen Teil des Erbes. »Von was für einem Anspruch redest du? Mit der gerichtlichen Vereinbarung bei unserer Scheidung ist damals alles vollständig abgegolten worden. Du hast mir ja unter falschen Behauptungen die Hosen ausgezogen. Ich stand danach ohne einen Euro da. Dein Winkeladvokat hat mir alles abgeknöpft.«

»Fakt ist, dass sie die hunderttausend Euro bekommen hat, die eigentlich mir gehörten. Das Los hatten wir für mich gekauft gehabt.«

»Und mit deinem Einverständnis als Dankeschön für den Ferienaufenthalt von Jule, der Tante geschenkt. Du hast das Höchstselbst getan. Damit hat es ihr gehört«, hielt ihr Andreas sofort entgegen.

»Ich beanspruche mindestens die hunderttausend Euro. Entweder du zahlst sie mir aus oder ich gehe zum

Advokaten. Dann kostet es dich halt noch einiges mehr.«

Andreas regte sich furchtbar über diese mehr als frechen Forderungen auf. Auf Losgewinne gibt es keine Ansprüche von Dritten. Aber eigentlich war es den Ärger gar nicht wert. Was ließ er sich hier so unnötig aufpeitschen. Sie hatte doch überhaupt keinerlei Handhabe, hier irgendwelche Nachforderungen zu stellen. Rasch atmete er tief durch, um sich zu beruhigen.

»Weißt du was? Tu was du nicht lassen kannst, aber von mir kriegst du keinen müden Euro mehr. Du hast meine Gutmütigkeit mehr als nur ausgeschöpft, jetzt ist Schluss. Außerdem bin ich arbeitslos und muss zusehen, wie ich weiter existieren kann. Ohne Geld kann ich das Anwesen von Tante Hanni ohnehin nicht halten. Vielleicht schlage ich das Erbe aus«, hängte er jetzt aus einem Impuls heraus, an.

»Ach ja, du armer Erbe. Du bist ja arbeitslos geworden. Hast den Dank für deine Treue erhalten, gell. Geschieht dir recht. Aber das Erbe ausschlagen? So blöd kannst doch nicht einmal du sein«, geiferte Helga in giftigem Ton.

Und das wusste sie ebenfalls, dass er ohne Arbeit war? Warum erzählte Jule immer alles. Er hatte ihr doch ans Herz gelegt, bei Mama nichts mehr über ihn zu erzählen. Aber von diesem Gezeter seiner Ex hatte er endgültig die Nase voll. Eine Frechheit, wie sie sich anmaßte, mit ihm umzuspringen.

»Hör zu Helga! Deine Dreistigkeiten und Beleidigungen muss ich mir nicht länger anhören. Lass mich gefälligst in Frieden. Ich will nichts mehr von dir hören. Ist das klar?«

»Ich bestehe auf meinem Recht auf mindestens die Hunderttausend, danach hast du Ruhe vor mir. Gib dir einen Ruck und überschreib mir das Geld.«

»Ich war zwar blöd, wie du gesagt hast, aber jetzt nicht mehr. Vergiss deinen lächerlichen Anspruch. Du kriegst gar nichts mehr, keinen müden Cent!«

»Du wirst wieder von mir hören. So leicht lasse ich mich nicht abspeisen. Bis später, mein lieber Ex«, stieß Helga kalt und unbeeindruckt aus und beendete das Gespräch.

Verdammt nochmals, was war seine Ex nur für ein habgieriger Mensch geworden. Doch eigentlich war sie schon immer egoistisch veranlagt gewesen. Zuerst kam sie, dann erst die anderen. So hatte sie es in der Ehe und auch bei der Erziehung gehalten. Jule hatte keine leichte Zeit gehabt. Zum Glück hatte sie das Denken und Handeln nicht von ihrer Mutter übernommen.

Dass Helga jetzt so geldgierig geworden war, hing bestimmt mit ihrer Art zu Leben zusammen. In diesen Künstlerkommunen wurde doch nur in der abgehobenen Welt der Kunst gelebt. Profane Arbeit, um das tägliche Brot zu verdienen, war unter der Würde. Vermutlich hatte sie mittlerweile ihre Finanzen fast aufgebraucht und suchte nach neuen Geldquellen. Da käme der vermeintlich reiche Exmann doch wie gerufen. Pech liebe Helga, da ist nicht das Geringste zu holen, selbst wenn er das Haus verkaufen würde, sie bekam nichts ab davon, das nahm er sich fest vor. Da musste sie sich anderswo umsehen wie die ähnlich veranlagte Karla.

Kapitel 15

Entscheidung gefordert

Endlich hatte es geklappt mit dem Abendessen. Andreas freute sich schon seit langem darauf, mit Marianne ungestörte Zeit verbringen zu können. Der Kontakt mit ihr verhalf ihm, seine Probleme kleiner, unbedeutender werden zu lassen. Wie ein Schuss Vitamine wirkte sie auf ihn, ein natürliches Aufputschmittel. Und das brauchte er zur Zeit dringend.

Sie sassen in einem kleinen gemütlichen Speiserestaurant, warteten auf den Apéro und überflogen die Speisekarte. Für Andreas spielte das Essen allerdings keine große Rolle, ungestört mit Marianne zusammen sein zu können, war ihm die Hauptsache.

»Da gibt es einige leckere Sachen, die mich locken. Aber lach jetzt nicht. Am liebsten hätte ich wieder einmal ein Wiener Schnitzel mit Pommes. Darauf habe ich richtig Lust«, sagte Marianne nachdenklich.

»Da gibts nichts zu lachen. Du glaubst es nicht, aber das habe ich mir auch eben überlegt.« Er blickte von der Karte auf in ihr Gesicht. »Dann bestellen wir uns das?«

Sie nickte und meinte: »Wie wär's mit Rohschinken und Melone zur Vorspeise? Eine Vorliebe von mir.«

»Perfekt, an so einem warmen Sommerabend.«

Der Kellner brachte die Drinks.

»Auf dein Wohl, Marianne. Es freut mich, dass wir heute zusammen Essen. Auf einen schönen Abend.« Leise stießen sie mit ihren Gläsern an und tranken.

Munter plauderten sie beide drauflos und waren überrascht, wie schnell die Zeit verging. Als das Essen auf den Tisch kam, wurde es ruhiger. Andreas freute sich, zu sehen, mit welcher Lust Marianne sich der Mahlzeit widmete.

Als sie sich nach längerer Zeit satt zurücklehnten, begegneten sie sich mit einem herzlichen Lächeln über den Tisch hinweg.

»Das hat geschmeckt. Ich bin mir aber nicht sicher, ob da jetzt eine Nachspeise noch Platz findet«, seufzte Marianne zufrieden und strich sich dabei über den Bauch.

»Dann trinken wir doch erst mal einen Kaffee. Was Süsses können wir später noch genießen.«

»Gute Idee. Lassen wir es erst mal ein wenig setzen.«

Andreas war sich in den letzten ruhigen Minuten bewusst geworden, dass er bisher fast ununterbrochen über seine gegenwärtigen Probleme geschwatzt hatte und Marianne kaum die Chance gegeben hatte, über sich oder irgend ein anderes Thema zu reden. Das war nicht gerade galant von ihm.

»Entschuldige, Marianne, dass ich dir während des ganzen Essens die Ohren vollgejammert habe über meine gegenwärtigen Probleme. Das ist nicht die feine Gastgeberart. Aber diese Erbschaftsgeschichte beschäftigt mich eben schon.«

»Kein Problem, Andreas. Du hast ja wirklich zur Zeit viel um die Ohren und musst einen passenden Weg finden. Da kann es manchmal helfen, wenn man darüber reden kann. Und hab keine Bedenken, was du mir erzählst, bleibt bei mir. Da geht nichts raus.«

»Danke für dein Verständnis. Ich glaub dir das, du bist keine Tageszeitung.«

»Übrigens ...«, begann Marianne etwas zögerlich. »Von wegen deiner Erbschaft.« Sie blickte jetzt leicht verlegen auf den Tisch. »Hast du deiner Freundin Karla erzählt, dass du geerbt hast?«

»Nein, ich nicht. Und sie ist nicht meine Freundin«, erwiderte Andreas sofort. »Warum fragst du?«

»Sie kam in die 'Blaue Gans'.«

»Was? Karla in der 'Blauen Gans'? Was wollte sie denn da?«

»Ich dachte erst, sie kommt, um dich zu treffen. Aber nach dem, was sie mir dann zu verstehen gegeben hat, war eher ich der Grund gewesen.«

Jetzt war Andreas Neugier endgültig geweckt. Was hatte Karla da gewollt? »Manchmal ist Karla etwas vorlaut. Man darf bei ihr nicht immer alles auf die Goldwaage legen«, versuchte er, vorbeugend zu verharmlosen.

»Na ja, so harmlos waren ihre Bemerkungen nicht. Schon eher ziemlich deutlich bestimmend. Ich kam mir vor wie ein kleines Kind, dem Grenzen gesetzt werden sollen.«

Andreas starrte sie nur sprachlos an, daher redete sie weiter: »Sie legte Wert darauf, klarzustellen, dass ihr zwei schon sehr lange, enge Freunde seid. Und du seist auch um ihren Garten, und so, besorgt. Dummerweise habe ich erwähnt, dass du geerbt hast. Dann wollte sie sofort genaueres wissen. Aber ich habe nichts gesagt. Sie soll dich selbst fragen. Daraufhin war sie dann ein wenig eingeschnappt und verließ das Lokal wieder.«

Was trieb Karla nur dazu, solche Ränkespiele abzuziehen, überlegte sich Andreas. War ihr Interesse an ihm tatsächlich persönlicher geworden oder ging es ihr nur darum, den edlen Spender und Gönner für die Kulturabende zu erhalten? So quasi Besitzstandswahrung betreiben. »Jetzt ist es mir klar. Mein Arbeitskollege Steffen hatte sich verplappert und ihr erzählt, was ich geerbt habe. Aber ich kann das fast nicht glauben. Wenn ich dich richtig verstanden habe, hat sie dir deutlich machen wollen, dass sie meine Freundin ist und du dich fernhalten sollst.«

Marianne nickte leicht und fragte dann zögernd: »Sie ist offenbar deine Freundin, oder?«

»Nein!«, kam es schroffer von Andreas, als er gewollt hatte. »Karla ist alles andere als eine Freundin. Sie ist nur auf ihren Vorteil bedacht. Wir haben nur die gleichen kulturellen Interessen und haben lange Zeit regelmäßig zusammen Konzerte und Theater besucht. Aber das ist mittlerweile Geschichte.«

»Wirklich? Aus ihrem Munde klang das anders.«

»Ehrlich! Da ist, nein war, überhaupt nichts weiter dabei, nie gewesen, das kannst du mir glauben.«

Die Spannung in Mariannes Gesicht schien sich zu lösen und ein leichtes Lächeln machte sich breit. Verlegen nahm sie einen Schluck Kaffee.

Andreas bemerkte ihre Befangenheit und bemühte sich, das Missverständnis endgültig aus der Welt zu schaffen. »Vergiss, was Karla gesagt hat. Es entspricht überhaupt nicht der Wahrheit. Ich hatte einen Anruf von ihr. Weil ich zu einem Erbe gekommen bin, versucht sie jetzt, irgendwie davon zu profitieren. Genauso wie meine Ex-Frau auch. Die Geier wittern einen saftigen Happen. Aber die haben Pech. Ich bin zwar ein gutmütiger Mensch, aber hier beißen die zwei jetzt auf Granit.«

Seine Worte schienen Marianne weiter zu beruhigen und sie begann zu lächeln. »Dann pass weiterhin gut auf. Vielleicht möchte ich ein Stück von dem Erbe.« Sie schnitt eine herausfordernde Grimasse.

Andreas lachte laut und entspannte sich ebenfalls. »Ein paar Gläser Marmelade oder Eingewecktes kann ich dir schon jetzt versprechen«, witzelte er. »Ausgerechnet du. Soweit kenne ich dich mittlerweile genug und weiß, dass du nicht auf so was aus bist.«

»Ach ja. Der Marmeladenkurs. Den haben wir ja noch offen. Hast du dich entschieden? Möchtest du einen?«, fragte Marianne. »Ich müsste es frühzeitig wissen, damit ich freibekommen kann.«

»Ich weiß zwar nicht, ob ich das Landhaus behalten will, oder besser gesagt, behalten kann. Allerdings werden jetzt Beeren und Obst langsam reif und müssten dann verarbeitet werden. In zwei, drei Wochen wird es akut. Wäre schade, sie verderben zu lassen. Und Theo, den Nachbar dort, kann ich nicht darum bitten. Er hat schon so mehr als genug Arbeit mit seinem Anwesen und der Versorgung meiner Hühner und Gänse zu tun. Gegen Ende der Woche muss ich wieder raus, um die wichtigsten Arbeiten zu erledigen. Eine Einführung von dir, würde mir schon sehr helfen.«

»So schnell bekomme ich vermutlich nicht frei. Es

wird eher erst in zwei oder drei Wochen möglich sein. Darüber kann ich mal mit dem Chef und meiner Kollegin reden. Da lässt sich dann sicher etwas machen.«

»Bedenke aber, dass es nicht mit ein, zwei Tagen getan ist. Erstens brauche ich da wirklich eine umfangreiche Einführung und zweitens sollst du dann nicht die ganze Zeit in der Küche stehen müssen, sondern zwischendurch die schöne Umgebung genießen können. Du könntest gerne eine volle Woche kommen.«

»Ich kann dir auf die Schnelle gar nichts Versprechen, aber ich sehe zu, was sich machen lässt. Würde mich schon freuen zu sehen, wie es da ist. Nach allem was du mir vorgeschwärmt hast.«

»Wenn das Wetter dann mitspielt, wird es sicher toll«, frohlockte Andreas. Ich freue mich. Soll ich mit dem Wirt reden?

»Nein, lieber nicht. Der braucht nicht alles so genau zu wissen. Ich bekomme sicher frei, schließlich habe ich in diesem Jahr noch keinen Tag Urlaub gehabt.«

»Dann bestellen wir uns aber nun, auf deinen Urlaub hoffend, einen Nachtisch. Bist du dabei?«

Marianne nickte. Jetzt entwickelte sich ein locker entspanntes Gespräch über das Landhaus, die fehlende Arbeit bei Andreas und sogar über Mariannes Leben. Sich dabei anlächelnd oder gar mit kurzen, leichten Berührungen begleitend, vergaßen die Beiden vollkommen die Zeit und tauchten erst wieder in die reale Welt ein, als die Bedienung an den Tisch trat und sachte darauf aufmerksam machte, dass die Sperrstunde begonnen hätte.

Während Moritz auf dem Sofa interessiert die Zeitung las, räumte Andreas seine Siebensachen in eine große Tasche. Morgen früh wollte er wieder raus fahren zum Landhaus. Er musste dringend Theo von den Aufgaben auf seinem Land erlösen. Er hatte mit ihm telefoniert und abgesprochen, dass sie sich treffen würden. Er brauchte noch mehr Informationen, vor allem über die Umsätze mit Hannis Produkten und wie das ganze Vermarkten ablief.

Sein Handy begann zu surren. Die Nummer kam ihm unbekannt vor, aber als er das Gespräch annahm, war er überrascht.

»Pauline Lindner hier. Guten Abend Andreas. Störe ich Sie gerade?«

»Nein, gar nicht. Guten Abend Frau Lindner.« Die gute Witwe Lindner rief ihn wieder an, wie sie angekündigt hatte. Was war mittlerweile geschehen?

»Ich wollte nochmals nachfragen, wie es Ihnen geht. Haben Sie sich von Ihrem Schwächeanfall erholen können?«

»Ja, Danke. Ich bin wieder gut beieinander. Ich genieße jetzt meine Ferienzeit, bis ich dann hoffentlich wieder Arbeit habe.«

»Das freut mich zu hören.« Die Witwe zögerte einen Augenblick, um dann fortzufahren: »Ich wollte Sie nochmals wissen lassen, wegen Ihrer Kündigung bei uns. Ich bin nach wie vor nicht damit einverstanden, dass Sie entlassen worden sind. Ich bin mit meinem Sohn in einer heftigen Diskussion deswegen. Ich habe mir etwas mehr Einblick in seine Geschäftsführung verschafft. Ich verstehe davon zwar fast nichts, aber ich muss trotzdem sagen: Ich bin enttäuscht von dem, was er sich da alles leistet.«

»Frau Lindner, Sie müssen ihm vielleicht etwas mehr Zeit geben. Er ist noch jung und unerfahren.« Er hätte am liebsten gesagt, der Sohn sei definitiv untauglich für die Führung eines Betriebes, aber das brachte er ihr gegenüber nicht über die Lippen.

»Ja natürlich. Aber Kundenfreundlichkeit und seriöse Arbeit kann man schon erwarten. Ich bin diesbezüglich bereits angesprochen worden von alten Kunden, die enttäuscht sind von uns.«

»Au, das ist nicht gut«, mehr konnte Andreas im Moment nicht dazu sagen. Es wären sonst keine schönen Worte geworden.

»Ich werde auf jeden Fall mit meinem Sohn noch heftig Diskutieren müssen. Ich akzeptiere nicht, dass das vom verstorbenen Mann so gut aufgebaute Geschäft, einfach herabgewirtschaftet wird.«

Die Witwe redete sich in Rage und Andreas war froh, nur hin und wieder mit einem bestätigenden Wort, reagieren zu müssen. Geschockt beendete sie alsbald das Gespräch, bei dem die Witwe offensichtlich Druck und Frust hatte loswerden müssen. Es bedrückte ihn, dass die Witwe nach dem Tode ihres Mannes jetzt auch noch einen solchen Niedergang des Geschäftes hinnehmen musste. Er glaubte nicht daran, dass der junge Lindner auf die Wünsche seiner Mutter eingehen würde.

Das Handy weglegend setzte er sich in den Sessel.

Mit einem Blick auf den lesenden Moritz meinte er dann: »Na! Gibts große Neuigkeiten in unserem Städtchen?«

Moritz ließ die Zeitung sinken. »Ich muss mich ein wenig orientieren, was an meinem neuen Wohnort so geschieht. Die Olga vom Kiosk reicht da nicht aus.«

»Ja die Olga, sie weiß zwar viel, aber nicht alles. Zum Glück.«

»Stimmt. Als ich vorhin im Vorbeigehen diese Zeitung bei ihr gekauft habe, wunderte sie sich, dass du noch nicht aufgetaucht seist. Es sei doch Freitagabend. Sie war der Meinung, dass bei dir etwas nicht stimmte. Dass du Probleme hast.«

»Sie hört offenbar das Gras wachsen«, lachte Andreas.

»Ich hab ihr dann gesagt, dass sie sich keine Sorgen machen müsse, denn ich würde jetzt bei dir wohnen.« Moritz grinste in der Erinnerung: »Du hättest sie sehen sollen. Mit offenem Mund hat sie mich angestarrt.«

Andreas sah ihn ratlos an: »Wieso denn?«

»Hey Andreas! Ich habe dann schnell erklärt, dass wir seit den Jugendjahren gute Kumpel sind, einfach gute Freunde. Damit war dann ihre Sprachstörung wieder behoben«, meinte er lachend. Jetzt war es an Andreas, sich auch zu amüsieren.

»Das hätte mir gerade noch gefehlt, wenn ein solches Gerücht in Umlauf gekommen wäre. Ich hab schon genug um die Ohren.«

»Also jetzt, nicht dass ich es Olga erzählen will, nur für mich als dein Freund. Du fährst Morgen wieder zum Landhaus. Behältst du nun das Erbe, oder willst du es verscherbeln?«

»Ich weiß es einfach noch immer nicht. Es sind zu viele Fragen offen. Ich muss vor allem wissen, ob ich den Besitz, neben meiner Arbeit, überhaupt halten könnte in dem Sinne, wie sich das die Tante vorgestellt hat. Dann brauche ich vor allem einen neuen Job, von dem ich leben kann. Und ob ich so alleine da draußen Leben möchte, auch wenn es wirklich ein kleines Paradies ist, darüber bin ich mir ebenfalls nicht sicher. Ich fahr jetzt raus, um vom Nachbarn noch mehr zu erfahren. Nebenbei muss ich auch noch ein Rätsel von Tante Hanni lösen.«

»Ein Rätsel?«

»Ja. Sie hat mir mehrere Briefe hinterlassen, in denen sie zum Teil geheimnisvolle Bemerkungen gemacht hat und damit Fragen aufwirft. Ich muss irgendwelche Sachen und Verstecke suchen, in denen ich Antworten finden soll. Wahrscheinlich hatte sich in der letzten Zeit die Sichtweise meiner Tante etwas verschoben gehabt oder sie hat sich damit einen allerletzten Spaß geleistet. Den will ich ihr aber nicht verderben, wenn sie mir von da oben zusieht.«

»Das klingt abenteuerlich. Andreas auf Schatzsuche, stelle ich fest. Ich wünsche dir viel Glück und Spaß dabei.«

»Dieser Spaß ist nur etwas nebenbei. Es geht für mich um nichts weniger als um die Frage, wie mein Leben weitergehen soll oder kann.«

»Entschuldigung, wenn ich das so locker betrachtet habe. Du hast natürlich recht. Es sind existenzielle Fragen, die du dir beantworten musst. Ich hab es zwar schon einmal gesagt, aber wenn ich dir dabei in irgend einer Weise behilflich sein kann, lass es mich wissen. Ich helf dir gerne, wo ich kann. Manchmal hilft bereits ein ernsthaftes Gespräch unter Freunden. Erweitert vielleicht die Sichtweise auf die Punkte, die man aus Gewohnheit zu eng oder übersieht.«

»Danke, mein Freund.« Andreas erhob sich. »Weißt du was? Ich spendier uns zum Abschied eine Flasche aus meinem Privatkeller. In den nächsten Tagen hast du sturmfreie Bude. Zerleg mir aber die Wohnung nicht zu sehr.«

Während Andreas den Wein einschenkte, meinte Moritz: »Eigentlich bin ich neugierig, wie dein Erbe da draußen aussieht. Ich möchte dich am liebsten mal besuchen und dein Paradies unter die Lupe nehmen.«

»Du bist jederzeit herzlich willkommen. Würde mich freuen. Zum Wohle, Moritz. Auf eine hoffentlich erfreuliche Zukunft!«

Kapitel 16

Rätsel führt zu Entschluss

Andreas freute sich wie ein Kind, als er ins Auto stieg, um zum Landhaus zu fahren. Die vergangenen Tage hatten ihn übermäßig strapaziert. Auch die Telefonate von Karla und Helga regten ihn mehr auf, als er sich zugestand. Dann der Ärger über die Situation in der Gärtnerei Lindner, an der noch immer sein Herz hing und schließlich die Schwierigkeit, einen neuen Arbeitsplatz zu finden.

Es war erstaunlich, wie schnell sich das Verhalten seiner Umgebung änderte. Vor Kurzem arm wie eine Kirchenmaus und ohne Arbeit, schon hatte er, von wenigen Ausnahmen abgesehen, keine Freunde mehr gehabt, die zu ihm hielten. Jetzt hatte sich rasch herumgesprochen, dass er geerbt hatte und zu scheinbarem Reichtum gekommen war. Schon kamen die Geier daher, um sich ein fettes Stück aus der Beute reißen zu können. Weiss der Kuckuck, wie sich so etwas so rasch verbreitete. Er hatte Jule darauf angesprochen, was sie ihrer Mutter erzählt hätte, doch sie schwor ihm bei allen Heiligen, dass sie seit mehr als einem Monat keinen Kontakt mehr mit ihr gehabt hatte. Andreas glaubte ihr. Doch wie kam Helga im fernen Frankreich so schnell zu diesen

Informationen? Es war doch schließlich nicht in der Zeitung gestanden oder im Fernsehen verbreitet worden. Aber es war letztlich doch ganz egal. Sie konnte ihm ohnehin den Buckel runter rutschen.

Er musste sich von den schlechten Kontakten lösen und sich auf die zuverlässigen Freunde konzentrieren. Diese Erkenntnis war ihm nun klar geworden, eigentlich reichlich spät in seinem Leben. Zum Glück war Moritz zur richtigen Zeit aufgetaucht. Mit dem Ex-Arbeitskumpel Steffen würde er ebenfalls den Kontakt halten. Genauso wie mit Marianne. Mit ihr auf jeden Fall, nahm er sich fest vor. Diese wenigen waren verlässliche, hilfsbereite Menschen, die er wirklich Freunde nennen konnte. Und vielleicht, falls das Landhaus zu seinem Lebensort wurde, kam Nachbar Theo noch dazu.

Was ihn am meisten belastete, war der Umstand, dass er noch immer keine Aussicht auf eine neue Anstellung hatte. Bei dem einen Betrieb, in dem er Vorsprechen konnte, hatte sich die Warnung von Steffen, bewahrheitet. Die wollten so wenig wie möglich zahlen, aber jede Menge Arbeitsleistung, ohne Zusatzentschädigung, haben. Sie hatten sich zuletzt einigen können, dass sie seine Bewerbung ablehnten, weil er für die Aufgabe überqualifiziert sei. Das konnte ihm eventuell später nützlich sein, falls er, was er aber nicht hoffte, zur Arbeitsvermittlung musste.

Mit jedem Kilometer, den er dem Landhaus näher kam, verdrängte er die trüben Gedanken immer mehr. Er freute sich, das Marmeladenrätsel endlich lösen zu können. Er versprach sich zwar nicht allzu viel davon, aber vielleicht hatte Tante Hanni da wirklich etwas

Wichtiges für ihn zurückbehalten. Ob es seine Entscheidung, das Anwesen zu behalten oder zu verkaufen, beeinflussen würde, hing vermutlich nicht davon ab. Das hing viel mehr davon ab, was ihm Theo zu der wirtschaftlichen Situation auf den Tisch legen konnte. Sie würden zusammensitzen, damit er sich ein Bild verschaffen konnte, in welchem Umfange der Verkauf der Waren von Tante Hanni sich auszahlte. Vorher wollte er noch versuchen, die Buchführung der Tante, wenn man den Papierberg, den sie hinterlassen hatte, so nennen konnte, genau unter die Lupe zu nehmen. Er wollte wissen, in welchem Umfange sie von dem Verkauften hatte Leben können. Dass sie nicht mausarm gewesen war, erkannte man daran, dass sie Jule zehntausend Euro vermacht, und ihm auf einem Bankkonto, das offensichtlich vom Verkaufsgeschäft gespeist wurde, ebenfalls über fünfzehn Tausend Euro übertragen hatte. Er hatte keine Ahnung, ob sie schon immer so gut versorgt gewesen war oder ob dies erst mit dem Losgewinn vor sieben Jahren so gekommen ist.

Wieder Unbeschwerter, aber gespannt über das was er finden würde, fuhr er am Landhaus vor und schleppte seine zwei Taschen mit Kleidern und Lebensmitteln zum Haus. Er musste sich hier unbedingt einen größeren Vorrat anlegen, ging es ihm durch den Kopf, dann war er nicht jedes Mal gezwungen, erst mühselig lange Einkaufen zu gehen. So oder so würde er in den nächsten Wochen, vor allem solange er keine Anstellung hatte, häufig hier sein und die wichtigsten Arbeiten erledigen.

Aller Neugier zum Trotz hatte sich Andreas zunächst um die Tiere kümmern müssen und danach ein Mittagsmahl zubereitet. Er genoss bei diesem schönen Sommerwetter die schattige Veranda.

Doch jetzt musste er sich durch den dicken Stapel der Papiere von Tante Hanni arbeiten. Das war leider wichtiger als die mysteriöse Rezept-Suche, auch wenn die mehr Spaß versprach. Heute gegen Abend wollte Theo bei ihm vorbeikommen, damit sie über den Produktverkauf der vergangenen Zeit diskutieren konnten. Dann musste er wissen, was die Tante bei sich darüber festgehalten hatte.

Mit einem schweren Schnaufer erhob er sich, um in die Büroecke im Wohnzimmer zu gehen. Wenigstens hatte Tante Hanni den Papierkram nach Datum sortiert in drei Ordnern abgelegt. In den Ordnern selbst gab es aber keine weitere Sortierung. So tummelten sich kunterbunt Lieferscheine, Rechnungen, Bestellungen, Nachrichten, Bankauszüge, Notizen und sogar Ausschnitte von Zeitungen hintereinander, schön brav nach Datum geordnet. Das war ihm aber bei seiner Suche nach Umsätzen alles andere als hilfreich.

Als Andreas nach mehr als zwei Stunden völlig schlapp die Papiere von sich schob, hatte er wenigstens einen, wenn auch schwachen, Überblick über das, was in den vergangenen Monaten gelaufen war. Er hatte sich zwangsläufig auf das letzte Jahr beschränken müssen, sonst wäre er vermutlich noch den ganzen nächsten Tag vor den Papieren gesessen. Das weiter Zurückliegende würde er sich für später aufheben, falls nötig.

Wenn er den Unterlagen glauben wollte, dann hatte

Tante Hanni enorm viel produziert und verkauft, wesentlich mehr, als er es sich bisher vorgestellt hatte. Doch ob dem wirklich so war, musste heute das Gespräch mit Theo bestätigen, denn das Meiste lief über den Verkauf auf dem Markt, den Theo abwickelte.

Bevor Theo vorbeikam, wollte Andreas nun aber endlich den Vorratskeller unter die Lupe nehmen und herausfinden, was Hanni ihm da heimlich zukommen ließ. Was für einen Schatz sich da befand, den sie so wertvoll eingestuft hatte, dass sie einen solchen Aufwand damit veranstaltete.

Im Keller blickte er sich um. Mitten im Raum stand ein alter Holztisch, auf dem mehrere leere Tragekörbe gestapelt waren. Auf allen vier Seiten der Ziegelsteinmauern verliefen breite, ausladende Gestelle. Die einen bestanden aus großen, wie nebeneinandergestellte Kisten wirkende Ablagen. In einigen befanden sich Kartoffeln, andere waren mit den Namen von Apfelsorten gekennzeichnet. Wiederum andere Gestelle dienten als einfache Ablagen, auf denen reihenweise Gläser in verschiedensten Größen aufgestellt waren. Andreas konzentrierte sich auf diese Gestelle. Auf zweien befanden sich Einweckgläser, ebenfalls in verschiedenen Größen. Die Marmeladengläser waren die Kleineren und die fanden sich an der hinteren Raumseite auf einem Gestell mit vielen Regalbrettern. Hintereinander und aufeinander stapelten sich dort eine große Menge von gefüllten Gläsern.

Er trat nahe heran, um die Aufdrucke lesen zu können. Fein säuberlich war jedes von ihnen beschriftet und mit einem Abfülldatum versehen. Da gab es ja noch einiges zu verkaufen.

Er musste jetzt freie Sicht bekommen auf die Mauer dahinter. Was hatte Jule noch gesagt: '... ungefähr in der Mitte vom zweitobersten Ablagebrett ...'. Ausgerechnet dieses Brett war vollkommen gefüllt mit Gläsern. Das war vermutlich nicht rein zufällig.

Er holte sich einen Tragekorb vom Tisch und begann die Gläser herunterzuholen. So füllte er in Kürze drei Körbe, bis ihm in der Wand Unregelmäßigkeiten zwischen den einzelnen Ziegelsteinen auffielen.

Er zog einen Hocker heran, der für solche Zwecke hier unten stand, und stieg drauf, damit er in der düsteren Kellerbeleuchtung besser sehen konnte. Mit der kleinen Taschenlampe, die er mitgenommen hatte, leuchtete er das Mauerstück ab. Wenn er das richtig sah, dann war da nicht nur ein loser Ziegelstein zu sehen, wie Jule gesagt hatte, sondern mindestens deren vier. Da fehlte teilweise der Mörtel dazwischen. Vielleicht hatte Tante Hanni das Versteck inzwischen vergrößert.

Vorsichtig begann er einen Stein nach dem anderen aus der Mauer zu ziehen. Sie sassen zwar passgenau in der Mauer, liessen sich aber leicht schieben. Jetzt hatte er ein dunkles Loch vor sich, in dem er schwach etwas zu sehen glaubte. Mit vor Aufregung zittrigen Fingern leuchtete er mit der Lampe ins Loch. Über die ganze Breite der Öffnung war nur gebrochener Mörtelstaub zu erkennen, aber darüber hinweg sah er etwas tiefer drin, eine kleine Dose glitzern. Er griff hinein und holte die Dose heraus. Dabei bemerkte er, dass sie auf was Größerem gestanden hatte.

Er öffnete gespannt die kleine Dose um im nächsten

Augenblick etwas enttäuscht festzustellen, dass er hier den Schatz der jungen Jule in der Hand hielt. Lauter glitzernde Steine, Schneckenhäuschen und Vogelfedern. Das konnte Tante Hanni doch nicht gemeint haben. Aber da war ja noch etwas drin, auf dem die kleine Dose gestanden hatte.

Vorsichtig räumte er den Mörtelstaub beiseite. Tatsächlich, wurde darunter eine größere Blechkassette sichtbar. Mit spitzen Fingern ergriff er sie und zog sie langsam aus der Öffnung. Sie war groß, aber nicht allzu schwer und passte haargenau durch das Loch. Da drin hätten zwei Rezeptbücher nebeneinander Platz, ging es ihm belustigt durch den Kopf.

Vom Stuhl heruntergestiegen, stellte er die Kassette auf den Tisch und besah sie sich. Nichts Besonderes, nicht mal ein Schloss. Nur mit zwei Schnappverschlüssen war sie versehen. Er kippte sie auf und öffnete den Deckel. Drin lag ein Köfferchen, das die Kassette vollständig ausfüllte. Darauf klebte ein Brief. Auf ihm stand geschrieben: 'Dieser Koffer gehört Andreas Neumann'.

Er zitterte wie verrückt vor Nervosität und hatte alle Mühe den Brief abzulösen und zu öffnen. Noch ein Brief von Tante Hanni. Er begann zu lesen:

Lieber Andreas,

Dies ist jetzt endgültig der letzte Brief von mir an dich. Jule hat sich richtig erinnert und du hast meine geheime Hinterlassenschaft für dich gefunden. Es war mir sehr daran gelegen, dass du und Jule etwas von dem zurückerhaltet, was ihr mir vor vielen Jahren geschenkt habt.

Hier in diesem Koffer habe ich so viel zusammengetragen, wie *ich vermochte. Ich habe mir damals beim Losgewinn den ganzen Betrag in Bar auszahlen lassen. Der Fiskus sollte nichts davon erfahren. Einen Teil hatte ich verwendet, um dringend notwendige Erneuerungen am Haus und in der Anlage vornehmen zu können. Im Laufe der Jahre konnte ich einiges wieder zurücklegen. Ich brauchte ja nicht sehr viel für mein Leben. Leider bin ich nicht ganz auf den Betrag gekommen, den ich mir vorgenommen hatte. Aber ich bin stolz darauf, dir hier fast siebzigtausend Euro zurückgeben zu können. Zusammen mit dem was Jule und du in Barschaft schon als offizielles Erbe bekommen habt, ist es doch nur knapp weniger, als das, was ich mit dem Los von euch erhalten hatte.*

Ich kann mir sehr gut vorstellen, dass damit deine Entscheidung leichter wird, dein weiteres Leben hier zu verbringen. So hast du doch für längere Zeit keine finanzielle Not. Wenn du weiterhin betreibst, was ich gemacht habe, wirst du, so lange du lebst, ein unbeschwertes Leben führen können. Darüber freue ich mich unglaublich.

Damit scheide ich nun in Frieden aus dieser Welt. Verbringe dein Leben in Freude, Zufriedenheit und Glück. Grüß mir bitte nochmals die Jule ganz innig von mir. Ich halte die Hand über ihr noch junges Leben.

In aller Liebe seid beide umarmt und beschützt,
Deine Tante Johanna

Andreas hatte mehrmals gestockt, während er las und schließlich die Tränen nicht mehr zurückhalten können. Diese letzten Worte seiner Tante gingen ihm dermaßen ans Herz. Mein Gott, wie war das nur beschämend, dass er sich in den vergangenen Jahren nie um sie gekümmert hatte. Dieser Liebe und Verbundenheit, die Tante Hanni ihm und Jule entgegengebracht hatte, waren sie zwei in keiner Art und Weise gerecht geworden. Und jetzt wurden sie dermaßen reich beschenkt. Es war unfassbar und machte ihn tief betroffen. Unter diesen Voraussetzungen gab es für ihn keine Alternative mehr, er musste den letzten Wunsch der Tante erfüllen, das war er ihr mehr als schuldig. Seine Entscheidung stand jetzt fest, bevor er von Theo die endgültigen Angaben über die geschäftlichen Aktivitäten gesehen hatte.

Seine tränennassen Augen wurden groß, als er den Koffer öffnete und sein Blick auf die Bündel von Banknoten fiel. Er wusste nicht, wie lange er schon erstarrt, wie vom Blitz getroffen dastand, als er sich bewusst wurde, dass jemand nach ihm rief.

»Hallooo, Andreas! Bist du da? Andreas?« Theo schien gekommen zu sein und suchte ihn.

Schnell rannte Andreas zum Treppenaufgang. »Ich bin da, Theo. Ich komme sofort. Setz dich doch schon mal auf die Veranda. Nur einen Augenblick!«, schrie er, so laut er konnte und hoffte, dass Theo nicht seiner Stimme folgte und hier herunter kam. Das wäre jetzt nicht der geeignete Augenblick, ihn hier vor dem vielen Geld zu finden.

Schnell klappte er Koffer und Blechkassette zu, stellte mehrere der Tragkörbe darauf und daneben, damit man nichts mehr von seinem Fund erkennen konnte. Er würde später in Ruhe einen Ort zur Verwahrung suchen, oder benutzte weiterhin das Mauerloch.

Mit raschen Schritten lief er aus dem Keller, verschloss ihn und ging dann, tief durchatmend und sich die Tränenspuren aus dem Gesicht wischend, auf die

Veranda hinaus. Obwohl seine Entscheidung jetzt nicht mehr von diesem Gespräch mit Theo abhing, wollte er trotzdem, oder eigentlich erst recht, alles, was den Betrieb hier anging, klären und besprechen.

Kapitel 17

Gierige Ex-Frau

Seit bald zwei Wochen lebte Moritz nun schon in der Wohnung von Andreas. Ihm gefiel es ausgezeichnet hier. Er fühlte sich richtig daheim in dieser geräumigen Bleibe. Andreas war häufig weg und so hatte er die Wohnung sogar oft ganz für sich allein, konnte tun und lassen, was er wollte. Er hatte es sich im bequemen Ohrensessel gemütlich gemacht und las entspannt ein Buch. Das hatte er schon ewig nicht mehr gekonnt. Der Verlust von Sohn und Frau hatte ihn aus der Bahn geworfen. Er hatte lange gebraucht, wieder Fuß zu fassen, aber jetzt war er angekommen. Hatte einen guten Job gefunden und diese tolle Bleibe hier bei Andreas.

Das energische Läuten der Türglocke riss ihn aus seiner entspannten Ruhe. Das erste Mal, dass an der Tür geklingelt wurde, seit er hier lebte. Wahrscheinlich Jule, wer sonst. Andreas schien ja nicht allzu viele nähere Bekanntschaften zu haben. Er erhob sich und ging zur Tür, um zu öffnen.

Eine Frau mittleren Alters stand vor der Tür, eine Reisetasche in der Hand, und schaute erstaunt auf ihn.

»Guten Abend!«, grüßte Moritz und blickte sie fragend an.

»N'Abend. Wer sind denn Sie?« Herausfordernd wurde er von der Frau gemustert.

»Ich bin Moritz Bechmeier.«

»Ja und?«, kam die herrisch klingende Frage.

»Ich wohne hier. Wer sind Sie?«

»Was? Sie wohnen hier? Ich bin Helga Neumann. Ich möchte zu meinem Mann, Ex-Mann«, erwiderte sie arrogant und versuchte, an Moritz vorbei in die Wohnung zu gehen. Doch Moritz wich nicht weg. Im Gegenteil, er machte sich so breit in der Türöffnung, dass sie nicht vorbeikam.

»Der ist nicht da«, entgegnete Moritz. Das ist also seine Ex-Frau. Ganz schön resolut.

»Lassen Sie mich rein, ich warte auf ihn.« Sie versuchte wieder, sich an Moritz vorbei zu drängen, doch er versperrte ihr mit seiner Körperfülle den Eingang.

»Ich lasse niemand Fremden in die Wohnung, wenn Andreas nicht da ist.«

»Ich bin keine Fremde, ich war Andreas Frau«, fauchte sie ihn giftig an.

»Mein Freund hat mir ausdrücklich aufgetragen, niemanden, den ich nicht kenne reinzulassen, wenn er nicht da ist. Für mich sind Sie eine Fremde.« Das stimmte zwar überhaupt nicht, aber Moritz machte es Spaß, dieser gebieterischen Frau Gegenwehr zu geben. »Und warten ist sowieso keine gute Idee. Er kommt heute nicht mehr. Ich denke, frühestens am Samstag wird er vielleicht wieder zurück sein.«

»Aber ..., aber ich will hier auf ihn warten, ich brauche ja eine Unterkunft. Wo soll ich sonst hin, ich komme direkt aus Frankreich.«

Das war jetzt sicher nicht im Sinne von Andreas, befand Moritz. Mit Vergnügen erwiderte er: »Dann gehen Sie ins Hotel. Ich gebe Andreas Bescheid, dass Sie hier waren und ihn sprechen möchten. Dann wird er sich bei Ihnen vielleicht melden.« Moritz wollte die Tür wieder schließen, doch Helga setzte energisch ihren Fuß dazwischen.

»Was glauben Sie eigentlich, wer Sie sind, sie grober Klotz? Lassen Sie mich jetzt rein, ich habe schließlich fast zwanzig Jahre hier gewohnt«, schrie sie ihn an.

Moritz fühlte sich herausgefordert, dieser arroganten Frau zu widersprechen. »Hatten gewohnt. Sie sind geschieden und seit, soviel ich weiß, seit mehr als drei Jahren freiwillig aus dieser Wohnung ausgezogen. Also, gehen Sie und lassen Sie mich in Ruhe und ich heiße nicht Klotz, sondern Bechmeier, Sie Xanthippe«, entgegnete er ihr in betont lässiger Ruhe, drängte sie ins Treppenhaus zurück und schloss schnell die Tür.

»Das werden Sie mir büßen, Sie ungehobelter Flegel!«, schrie Helga im Treppenhaus und schlug mit ihren Fäusten auf die Tür. »Ich komme wieder, verlassen Sie sich drauf!«

Moritz gab keine Antwort und horchte nur abwartend. Nach einem kurzen Moment der Stille hörte er dann, wie sie die Treppe herunterlief.

Mein Gott, dachte er bei sich, was hatte da der arme Andreas nur für einen Drachen am Hals gehabt. Da hatte der es doch jetzt, trotz seiner gegenwärtigen Probleme, vergleichsweise paradiesisch. Er musste Andreas sofort warnen, dass sich ein Unwetter in der Stadt herumtreibt.

Nachdem Andreas mit Theo gesprochen hatte, war er nun wieder allein und dabei, die Papiere zu ordnen, die er von ihm erhalten hatte. Sein Handy begann zu surren. Das nervte ihn, er wollte jetzt nicht gestört werden. Eigentlich hätte er es am liebsten abgestellt, solange er hier war, aber wegen der Bewerbungen um einen neuen Arbeitsplatz, konnte er sich das nicht leisten. Obwohl es seit seiner Entdeckung im Keller gar nicht mehr so wichtig war. Er blickte auf die Anzeige. Sein Freund Moritz war's. War etwas geschehen, dass er anrief?

»Hallo Moritz! Was gibt's? Hast du meine Wohnung abgefackelt, oder was?«, meldete er sich.

»Hallo Andi! Keine Angst, mit der Wohnung ist alles Ok. Aber ein Unwetter wütete hier heute Abend. Ich konnte es gerade noch abwenden«, erklang die Stimme von Moritz.

»Was für ein Unwetter? Hier war wunderbares Wetter.«

»Ein Sturmtief namens 'Helga' wütete vor der Wohnungstür«, witzelte Moritz.

»Du willst damit aber nicht sagen, dass meine Ex-Frau eingefahren ist? Sie war doch eben noch in Frankreich, als sie mich vorgestern angerufen hat«, sagte Andreas mit ungläubiger Stimme.

»Und wie eingefahren! Andi, Frankreich ist doch heutzutage nicht mehr weit weg«, antwortete Moritz und fuhr bedeutungsvoll fort: »Ich konnte sie nur mit Mühe davon abhalten, die Wohnung zu stürmen, so hatte sie den Drang, dich zu treffen.«

»Meine Ex-Frau stand vor der Tür?«, fragte Andreas

ungläubig zurück.

»Wie ein Mahnmal stand sie drohend da und begehrte Einlass. Ich hatte wirklich Mühe, sie nicht über die Schwelle kommen zu lassen und das will was heißen bei meiner Körpergröße.«

»Unglaublich. Hat sie denn gesagt, was sie wollte?«, fragte jetzt Andreas, der sich langsam von der Überraschung erholte.

»Sie wollte auf dich warten, und bis du kommst, hier einziehen. Was sie von dir will, darüber hat sie aber kein Wort verloren.«

»Was? Bei uns einziehen? Geht's denn noch? Du hast sie aber hoffentlich abwimmeln können?«

»Ja, ich hab sie ins Hotel geschickt. Habe ihr gesagt, du hättest mir strikt verboten, in deiner Abwesenheit fremde Leute in die Wohnung zu lassen.« Jetzt lachte er. »Ich kam mir dabei vor wie damals als zwölfjähriger, als meine Eltern mir eintrichterten, wie ich mich bei bösen Menschen verhalten soll.«

»Danke Moritz. Ich glaube, ich kann mir vorstellen, was sie will. Sie hat leider irgendwoher erfahren, dass ich geerbt habe, und verlangt jetzt einen Teil für sich.«

»Aber du wirst ihr doch in deiner sprichwörtlichen Gutmütigkeit, nicht was davon abgeben?«

»Nein, nein. Keine Angst. Sie bekommt sicher nichts ab. Ich danke dir, dass du sie abgewiesen hast.«

»Ich wollte es dich als Vorwarnung schon mal wissen lassen, falls sie bei dir auftaucht. Bestimmt wird sie wiederkommen, sie hat es jedenfalls gesagt. Ich habe ihr zu verstehen gegeben, dass du frühestens Samstag oder Sonntag zurückkommst und dich vielleicht melden würdest.«

»Tut mir leid, dass du dich mit meiner Ex rumärgern musstest.«

»Kein Problem, Andi. Ich hab mich revanchiert, nachdem sie mich grober Klotz genannt hatte.«

»Und wie?«

»Ich habe sie Xanthippe genannt und sie hat mich daraufhin als grober Flegel tituliert. Also eines kann ich dir versichern: Zu meinem Freundeskreis wird es deine Ex-Frau nicht schaffen.«

»Das glaub ich dir gerne«, lachte Andreas.

»Aber weißt du was? Ich hätte Lust, dich am Samstagnachmittag zu besuchen. Ich habe frei. Bist ja dann noch dort, oder? Ich komme gern vorbei, wenn es dir recht ist. Aber am Abend muss ich dann leider wieder zurück. Hab Sonntagsdienst.«

»Ich denke, ich werde über das ganze Wochenende bleiben. Das ist eine tolle Idee, wenn du kommst.« Andreas erklärte ihm den Weg. »Das kommt mir gelegen. Es gibt unglaubliche Neuigkeiten. Die würde ich gerne mit dir diskutieren. Ich freue mich. Dann also bis Samstag.«

Kapitel 18

Beim morgendlichen Gang zum Stall, um die Hühner zu füttern und Eier einzuholen, bemerkte Andreas aus dem Augenwinkel eine Bewegung. Er glaubte seinen Augen kaum, aber da kamen doch die zwei streitsüchtigen Schindler-Schwestern zögernd dahergelaufen. Er blieb stehen und wartete, bis sie herankamen. Wollten sie ihm eine weitere Standpauke halten? Lange würde er dieses Mal nicht höflich bleiben. Er konnte auch austeilen, vor allem wenn es zwei alte Hexen waren, die sich ungehörig benahmen.

In fast drei Meter Entfernung blieben sie zaghaft stehen und sahen ihn wortlos an.

»Wenn Sie hergekommen sind, um mir nochmals die Leviten zu lesen, dann sage ich Ihnen gleich: Hauen Sie ab, ich will nichts mehr von Ihnen hören«, stellte Andreas, ruhig aber bestimmt, sofort seine Ansicht klar.

»Nein, nicht, Herr ... Herr ...«, stotterte die größere der beiden, während sich die kleinere halb hinter ihrer Schwester zu verstecken schien.

»Neumann ist mein Name. Andreas Neumann. Sie sind glaube ich, Klara Schindler, stimmts?«, fragte er in förmlichem Ton.

»Ja, und ich bin die Hermine«, kam die Zaghafte etwas aus der Deckung ihrer Schwester hervor.

Andreas musste innerlich schmunzeln. Die beiden boten ein köstliches Bild. Es schien, als ob sie heute in friedlicher oder sogar ängstlicher Stimmung kamen. »Und was gibt's Wichtiges, dass Sie wieder hier sind?«, sagte er betont abweisend.

»Wir, wir waren doch letzte Woche bei ihnen«, begann Klara zögernd. »Da da haben wir uns ein wenig unhöflich benommen u... und jetzt möchten wir uns dafür entschuldigen«, brachte sie stockend raus.

»Unhöflich ist aus meiner Sicht noch gelinde ausgedrückt. Sie hatten meine Tochter und mich arg beleidigt und falsche Unterstellungen gemacht.«

»Das tut uns leid. Das wollten wir doch gar nicht. Aber Sie waren eben so fremd für uns, wir haben Sie ja gar nicht gekannt. Plötzlich sind da statt unserer Johanna zwei wildfremde Menschen neben uns. Das hat uns angst gemacht.« Klara sah völlig zerknirscht zu Boden.

»Aber jetzt bin ich nicht mehr fremd?«, fragte Andreas etwas provokant.

»Nein«, meinte die kleine Hermine. »Wir haben doch mit Theo über Sie gesprochen.«

Aha, dachte sich Andreas. Da hat sich Theo offenbar die beiden vorgeknöpft und ihnen ins Gewissen geredet.

Klara hatte sichtlich neuen Mut gefasst und übernahm wieder das Wort. »Theo hat uns genau aufgeklärt wer und was Sie sind. Sie kommen ja irgendwie vom Fach und verstehen etwas von der Bepflanzung. Dann bleibt ja hier vielleicht alles erhalten, wie es Johanna aufgebaut hat, oder?« Neugierig betrachteten ihn die beiden

Schwestern.

»So, wie es für mich im Augenblick ausschaut, werde ich vermutlich hierher ziehen und alles im Sinne der Tante weiterführen.« Andreas juckte es: »Vorausgesetzt, meine Nachbarn lassen das zu. Ich lebe gerne in einer friedlichen Umgebung«, konnte er nicht verkneifen, anzuhängen.

»Aber natürlich, Herr Neumann. Wir doch auch«, versicherten ihm die zwei Schwestern schnell und traten einen Schritt näher.

Andreas beschloss, freundlich zu sein und damit das Nachbarschaftsverhältnis aufzubessern. Theo hatte mit seiner Voraussage recht behalten, jetzt hatte der Wind bei den beiden gewechselt. »Ausschlaggebend ist, dass ich von dem, was das Landgut abwirft, auch leben kann.«

»Ach, das werden Sie schon, wenn Sie all das herstellen, was Johanna gemacht hat. Da kommt ja einiges zusammen. Ihre Frau oder ihre Tochter unterstützen Sie doch sicher dabei.«

Aha, die Neugier der beiden ist noch nicht gestillt. Besser, er schenkte ihnen gleich reinen Wein ein.

»Nein, leider nicht. Meine Frau hat mich vor Jahren verlassen und die Tochter ist in der Stadt berufstätig. Vorläufig müssen Sie sich nur mit mir abfinden.« Er hatte plötzlich Lust, bei den beiden die Neugier, die fast abhandengekommen war, wieder etwas aufzustacheln. Er dachte kurz an Marianne, die kommen würde und fügte an: »Aber wer weiß? Vielleicht brauche ich Unterstützung bei allem Neuen hier oder ich fühle mich auf die Dauer hier draußen einsam.«

»Aber nicht doch. Wir können zwar nicht mehr so wie in jungen Jahren, aber wir geben ihnen gerne Ratschläge, wenn Sie nicht klarkommen. Und Theo ist ja ein hilfsbereiter Mann. Aber wenn Sie natürlich jemand um sich haben möchten, ja dann ...«, ließ Klara zum Schluss etwas verlegen offen.

Die Kleine trat entschlossen vor. »Wenn wir Ihnen irgendwie helfen können, sagen Sie es einfach. Ich bin die Hermine, sagen wir uns doch du.« Sie streckte ihm ihre Hand hin.

»Und ich bin Klara«, kam auch die Große sofort mit ihrer Hand hinterher.

»Ich dann also Andreas oder Andi, wie Sie ... wie ihr wollt.«

Nach dem Händeschütteln traten alle, leicht verlegen, wieder einen Schritt zurück.

»Ja, dann Danke schon mal für das Hilfsangebot. Falls nötig, komme ich gerne darauf zurück.« Andreas wollte zum Ende kommen, bevor sie ihm womöglich gar noch um den Hals fielen. Er deutete zum Hühnerhaus. »Ich denke, ich muss mal zum Füttern gehen, sonst fressen sie vor Hunger ihre eigenen Eier. Einen schönen Tag noch.«

»Ihnen auch!«, kam es gleichzeitig aus dem Mund von beiden, eh sie sich mit erleichtertem Gesichtsausdruck umdrehten und davongingen.

Wie angekündigt, traf Moritz am Samstag kurz nach Mittag am Landhaus ein. Andreas hatte belegte Brote vorbereitet und so sassen sie jetzt im kühlen Schatten der Veranda, genossen die Häppchen und plauderten drauflos.

Moritz blickte interessiert in die Umgebung: »Also, wenn ich so über das Gelände schaue, müsste ich wirklich nicht lange überlegen. Das ist tatsächlich ein kleines Paradies. All die Sträucher voller Beeren, die Bäume voller Äpfel. Da fehlt eigentlich nur noch die Eva, die dich zum Pflücken verführt.«

»Zum Pflücken brauche ich keine, aber als Unterstützung beim Verarbeiten, könnte ich schon eine Hilfe gebrauchen.«

»Frag doch mal deine Kulturfreundin, Karla oder wie sie heißt. Nein, viel besser wäre die, wie sagtest du nochmal: Diese 'Sie ist einfach nur nett'-Frau, die Marianne. Die scheint mir praktisch und unkompliziert. Würde bestens hierher passen.«

»Was du dir hier wieder zusammenspinnst. Typisch für dich. Aber hast ja recht. Mittlerweile habe ich es geschnallt, dass mir Marianne nicht ganz gleichgültig ist. Komm, ich möchte dir jetzt mal das Ganze hier zeigen. Übrigens hat Marianne mir schon angeboten, mich in die Geheimnisse des Einweckens und der Marmeladenzubereitung einzuführen.«

»Na dann kann das doch eine geheimnisvolle, süße Sache werden«, meinte Moritz listig grinsend und stand ebenfalls auf. Andreas war bemüht, das Thema auf das Grundstück zu lenken und zeigte ihm alles im und ums Haus, das Reich der Hühner und Gänse und natürlich den großen Baumgarten bis hin zum mit vielen Beerensträuchern bestandenen Hang.

Moritz war beeindruckt, als sie wieder zum Haus zurückkehrten. »Das ist ja ein Riesengrundstück. Alles scheint bestens gepflegt. Hut ab davor, was deine Tante da geleistet hat.«

»Je mehr ich zu wissen und zu sehen bekomme, umso höher ist meine Achtung vor dem, was sie aufgebaut hat.« Er erzählte Moritz ausführlich, was er aus Tante Hannis Unterlagen und vor allem von ihrem Nachbarn Theo erfahren hatte. Nach einem kurzen Überlegen erzählte er ihm auch von den geheimnisvollen Briefen und was er schließlich in einem Versteck gefunden hatte. Er nannte ihm zwar keinen Betrag, sondern sprach nur von einer größeren Summe Bargeld. Bei aller Freundschaft und Vertrauen, die er zu Moritz hatte, wollte er nicht alles offenlegen. Jule war die Einzige, der er es genau erzählt hatte. Mit der dringenden Nebenbemerkung, dass das nur für sie beide bestimmt sei.

»Wenn ich das so höre und sehe, würde ich sagen: Wo liegen da die Probleme, das alles zu übernehmen? Ich sehe keine.« Nach einem kurzen Moment des Schweigens meinte er dann aber: »Doch eines gibt es.«

»Was für eines?«

»Es heißt Andreas.«

»Sprichst wieder in Rätseln. Was meinst du?«

»Mein lieber Freund.« Moritz drehte sich zu Andreas hin. »Was ich dir jetzt vortrage, ist als freundschaftlicher Ratschlag gedacht und entstand aus dem, was du mir in den letzten Wochen über dich und dein Leben erzählt hast. Ich will dich keinesfalls verletzen, aber ich glaube, es ist notwendig, dass dir mal jemand deutlich macht, was du ändern solltest.«

»Ich höre, Papa«, meinte Andreas grinsend, um dann ernster fortzufahren: »Und? Was soll ich deiner Meinung nach ändern?« Er fühlte sich jetzt leicht verunsichert. Es war doch eher selten, Moritz in so ernsthaften, bestimmenden Worten reden zu hören.

»Erstens solltest du aufhören, in den alten Bahnen deines bisherigen Daseins zu verharren und die einmalige Chance mit dieser Erbschaft zum Anlass nehmen, dein Leben auf ein neues Fundament zu stellen. Zweitens: Bevor du das tust, musst du deine übertriebene Gutmütigkeit abbauen und dir nicht weiter von Leuten, die dich nur Ausnützen wollen, die Butter vom Brot nehmen lassen. Beschränke dich auf die Menschen in deiner Umgebung, die es wirklich gut mit dir meinen, zum Beispiel diese Marianne. Bei den Anderen zieh endlich einen Schlussstrich.«

Andreas war überrascht von dem, was Moritz ihm vortrug und kam zu keiner Erwiderung, den der sprach gleich weiter.

»Du hattest in den vergangenen Jahren eine nicht besonders glückliche Zeit und in den letzten Wochen hat dich das Leben gar arg gebeutelt. Benutze die Gelegenheit und setz dich endlich durch. Werde dir klar darüber, was du willst, und was nicht. Tu das, was du gerne möchtest und brauchst. An deinem ehemaligen Arbeitsplatz schien dir das ja gelungen zu sein, aber in deinem privaten Umfeld hast du deutlich Nachholbedarf.«

»Du denkst dabei an meine Ex-Frau?«

»Genau. Schließ endlich das Vergangene ab. Zieh einen eindeutigen Schlussstrich, auch wenn es die Mutter deiner Juliane ist. Mach reinen Tisch und beginne hier draußen ein neues Leben, das dich freut und erfüllt. Und hör endlich auf, halbherzig nach einer neuen

Anstellung zu suchen. Du hast hier fast alles auf dem Präsentierteller.«

Eine ganze Weile sah Andreas mit gerunzelter Stirn zu seinem Freund. Er brauchte Zeit, um die Gedanken zu ordnen, um sich bewusst zu machen, was er damit meinte. Hatte Moritz recht mit der Sicht zu seiner augenblicklichen Situation? Vermutlich war da wirklich was dran. Das wollte er sich heute Abend in Ruhe durch den Kopf gehen lassen, nahm er sich vor.

»Jetzt hast du es mir aber gegeben«, brachte Andreas mit einem verlegenen Grinsen heraus.

»Ich meine das ausnahmsweise absolut ernst. Sehr ernst. Du musst Nägel mit Köpfen machen, Andi. Bitte überleg es dir gut. Wenn du Hilfe brauchst, stehe ich dir natürlich gerne zur Verfügung.«

»Ich danke dir für die Kopfwäsche. Damit ist der heutige Abend vergeben.«

Jetzt gab es mehr als genügend Gesprächsstoff zwischen den beiden Freunden und die Zeit verlief wie im Fluge. Erst nachdem sie zusammen ein frühes Abendbrot gegessen hatten, verabschiedete sich Moritz. Er wäre gerne länger geblieben, aber um fünf Uhr in der Früh wurde er wieder an seinem Arbeitsplatz im Hotel gebraucht.

Anschließend sass Andreas bei einem Glas Wein lange Zeit auf der Veranda. Völlig in Gedanken versunken nahm er gar nicht wahr, was für ein angenehmer Sommerabend ihm entging. Die Standpauke von Moritz geisterte ihm unaufhörlich durch den Kopf. Ausgiebig wälzte er sein Leben, versuchte, alles nebeneinander auszulegen, einen Überblick zu bekommen, was bisher gut war, was nicht. Darin die Möglichkeiten zu erkennen, etwas zu verändern. Immer mehr gelangte er zur Ansicht, dass Moritz vermutlich richtig lag mit seinen Einschätzungen. Müde erhob er sich und beschloss, erst einmal eine Nacht darüber zu schlafen, wenn er denn überhaupt Schlaf fand.

Andreas fühlte sich erleichtert und beschwingt, während er in die Stadt zurückfuhr. Das lag zum einen natürlich an dem finanziellen Polster, über das er nun verfügte, aber auch an der ehrlichen Ansprache seines besten Freundes.

Kurzerhand war er bis heute Montag geblieben und hatte sich intensiv mit seiner Zukunft beschäftigt, wie ihm Moritz nahegelegt hatte. Jetzt war für ihn wirklich die Möglichkeit gegeben, statt einen neuen Job zu suchen, sich ein neues Leben da draußen in der schönen Natur des Landhauses einzurichten. Die klaren Worte seines Freundes hatten dazu beigetragen, dass sein Entschluss jetzt feststand. Er würde also so etwas wie ein Obst- und Beerenbauer werden.

Er hatte natürlich Jule angerufen, darüber berichtet, was er im Versteck gefunden hatte und ihr auch erklärt, wie es jetzt weitergehen sollte. Mit einem lauten Freudenschrei hatte sie seine Entscheidung aufgenommen. Sie hatte Tante Hanni zwar einiges zugetraut, doch solch eine Hinterlassenschaft niemals. Einmal mehr bedauerte sie das Dilemma, dass sie sich nie um die Tante gekümmert hatten, sie aber in der gleichen Zeit alles tat, um Andreas und Jule nach ihrem Tode reich zu beschenken. Jule hatte einfach ein schlechtes Gewissen. Und das hatte

Andreas auch, musste er sich eingestehen. Dieses miese Gefühl schmälerte im Moment seine Freude, spornte ihn aber gleichzeitig an, sich auf eine schöne Zukunft zu freuen. Er hatte beschlossen, alles zu unternehmen, um das Erbe von Tante Hanni so weiterzuführen, wie sie es sich von ihm gewünscht hatte.

Was ihn ebenfalls sehr euphorisch stimmte, war das, was er im Gespräch mit Theo über den Umsatz von Tante Hannis Produkten erfahren hatte. Das Geschäft war wirklich erstaunlich groß. Theo war seinerseits interessiert daran, dass sein Marktgeschäft mit Hannis Produkten weitergehen konnte. Ihre Produkte hatten einen guten Ruf, waren beliebt am Markt, und Theo war natürlich am Gewinn beteiligt. Theo wollte das in dieser Art mit Andreas gerne weiterführen und Andreas hatte da keine Einwände dagegen.

Im Dorf hatte er sich ebenfalls bekannt gemacht. Auf der Gemeinde wollte man den neuen Besitzer kennen-lernen und wissen, was jetzt mit dem Grundstück geschehe. Er hatte sich aber noch nicht in die Karten schauen lassen. Anschließend hatte er sich beim Dorf-laden-Besitzer vorgestellt und gleich einen Großeinkauf abgewickelt. Künftig konnte er sich die Waren auch lie-fern lassen. Damit würde er bestens versorgt sein, wenn er wieder kam, und brauchte nicht jedes Mal vorher den Einkaufsstress zu überstehen, bis er irgendwann end-gültig dorthin zog.

Je näher er der Stadt kam, umso mehr drängte sich das, was ihm Moritz ans Herz gelegt hatte, in den Vordergrund. Seine Ex-Frau war in der Stadt aufge-taucht und dies mit Sicherheit in der Absicht, ihm einen

Teil des Erbes abknöpfen zu wollen. Wenn er Zuhause war, musste er sie wohl oder übel anrufen, um mit ihr ein Treffen zu vereinbaren, oder besser, ihr gleich klarzustellen, dass es für sie nichts zu holen gab. Er hatte sich vorgenommen, sie gnadenlos ins Leere laufen zu lassen. Bei der Scheidung hatte sie ihm schonungslos alles genommen, was möglich gewesen war. Regelrecht die Hosen ausgezogen hatte sie ihm und viel mehr genommen, als ihr eigentlich zugestanden wäre. Dem Frieden zuliebe und dass endlich alles ein Ende fand, hatte er damals großzügig zugestimmt. Mit seiner Freigiebigkeit rechnete sie sicher auch jetzt wieder, aber dieses Mal würde sie auf Granit beißen. Keinen Cent wird er ihr zugestehen, das stand für ihn felsenfest.

Guten Mutes und optimistisch gestimmt fuhr er in die Stadt hinein zu seiner Wohnung. Er war entschlossen, unter sein bisheriges Leben einen endgültigen Schlussstrich zu ziehen und neu anzufangen. Als Erstes musste er sich die Klette Helga vornehmen und ihre Geldgier unwiderruflich beenden. Dann musste er mit Moritz wegen der Wohnung sprechen, und danach das Angenehmste einfädeln, nämlich Marianne dazu zu überreden, ihm im Landhaus die versprochene Einführung in das Einwecken und die Marmeladenherstellung zu geben. Darauf freute er sich ganz besonders und hoffte, dass sie ihr Versprechen auch hielt. Vielleicht hatte sie ja schon Urlaub bei ihrem Chef aushandeln können.

Kapitel 19

Andreas gönnte sich zur Feier des Tages den Luxus und ging direkt zur 'Blauen Gans' zum Mittagessen.

Marianne machte große Augen, als er hereinkam und sich das Mittagsmenü bestellte. Die paar Kumpels am Stammtisch, die bei ihrem Bier hockten, gaben kurze, bissige Kommentare dazu ab. Andreas interessierte das nicht. Er hatte sich zwar vorgenommen, diesen Tisch künftig zu meiden, aber er wollte ihnen noch einmal ein wenig den Mund stopfen. Er hob sein Bierglas und wünschte: »Zum Wohle.« Mit Genuss ass er dann seine Mahlzeit.

»Schmeckt wohl«, meinte der Dauerstammgast Hugo und blickte gierig auf Andreas Teller. »Kannst es dir wieder leisten? Bist zu Geld gekommen?«

Typisch Hugo. Immer sofort dabei, andere zu provozieren. Du kannst mich mal, dachte Andreas gelassen.

»Stimmt, im Moment kann ich es mir leisten. Ich spendiere dir sogar ein Essen, wenn du Hunger hast.« Andreas ritt ein wenig der Teufel und fuhr fort: »Dann bist du wahrscheinlich wieder friedlicher, wenn du statt nur Bier, auch was Festes im Magen hast.«

»Hahaha«, äffte Hugo auf den vermeintlichen Spaß

an. »Nee, lass mal. Ich brauch deine Almosen nicht«, meinte er dann aber abschätzig.

Andreas drehte sich zum Tresen. »Marianne! Bring dem Hugo noch ein Bier. Dann lässt er mich vielleicht in Ruhe essen«, rief er lauter als notwendig durchs Lokal.

Die anderen zwei Stammgäste lachten kurz und meinten dann, dass ihre Gläser auch fast leer seien. So bestellte Andreas auch noch für sie und hatte dann tatsächlich etwas Ruhe.

»Besten dank, dem edlen Gönner«, krächzte jetzt Hugo. »Oder müssen wir uns erheben und verbeugen für die großzügige Spende?«

»Nein besser nicht. Du kannst ja ohnehin nicht mehr ruhig stehen und wenn du beim Verbeugen stürzt und dir was brichst, bin ich dann womöglich noch Schuld daran.« Während Hugo ihm den Vogel zeigte und ihn beschimpfte, gab es bei den anderen ein grölendes Gelächter und man prostete ihm freundlich zu. Typisch. Doch Hugo packte sein Bier und setzte sich an den Nebentisch, was mit weiterem Gelächter quittiert wurde. Jetzt war Ruhe eingekehrt.

Andreas war es nicht entgangen, dass Marianne ihn mit Stirnrunzeln betrachtet hatte. Vermutlich fand sie es gar nicht so gut, dass er hier die Spendierhosen trug und Hugo reizte, aber er war es leid, sich hier immer die faulen Sprüche anhören zu müssen. Diese kleine Rache gönnte er sich dafür. Sie werden ohnehin nicht mehr in den Genuss kommen, wenn er wegzog. Dies war das letzte Mal gewesen, aber das sagte er ihnen natürlich nicht.

Als er die Mahlzeit verschlungen hatte, erhob er sich

und ging zu Marianne am Tresen, um dort seine Zeche zu bezahlen.

»Gut, dass du hergekommen bist. Ich wollte dir sagen, dass ich ab nächstem Montag frei wäre. Ich könnte also kommen von wegen Marmeladenkurs«, flüsterte sie ihm zu.

»Oh, das passt mir gut, das ist super. Wir reden noch, wann wir genau fahren.«

»Gut. Aber sag mal, was ist denn bei dir los, dass du heute so spendierfreudig und streitlustig bist?«

»Habe gute Gründe dafür. Kann aber jetzt nicht alles erklären, das würde zu lange dauern. Nächste Woche erzähl ich dir alles genau«, raunte er ihr zu und bezahlte. »Ich freu mich auf Montag. Wir telefonieren, ich muss im Laufe dieser Woche wieder raus. Kann es nicht länger dem Nachbarn aufbürden«, fügte er rasch an und verließ dann das Lokal. Zum Erstaunen der Stammtischler, grußlos ohne sie zu beachten.

Zurück in seiner Wohnung wählte er die Handynummer von Helga. Dieses leider unerfreuliche aber notwendige Gespräch musste er jetzt führen und zu einem Abschluss bringen. Er fühlte sich im Augenblick auch kräftig genug, um seiner Ex die Stirn zu bieten.

»Da bist du endlich«, klang die Stimme von Helga vorwurfsvoll aus dem Telefon, kaum dass er sich gemeldet hatte.

»Hallo Helga,«, grüßte Andreas ungerührt.

»Ich sitze hier schon seit Tagen herum und warte, dass du endlich kommst.«

»Ich wusste ja nicht, dass du kommst. Ich hatte zu

tun.«

»Ich wollte zu uns in die Wohnung, aber da war so ein ungehobelter Flegel. Der hat mich nicht reingelassen. Was ist denn das für ein Subjekt?«

»Das ist Moritz. Ich bin sehr froh, dass ich ihn wieder getroffen habe. Er ist ein echter Freund und wohnt jetzt bei mir.«

»Ha, echter Freund. Hast aber nicht etwa auf die andere Seite gewechselt, oder doch?«

»Und wenn es so wäre, interessiert es dich doch nicht. Er ist ein wirklicher, zuverlässiger Freund, wie man sich einen im Leben wünscht.«

»Warst du da draußen auf deinem geerbten Landsitz?«, wechselte Helga neugierig das Thema.

»Ich hatte zu tun«, wiederholte Andreas stoisch. Er hatte nicht vor, seiner Ex etwas zu erzählen. Das ging sie nichts an.

»Hat dir die Ziegentante wenigstens das Ganze in einigermaßen gutem Zustand hinterlassen?«, bohrte sie hartnäckig nach.

»Komm zur Sache, Helga. Was willst du so plötzlich hier?«, blockte Andreas ab, dabei kannte er mit Sicherheit die Antwort.

»Ich will meinen Anteil am Erbe abholen, wie ich es dir bereits am Telefon gesagt hatte«, kam umgehend knallhart ihre Forderung.

Typisch Helga, immer ohne Schnörkel direkt aufs Ziel, ging es Andreas durch den Kopf. »Von was für einem Anteil sprichst du?«

»Ich war schließlich deine Frau und habe die pausenlosen Vorwürfe von dieser Landtante ertragen müssen.

Da steht mir doch ein Schmerzensgeld zu.«

»Schmerzensgeld? Hallo? Gehts denn noch? Ich hatte dir schon früher, auch am Telefon, deutlich erklärt, dass es hier für dich rein gar nichts mehr zu holen gibt. Hör sofort auf, solch unsinnige Forderungen zu stellen. Du wirst auf keinen Fall damit durchkommen.«

»Aber die Hunderttausend vom Los! Die gehören mir«, schrie sie jetzt ins Telefon.

»Gar nichts gehört dir. Das Los war ein Geschenk. Hattest du selbst vorgeschlagen. Punkt. Ende.«

»Ich habe ein Recht darauf!«, erklärte sie stur und kategorisch.

»Überhaupt nichts hast du, ich habe das juristisch abklären lassen«, behauptete Andreas. Es entsprach zwar nicht der Wahrheit, aber er war sich sicher, dass die Sache so lag. Er hatte Lust, ihr einen vor den Bug zu knallen: »Aber, wir könnten uns darüber unterhalten, wie viel du an die Ausbildungs- und Unterhaltskosten unserer Tochter nachträglich noch beitragen möchtest. Die hatte ich zu hundert Prozent geblecht, aber der Anwalt sagte mir, dass die Eltern zu beiden Teilen dafür aufkommen müssen. Ich wär dir sehr verbunden, wenn du mir damit ein wenig aus der finanziellen Klemme helfen würdest«, schüttelte Andreas seinerseits eine Forderung aus dem Ärmel. Sie hielt zwar einer juristischen Prüfung vermutlich nicht stand, aber es konnte vielleicht helfen, Helga von ihrem Begehren abzubringen.

»Ausbildungskosten! Dir zurückzahlen? Spinnst du?«, erklang jetzt die Stimme von Helga leicht verunsichert.

»Es ist schließlich auch deine Tochter und ich hatte

damals vergessen, dies bei der Abfindung für dich abzuziehen. Da hatte sich ganz schön was zusammengeläp-
pert. Schätze über den Daumen, einige zehntausend. Du
würdest mir damit wirklich helfen«, sagte Andreas in
fast bettelndem Tonfall. Es schien, dass seine Gegen-
forderung tatsächlich helfen konnte, die Ex von ihrem
irren Vorhaben abzubringen. »Jule hätte sicher große
Freude, wenn sie hören würde, dass du sie unterstützt
hast«, hängte er an. »Hast du übrigens schon mit ihr
gesprochen?«

Einen langen Augenblick blieb es stumm am anderen
Ende. Sein sentimentales Geplauder hatte offenbar die
gewünschte Wirkung gebracht.

»Hallo, Helga! Bist du noch da?«

»Ähm, ja. Ich bin noch nicht dazu gekommen. Grüß
sie von mir. Ich muss jetzt dringend weiter. Wichtige
Besprechungen und Konferenzen im Kunstzentrum. Ich
melde mich wieder, wenn …«

Andreas hatte genug und fiel ihr ins Wort: »Zum letzten Mal und endgültig: Ich will keine Anrufe mehr von
dir! Unsere gemeinsame Zeit ist unwiderruflich vorbei.
Es gibt nichts mehr zu regeln oder reden, es sei denn, du
willst dich an Jules Kosten beteiligen. Schluss und Ende.
Klar?«, schrie er zuletzt heftig ins Telefon.

Ein undeutliches »Rüpel!«, war zu vernehmen, dann
beendete ein Knacken das Gespräch.

Andreas war überrascht, wie schnell das Gespräch zu
Ende gegangen war. Wenn seine Faselei tatsächlich so
hingehauen hatte, dass sie spontan auf Distanz ging,
konnte es ihm nur recht sein. Da hatte er sie offenbar am
richtigen Nerv getroffen. Er hoffte, dass dies das letzte

Mal gewesen war, wo er mit ihr in so unwürdiger Weise hatte verkehren müssen. Trotz allem waren sie schließlich viele Jahre einen gemeinsamen Weg gegangen und es schmerzte ihn, alles auf so harte und etwas fiese Art beenden zu müssen. Aber Moritz hatte recht, er musste endgültige Schlussstriche ziehen und das schien ihm hier gelungen zu sein.

Kaum hatte er, tief ausatmend, sein Handy weggelegt, erklang dessen Anrufton gleich wieder. Hatte Helga tatsächlich die Stirn, ihn nochmals zurückzurufen? Ein Blick auf das Display zeigte aber, dass es nicht sie war, aber ein anderer mehr als unangenehmer Anruf. Er kannte die Nummer, die Firma Lindner.

Keine Kompromisse eingehen, Schlussstrich ziehen, sagte sich Andreas. Der junge Lindner hatte ihn gefeuert und schriftlich festgehalten, dass er bis zum Kündigungszeitpunkt völlig freigestellt ist. Und das gilt bis Ende dieses Monats. Er soll gefälligst das, was er selber verbockt hat, auch selber in Ordnung bringen. Entspannt setzte er sich hin, bevor er das Gespräch annahm.

»Hier Karel Lindner. Guten Abend, lieber Herr Neumann«, hörte Andreas die äußerst höflich klingende Stimme des ehemaligen Juniorchefs. Hatte er richtig gehört? 'Lieber Herr Neumann'. So freundlich gewählte Worte hatte er noch nie von diesem Mann vernommen. Da stank doch was zum Himmel.

»Hallo Herr Lindner«, begrüßte er ihn höflichkeitshalber und wartete.

»Mhm, Herr Neumann. Wäre es Ihnen möglich, bei mir vorbeizukommen. Ich möchte gerne etwas Wichtiges mit Ihnen besprechen.«

»Hat ihr Mitarbeiter, der Klingler, nicht ausgerichtet, dass ich mit der vermurksten Arbeit nichts zu tun habe? Ich habe sie genau nach ihren Anweisungen ausgeführt. Da müssen Sie …«

»Nein nein, Herr Neumann. Es geht nicht darum. Ich möchte mit Ihnen gerne über ein viel wichtigeres Geschäft reden.«

»Ich habe nicht die Absicht, Geschäfte mit Ihnen zu machen.«

»Aber mit mir und meiner Mutter vielleicht. Sie hat mich gebeten, mit Ihnen Kontakt aufzunehmen.«

Was? Witwe Lindner hat sich eingeschaltet? Deshalb kam der Herr Sohn so schleimig daher. Sie hatte ihm vermutlich Druck gemacht. Das war jetzt allerdings eine andere Situation für ihn. Sie konnte er nicht abweisen, nicht nach zwanzig Jahren herzlichem Kontakt mit ihr. Da musste er in den sauren Apfel beißen und sich wenigstens mal anhören, um was für eine wichtige Sache es da ging.

»Herr Neumann! Sind Sie noch da?«, klang es in unruhigem Ton aus dem Telefon.

»Ja, bin da. Um was genau geht es denn?«, fragte Andreas.

»Darüber möchte ich nicht am Telefon reden. Das müssen wir persönlich besprechen.«

»Also gut, Herr Lindner. Wann soll ich denn kommen?«

»Wäre es Ihnen möglich, gleich Morgen, sagen wir zehn Uhr, hier zu sein?«

»In Ordnung. Ich bin um zehn da. Aber erwarten Sie

nicht zu viel von mir. Ich habe meine eigenen Pläne und komme nur Ihrer Frau Mutter zuliebe.«

Nach der kurzen Verabschiedung hing Andreas noch länger seinen Gedanken nach. Was war da los in der Firma Lindner? Wie hatte die Witwe ihren arroganten Sohn soweit gebracht, dass er sich zu ihm herabließ? Er fand keine plausiblen Gründe und das war ihm beinahe unheimlich. Die Witwe anzurufen und nachzufragen, das wollte er keinesfalls.

Er hätte jetzt gerne mit Moritz geredet, aber der hatte leider Spätdienst. Na gut, dann sollte er sich einfach überraschen lassen, ganz in Ruhe darüber schlafen und morgen feststellen, was die zwei von ihm wollten.

Sein Puls ging deutlich höher, als Andreas gegen zehn Uhr das Areal der Firma Lindner betrat. Eigentlich hatte er nie mehr hierher kommen wollen. Zu viele Erinnerungen verbanden ihn mit diesem Arbeitsort, an dem er zwei Jahrzehnte lang viel Zeit verbracht hatte. Aber der Witwe zuliebe nahm er es auf sich.

»Besten Dank, Herr Neumann, dass Sie gekommen sind. Bitte nehmen Sie doch Platz«, empfing ihn der junge Karel Lindner wieder ungewohnt freundlich und wies auf den Stuhl vor seinem pompösen Schreibtisch.

Zögernd setzte sich Andreas. Wo war die Witwe? Hatte er ihm nur was vorgeschwindelt? Zutrauen würde er es ihm.

Lindner setzte sich ebenfalls. »Ich habe gehört, Sie haben eine größere Erbschaft gemacht. Herzlichen Glückwunsch«, eröffnete der junge Lindner in überraschender Weise das Gespräch.

Was sollte das denn? So etwas hatte den doch nie interessiert und ging ihn auch nichts an. »Danke«, antwortete Andreas deshalb kurz und fragte sofort: »Wo ist ihre Frau Mutter?«

»Ich nehme an, zu Hause. Sie können sie ja anschließend besuchen, wenn Sie wollen.«

»Sie sagten doch, dass Sie und ihre Mutter mit mir etwas bereden möchten?«

»Nein, da haben Sie mich missverstanden, es war nur ihr Wunsch. Meine Mutter mischt sich nicht in die geschäftlichen Angelegenheiten ein. Sie ist nur stille Teilhaberin.«

Da hatte ihn dieser Möchtegernchef doch tatsächlich aalglatt erwischt. Nun denn, jetzt war er hier, da konnte er sich auch mal anhören, um was es da ging. Etwa doch um die in seinem Auftrag schlechte Ausführung der Arbeiten?

Lindner setzte sich aufgerichtet in Position. »Herr Neumann, Sie sind ja ein fähiger Fachmann und ich muss ihnen nicht erklären, dass Facharbeit nicht immer ganz billig ist.«

Jetzt schmierte der ihm auch noch dick Honig um den Mund. Allmählich wurde das eklig für Andreas. Er blieb stumm und Lindner redete weiter.

»Leider sind die Kunden immer weniger bereit, für Facharbeit zu bezahlen. Wir haben Schwierigkeiten, unsere Dienste verkaufen zu können. Sie als langjähriger, erfahrener Fachmann sind weit herum bekannt. Wenn Sie bereit wären, hier in der Firma Lindner ihre Arbeit wieder aufzunehmen, wäre uns schon in einem ersten Schritt gedient. Ihren Nachfolger, den Bruno

Klingler, muss ich entlassen. Er ist seiner Aufgabe nicht gewachsen.«

Aber hallo. Andreas konnte sich ein Lächeln nicht verkneifen. Was hatte er ihm doch prophezeit bei der Entlassung? Dass er es aber tatsächlich in diesem Rekordtempo geschafft hatte, die Firma an den Rand des Ruins zu treiben, das hatte selbst er nicht gedacht. Glaubte der junge Lindner wirklich, dass er zurückkommen, und alles wieder in Ordnung bringen würde?

»Sie sprechen von einem ersten Schritt. Dann gibt es noch Weiteres?«

Lindner zögerte. Offenbar kam ihm das nicht so flüssig über die Lippen. Er suchte nach Worten.

»Leider hat sich die unbefriedigende Auftragslage auch finanziell ausgewirkt. Um operabel zu bleiben und wieder auf ein zuverlässiges Niveau zu kommen, ist eine materielle Aufstockung notwendig, wenn die Firma Lindner erhalten bleiben soll. Dabei habe ich an Sie gedacht. Sie sind doch zu Besitztum gekommen und ich biete Ihnen an, sich mit einem gewissen Betrag an der Firma zu beteiligen. Ich habe da so an die zwanzig bis dreissigtausend Euro gedacht.«

Jetzt war Andreas wieder einmal sprachlos. Mit welcher Unverschämtheit dieser Mann ihn über den Tisch ziehen wollte.

»Wenn ich Sie richtig verstanden habe, schlagen Sie mir vor, dass ich wieder in die Firma eintrete und gleichzeitig Geld in Ihre Firma einschieße?«

»Ja, so stelle ich mir das vor. Damit könnte die Firma Lindner gerettet werden.«

»Und Sie amtieren weiterhin als Chef und bestimmen,

was geschieht?«

»Richtig. Ich führe das Geschäft und Sie haben wieder eine verantwortungsvolle Arbeit«, betonte er herablassend.

Einen kurzen Augenblick herrschte jetzt schweigen. Andreas musste sich sammeln. Schätzte dieser Schnösel ihn tatsächlich für so dumm ein, dass er auf den albernen Vorschlag reinfallen würde? Was für eine Unverfrorenheit, dieses Angebot. Jetzt musste er wieder an die eindringlichen Worte von Moritz denken: '... setz dich endlich durch. Stelle klar, was du willst, und was nicht ...'. Recht hatte er, das wollte er jetzt. Er wollte nicht!

»Sagen Sie mal Herr Lindner, halten Sie mich wirklich für so dämlich, dass ich auf ihren abzockerischen Vorschlag eingehe? Vergessen Sie es. Auf so einen Kuhhandel lasse ich mich niemals ein.« Andreas erhob sich. Hier konnte er nicht weiter bleiben. Die Galle kam ihm hoch. »Ich hatte Ihnen schon bei meiner Entlassung vorausgesagt, dass Sie nicht in der Lage sind, dieses Geschäft zu führen. Mit Ihrer Inkompetenz haben Sie es geschafft, einen geachteten und in der Region verwurzelten Betrieb in Kürze an den Rand des Ruins zu bringen. Sehen Sie zu, dass wenigstens Ihre Angestellten die Arbeit nicht verlieren, und ziehen Sie sich zurück von einer Aufgabe, für die Sie nicht gewachsen sind. Unter Ihnen würde ich niemals mehr arbeiten wollen und zum Glück bin ich dazu auch nicht mehr gezwungen. Mir tut nur Ihre Mutter leid, die das alles hilflos erdulden muss.« Mit einem wütenden Faustschlag auf den Schreibtisch erschreckte er Lindner, der ihn fassungslos anstarrte. Bevor er in Versuchung geriet dem Jüngling eine schallende Ohrfeige zu verpassen, was er mit grosser Lust getan hätte, verließ Andreas mit schnellen Schritten das Büro. Mit diesem Mann wollte er endgültig nichts mehr zu tun haben.

Wenig später, zum Glück war er bei seinem Weggang aus dem Gartenbetrieb von niemandem gesehen worden, betrat er die 'Blaue Gans', um sich den Ärger und Frust mit einem Glas Bier herunter zu spülen. Leider gab es viele Gäste und Marianne war voll beschäftigt, sonst hätte ihm ein kleines Gespräch mit ihr gutgetan. Aber am Montag würde er sie zum Landhaus holen, dann gab es genügend Gelegenheit, über alles zu reden und mit ihr länger zusammen sein zu können. Diese schöne Aussicht ließ bei ihm den gehabten Ärger verblassen und in den Hintergrund treten.

»Ich fahr jetzt zum Landhaus raus. Ich ruf dich an und hol dich dann am Montag«, flüsterte er Marianne beim Bezahlen rasch zu und verließ das Lokal.

Kapitel 20

Marmelade und Geier

Voller Freude war Andreas am Montagmorgen in die Stadt gefahren. Um zehn Uhr war er vor dem Wohnhaus angekommen und hatte die wartende Marianne samt Gepäck eingeladen. Seit Freitag hatte er im Landhaus gearbeitet, das Federvieh versorgt und begonnen all das zu ernten, was reif geworden war. Für die Lehrstunden über das Einwecken und die Marmeladenherstellung war schon mehr als genügend Rohstoff vorhanden und es würde in den nächsten Tagen noch mehr dazukommen.

Er freute sich auf die gemeinsamen Tage mit Marianne. Er war gespannt darauf, wie sie die lange Zeit zusammen verbringen würden. Aus seiner Sicht problemlos. Es dürfte, die Kochstunden ausgenommen, eine fröhliche und von gegenseitigem Verständnis geprägte Zeit werden. Da war er überzeugt davon. Vielleicht kamen sie sich auch etwas näher. Wenn er an das gemeinsame Abendessen zurückdachte, glaubte er daran. Er glaubte, gespürt zu haben, dass Marianne nicht nur freundschaftliche Gefühle für ihn empfand.

Munter plauderten sie auf dem Weg zum Landhaus und Andreas erzählte ihr von dem Angebot des jungen

Lindners und dass er es erbost abgelehnt hatte, weil er niemals mit diesem Mann als Vorgesetzten arbeiten könnte. Über Tante Hannis Rätselbriefe und deren Aufklärung erwähnte er nichts. Noch nicht. Vielleicht würde er ihr, ähnlich wie er es bei Moritz getan hatte, von den Briefen erzählen, aber nicht sagen, was für einen Betrag er dort gefunden hatte.

»So. Hier kommen wir jetzt zum Paradies von Tante Hanni«, sagte Andreas und bog von der Landstraße in die Zufahrt zum Haus ein. »Herzlich willkommen im Landhaus, Marianne.«

Während sie das Gepäck ausluden, blickte sich Marianne voll Interesse um.

»Komm, ich zeig dir dein Zimmer und dann gleich das Haus, damit du dich zurechtfindest.«

Nach einer Besichtigung des ganzen Hauses von oben bis in die Keller standen sie wieder auf der Veranda.

Marianne zeigte sich beeindruckt: »Mein Gott, das ist ja ein richtig tolles Landhaus. Hat zwar schon viele Jahre auf dem Buckel, aber man sieht, dass alles immer in Stand gehalten wurde.«

»Ja, da war die Tante penibel. Auch wenn sie nicht gerade im Geld schwamm, wurde alles in Ordnung gestellt, entweder von ihr selbst, oder sie holte sich Rat und Tat bei einem Fachmann.«

»Und diese Küchenausrüstung, richtig professionell. All die Küchengeräte, da fällt ja viel Handarbeit weg. Sogar ein Einkochautomat fehlt nicht. Mit so feudaler Ausrüstung macht doch Einwecken und Marmelade kochen so richtig Spaß«, meinte Marianne ganz begeistert.

»In dieser Küche hat sie ja all das hergestellt, was ihr schließlich zu einem erstaunlichen Einkommen verhalf. Und zwar in einem überraschend großen Ausmaß. Hast ja das Lager im Keller gesehen. Tante Hanni hat das in ihrem Alter nur mithilfe der Maschinen und Geräte geschafft. Und jetzt bin ich dran und muss den Vorrat noch weiter Auffüllen, damit es mich über den Winter bringt.«

»Du wirst sehen, das lernst du im Handumdrehen bei der Ausrüstung, die hier zur Verfügung steht.«

»Mit deiner Hilfe und dem Rezeptbuch hoffe ich, dass ich es schaffe. Aber erst ab Morgen. Jetzt sollst du erst einmal ankommen und dich hier einleben. Ich schlage vor, wir bereiten uns was Leichtes zum Mittagessen und nach dem Kaffee nehmen wir uns dann die Umgebung vor.«

Andreas hatte bei diesen Worten, ohne sich dessen sofort bewusst zu sein, eine Hand auf ihre Schulter gelegt. Marianne reagierte erfreut auf die liebevolle Berührung und legte ihre Hand auf seinen ausgestreckten Arm. »Vorschlag gerne angenommen, lieber Andreas.« Sie sah ihm mit einem Lächeln in die Augen und einen Augenblick standen sie bewegungslos voreinander, um sich dann leicht verlegen loszulassen.

Rasch machten sie sich jetzt daran, das Essen zu richten und auf der Veranda gemütlich zu verzehren. Nach dem Kaffee setzten sie sich ihre Sonnenhüte auf und Andreas begann die Führung, am Scheunenanbau vorbei zu den Hühnern und Gänsen, durch das weite Feld mit den Obstbäumen, teilweise noch gut behangen mit Äpfeln und Birnen. Dann ging es langsam, zwischen zahlreichen Beerensträuchern hindurch, den ansteigenden Hang hinauf, wo sie auf die Ziegen trafen.

»Das sind Theos Ziegen, wahrscheinlich sind es diejenigen, die er von Tante Hanni geerbt hat. Er hat das Recht, sie hier Weiden zu lassen«, sagte Andreas.

Sie stiegen ein Stück weiter den Hang hinauf, bis Andreas stehen blieb.

»Etwa hier oben hatte Jule als junges Mädchen ihren Lieblingsplatz, an dem sie glücklich in die weite Welt hinaus träumen konnte.«

»Das ist wirklich toll hier oben. Man hat einen freien Blick über alles. Ein romantischer Platz hier zwischen den Büschen. So friedlich«, begeisterte sich Marianne und setzte sich hin.

Eine ganze Weile betrachteten die Beiden stumm die Landschaft unter ihnen. Erst als da in der Ebene von rechts eine Person daherkam, wurde Andreas aufmerksam und erhob sich.

»Hallo Theo!«, rief er und winkte mit den Armen. Der Mann unten blieb stehen, blickte hoch und begann dann ebenfalls zu winken.

»Das ist der Nachbar. Komm Marianne, wir gehen ihm entgegen, ich möchte dich ihm gerne vorstellen.«

»Grüß dich Theo«, sagte Andreas und schüttelte ihm die Hand, als sie sich trafen. »Darf ich dir Marianne Seibold vorstellen. Sie hat die schwere Bürde auf sich genommen, mich in den nächsten Tagen in die Geheimnisse des Einweckens und der Marmeladenherstellung einzuweihen. Marianne! Das ist Theo Bucher mein Nachbar und unentbehrliche Helfer bei meiner Einarbeitung auf dem Landsitz hier.«

»Freut mich, Herr Bucher«, grüßte ihn Marianne und ergriff seine ausgestreckte Hand. »Sie sind also der Herr der Ziegen da oben?«

»Ja, bin ich. Aber nennen wir uns doch beim Vornamen, ist hier so Sitte. Ich bin der Theo.«

»Und ich bin die Marmeladen-Marianne. Freut mich.«

»Bring es ihm gut bei, damit die Tradition der Tante Johanna-Produkte weitergeht. An den Märkten stürmen mir manchmal die Kunden fast den Stand. Übrigens: Ich komme morgen vorbei, muss noch einiges nachfüllen bei mir für den Mittwochsmarkt. Ihr seid da?« Die beiden nickten.

Sie plauderten noch über dies und jenes, bis Theo dann meinte: »Dann muss ich jetzt mal nach den Tieren sehen. Ich wünsch euch einen schönen Tag«, um sich dann dem Hang Richtung Ziegen zuzuwenden.

»Lass uns auch wieder zurück zum Haus gehen. Du kannst einen ersten Blick in die Rezeptsammlung der Tante werfen, damit ich dann ja alles richtig lerne für die Tante-Johanna-Produkte«, meinte Andreas schmunzelnd, ergriff kühn ihre Hand und zog sie mit sich.

»Kein Problem. Ich bin eine gestrenge Kochlehrerin und die Rezepte werden das Gesetz sein«, meinte Marianne, lachend den Zeigefinger der freien Hand hochstreckend.

Die Zeit beim Ernten, Einwecken und Kochen verging für die zwei wie im Fluge. Mittlerweile war es bereits Mittwoch geworden und Andreas war froh, gegen Abend wieder mal aus der Küche zu entkommen, um weitere Pflaumen zu ernten. Es machte ihm zwar ungeheuer Spaß, zusammen mit Marianne zu werkeln, aber er war nun wirklich kein Küchenhocker. Er musste raus kommen, in die Natur, an die frische Luft. Das war vermutlich der einzige Wermutstropfen in seinem neuen Leben, diese Obst- und Beerenverarbeitung. Aber das musste er in Kauf nehmen, da ging kein Weg dran vorbei. Er würde sich mit der Zeit schon dran gewöhnen. Er konnte es sich doch immer ein wenig einteilen, wenn es ihn nach draußen trieb. Außerdem betraf es sowieso fast nur die Erntezeiten von Juli bis Oktober.

Auf der Leiter ganz oben stehend, um die letzten Früchte aus der Krone des Baumes zu pflücken, genoss er die friedliche Arbeit in der Natur. Jäh riss ihn das Läuten seines Handys aus der Beschaulichkeit. Runter gestiegen holte er sich das Telefon aus der Hosentasche. Hatte Marianne ein Problem? Beim Blick auf das Display erschrak er dann aber. Diese Nummer kannte er mittlerweile. Witwe Lindner rief an.

»Guten Abend Frau Lindner«, meldete er sich höflich und hoffte, dass sie sich nur wieder ein wenig Luft machen wollte über ihren Sohn.

»Hallo Andreas! Gut, dass ich Sie erreiche«, vernahm er ihre aufgeregte Stimme.

»Ist was geschehen, Frau Lindner? Sie klingen so unruhig.«

»Andreas, Hilfe! Sie müssen sofort kommen, sonst gibt es den Gartenbau Lindner nicht mehr«, schallte es laut aus dem Telefon. »Mein Herr Sohn hat alles hingeschmissen und hat den Betrieb verlassen. Was soll ich nur machen?«

»Hat den Betrieb verlassen? Das kann er doch nicht

einfach so. Wieso das denn?« Andreas wollte an ein Missverständnis glauben. »Sind Sie sicher?« Vielleicht hatte die Witwe in den Aufregungen der letzten Zeit, was falsch verstanden.

»Doch, das hat er getan, aber ich möchte Ihnen die ganze Tragödie nicht hier am Telefon erklären. Bitte, könnten Sie zu mir kommen, damit wir alles bereden können?«

»Ja natürlich«, meinte Andreas zögernd. »Sagen wir Morgen Nachmittag? Ich bin grad außerhalb, nicht in der Stadt.« Das klang ja alarmierend. Da musste er ihr selbstverständlich beistehen und versuchen, ihr das Problem zu lösen. Das war er ihr schuldig.

»Oh Danke, Andreas. Aber was mache ich bis dann mit dem Betrieb?«, fragte sie kläglich nach.

»Da rate ich Ihnen, reden Sie mit Steffen Eicher. Er soll alles Laufende beaufsichtigen und anleiten. Ich denke, das ist für ihn kein Problem. Er kennt ja den Betrieb und die Kunden bestens. Morgen sehen wir weiter.«

»Gute Idee, Andreas. Ich danke Ihnen sehr. Dann bis Morgen also?«

»Ja bis Morgen, ich rufe Sie nochmals zurück, wann genau ich bei Ihnen sein kann.«

Als Andreas aufgelegt hatte, musste er erst einmal tief durchatmen. Was war denn da geschehen? Der junge Herr Chef hatte einfach das Ganze hingeworfen? War das die Folge davon, dass er dessen Angebot zur Teilhaberschaft in den Wind geschlagen hatte? Das wäre typisch für ihn, seine Mutter kalt und egoistisch im Regen stehen zu lassen.

In unruhigen Gedanken versunken, beendete er die

Pflückarbeit und ging zum Haus zurück, wo Marianne in der Küche noch emsig beschäftigt war.

»So. Das dürften die letzten Pflaumen sein für dieses Jahr«, kommentierte er, stellte den Korb auf die Anrichte, um dann zögernd stehen zu bleiben.

»Gut, dann kochen wir davon Morgen früh die letzte Marmelade«, gab Marianne zur Antwort.

»Mit dem 'wir' gibt es leider ein Problem. Ich muss unerwartet Morgen Vormittag zurück in die Stadt.«

Marianne blickte ihn erstaunt an: »Gibt es Probleme?«

»Ja, leider. Die Witwe Lindner hat mich angerufen. Sie ist völlig verzweifelt, weil ihr Sohn den ganzen Krempel hingeschmissen, und den Betrieb verlassen haben soll.« Andreas erzählte ihr von dem Gespräch.

»Die arme Frau«, meinte sie traurig. »Wenn das dann so ist, kannst du ihr denn irgendwie helfen?«

»Ich denke schon. Kenne ja den Betrieb in- und auswendig. Mal hören, was da wirklich geschehen ist und wie man das geradebiegen kann.«

»Dann geh nur hin, ich bringe das hier schon alleine auf die Reihe. Du kommst ja vermutlich am Abend wieder zurück, oder?«

»Ja natürlich. Aber bist du dir sicher, so ganz alleine hierzubleiben?«

»Ach, ich bin schon viele Jahre auf mich allein gestellt. Ob das nun in der Stadt, oder hier auf dem Lande ist, spielt keine Rolle. Ich bin das gewohnt. Die paar Stunden ohne dich, überlebe ich gerade noch knapp«, meinte sie lächelnd.

»Also gut. Aber wenn du doch lieber möchtest, nehme ich dich natürlich mit.« Da Marianne sofort den Kopf schüttelte und abwinkte, fuhr er fort: »Wenn irgendwas ist, kannst du jederzeit Theo um schnelle Hilfe bitten. Seine Telefonnummer hängt an der Zettelwand.«

Marianne hatte den Abwasch vom Mittagessen erledigt und war gerade damit beschäftigt, die gefüllten, heißen Marmeladengläser zu verschließen, als sie von draußen ein Fahrzeug brummen hörte. War Andreas schon wieder zurück? Das konnte doch kaum möglich sein. Er hatte beschlossen, erst nach einem frühen Mittagessen in die Stadt zu fahren.

Nach dem Frühstück hatten sie begonnen, die Pflaumen zu rüsten um daraus einen ganzen Berg von leckerer Marmelade zu kochen. Dann gab es das frühe Mittagessen und danach fuhr Andreas los zur Witwe Lindner. Das waren jetzt so um die zwei Stunden her.

Als sie Stimmen hörte, wusch sie sich rasch die Hände, trocknete sie an der Schürze ab, um dann unter die Verandatür zu treten. Da kamen zwei Frauen zur Veranda hoch. Marianne war sich nicht sicher, aber die eine kam ihr bekannt vor. Das war doch diese Frau, die regelmäßig mit Andreas Kulturabende gehalten hatte. Diese Karla, jawohl, das war sie. Was wollte die denn hier? Und wer war die andere? Sie trat aus der offenen Tür.

»Guten Tag«, begrüßte sie die Zwei.

Erschrocken fuhren die zwei, die sich umgesehen hatten, herum und starrten auf Marianne. Dann trat die unbekannte Frau mit strengem Blick einen Schritt vor.

»Wer sind denn Sie? Die Putze?«

»Marianne Seibold«, mehr wollte sie den beiden nicht

verraten. »Und wer sind Sie?«

Jetzt trat diese Karla auch näher. »Natürlich, Sie sind der Servierdrachen da von der 'Blauen Gans'.«

»Ja, ich arbeite dort im Service«, bestätigte sie und blickte wieder zur fremden Frau.

»Und ich bin Helga Neumann, die Frau von Andreas«, um dann lauernd zu fragen: »Ist er da?«

»Zur Zeit ist er nicht da, ist in der Stadt. Sie sind also die Ex-Frau von Andreas?«, antwortete Marianne und betonte das Ex ganz besonders.

Jetzt wurde sie von der Ex sofort abfällig von oben bis unten gemustert. Ihr Gesichtsausdruck zeigte deutlich, dass sie zu einem extrem schlechten Eindruck gelangt war. »Und sie sind alleine hier auf unserem Eigentum? Was machen Sie hier?«, wollte sie herrisch wissen.

Langsam wurde es Marianne unwohl. Die Zwei traten hier auf wie zwei Scharfrichter, behandelten sie wie Dreck. Was hatten die vor? Das war doch nicht nur ein Höflichkeitsbesuch. Kamen ausgerechnet jetzt, wo Andreas nicht da war.

»Ich bin für ein paar Tage Gast bei Andreas.« Mehr wollte sie den beiden gar nicht verraten. Die sollten ruhig glauben, dass sie seine Freundin sei. Nun ja, eigentlich war sie das, wenn auch bisher auf eine lose Art. Aber das wollte sie denen schon gar nicht auf die Nase binden.

In diesem Augenblick fuhr ein weiteres Auto auf den Parkplatz. Helga blickte kurz hin, »Ah der Architekt«, um sich gleich wieder Marianne zuzuwenden.

»Hören Sie gut zu. Wir müssen jetzt alles genau einschätzen. Sie stören aber hier. Haben da auf meinem

Besitz nichts zu suchen. Holen Sie Ihre Siebensachen und verschwinden Sie. Ich will nicht, dass Sie hierbleiben.«

Als Marianne sie erstarrt anblickte, geiferte Helga in giftigem Ton weiter: »Haben Sie mich verstanden? Sie befinden sich hier auf dem Landgut von Andreas und Mir. Und ich will Sie nicht hier haben. Verschwinden Sie! Klar?«

Nach diesen hart gezischten Worten drehte sich Helga um und ging hinüber zum Parkplatz, wo ein Mann mit Aktentasche ausstieg. Dafür trat jetzt Karla näher an sie heran und blickte sie abfällig an.

»Nur damit Klarheit herrscht: Meine Freundin Helga ist zwar die ehemalige Frau, aber Andreas ist und bleibt mein Freund, daran gibt es nichts zu rütteln. Meine Freundin kann Ihnen das gerne bestätigen.«

»Ach ja? Das hat sich aber bei Andreas ganz anders angehört.«

»Das ist Schnee von gestern. Jetzt wo Andreas sich um die Gärtnerei Lindner kümmern muss, werden wir wieder häufiger Kontakt haben. Halten Sie sich also raus und hören Sie sofort auf, sich bei meinem Andreas ein-zuschleimen. Ist auch das klar für Sie?«

Marianne wunderte sich. Es war sehr schnell bekannt geworden, dass Frau Lindner Andreas zurate zog. »Da werde ich mit Andreas drüber reden, mal sehen, was er dazu meint.« Sie setzte sich demonstrativ auf einen Stuhl.

»Lassen Sie Andreas gefälligst in Ruhe, er hat jetzt anderes zu tun, als sich um Ihre Schmeicheleien zu küm-mern. Holen Sie ihre Sachen und verschwinden Sie.«

Helga hatte mittlerweile den Mann vom Parkplatz

abgeholt und ihn einige Meter auf die Wiese hinaus geführt. Wie es aussah, sollte er sich das Gebäude mit Umgebung aus der Distanz betrachten. Helga ließ ihn dort stehen und kam wieder zur Veranda.

»Auf was warten denn Sie noch, hauen Sie endlich ab.«Demonstrativ ergriff Helga eine Heugabel, die am Geländer lehnte, und wiegte sie in der Hand.

Jetzt wurde es Marianne doch zu gefährlich. Die zwei kannten offenbar keine Grenzen. Ehe sie von diesen arroganten Meckerziegen angegriffen und womöglich aufgespießt wurde, räumte sie besser das Feld. Sie musste weg hier. Der Nachbar fiel ihr ein.

»Ich hole meine Sachen«, gab sie sich geschlagen und stand vorsichtig auf. Beobachtet von den zwei grimmig dreinblickenden Drachen ging sie ins Haus. Schnell zog sie den Zettel mit Theos Telefonnummer von der Wand und ging in ihren Schlafraum hoch. Auf ihren Anruf meldete sich Theo rasch. Sie erklärte ihm kurz, was geschehen war, und bat darum, sie ins Dorf runter zu bringen, damit sie mit der ÖV nach Hause fahren konnte. Er klang sehr verwundert, versprach aber, sofort zu kommen. Schnell räumte sie ihre wenigen Sachen zusammen und ging dann runter zur Veranda.

Die zwei Frauen standen noch immer da und reckten sich sofort wieder in Drohposition, die Hand von Helga auch noch immer auf die Heugabel gestützt.

»Dann auf Nimmerwiedersehen und lassen Sie Andreas in Ruhe. Wir werden ihn auf dem Laufenden halten, auch über Ihren Abschied«, wurde sie jetzt von dieser grässlichen Helga gedämpft angefaucht. Wahrscheinlich hätte sie lieber laut geschrien, doch dies verhinderte der inzwischen näher gekommene Mann, der mutmaßliche Architekt.

Wortlos ging Marianne rasch an ihnen vorbei und entfernte sich schnellen Schrittes via Parkplatz hinaus zur Landstraße. Hier wollte sie nicht warten, sondern Theo entgegengehen, raus aus dem Bannbereich dieser zwei Krähen. Zurückblickend war zu ihrer Beruhigung nichts von den zweien zu sehen, zum Glück.

Eigentlich gehörte sie nicht zu den ängstlichen Menschen, die schnell davonliefen. Aber hier bei diesen zwei Frauen, die sich ihr gegenüber, einer fremden Person, die ihnen gar nichts angetan hatte, benahmen, als wäre sie eine Schwerverbrecherin, war ihr doch mulmig geworden. Sie wollte nichts unnötig herausfordern. Und dann waren da diese Bemerkungen, als ob mit Andreas alles im Klaren sei. Die wussten sogar, dass er heute kurzfristig zu Lindner gegangen war. Und Andreas hatte nicht erwähnt, dass er das Anwesen doch verkaufen will. Hatte ihn seine Ex-Frau doch herumgekriegt, weil sie Geld brauchte?

Völlig in Gedanken versunken schritt sie auf der Straße dahin und bemerkte erst, als ein Fahrzeug neben ihr anhielt, dass es ich um Theo handelte. Etwas irritiert blickte sie auf den kleinen Lieferwagen.

»Kein Problem, mit ihm fährt es sich gut«, meinte Theo, der aus dem Wagen stieg und Marianne die große Tasche abnahm. »Du machst aber einen ziemlich verwirrten Eindruck. Was haben die mit dir angestellt? Wollen wir hinfahren und nachsehen, was die da vorhaben?«, fragte Theo besorgt nach.

»Nein, nein. Bitte nicht!«, wehrte Marianne energisch

ab. »Es ist am besten, du bringst mich runter ins Dorf. Da geht sicher ein Bus, mit dem ich nach Hause komme.«

»Kommt nicht in Frage, ich fahre dich bis in die Stadt. Das bin ich meinem Nachbarn schuldig, dass seine Freundin wohlbehalten nach Hause kommt.«

»Ich weiß nicht, ob ...«, begann Marianne und brach ab. Sie hatte sagen wollen: '... ob ich noch seine Freundin bin', und fügte rasch an: »... ob es von mir nicht eine Unverschämtheit ist, dir deine Zeit so zu stehlen. Hattest sicher anderes vor.«

»Kein Problem. Passt mir eigentlich ganz gut, ich muss ohnehin was besorgen, das ich im Dorf nicht bekomme. Komm steig ein«, forderte er sie auf.

Erleichtert ließ sie sich auf den Beifahrersitz fallen, Theo wendete und fuhr los Richtung Stadt. Marianne verharrte stumm in ihren Gedanken bis Theo sie fragte: »Kannst du mir etwas genauer erzählen, was eigentlich geschehen ist? Ich hab in der Kürze von dem, was du am Telefon sagtest, mir keinen Reim machen können. Ich verstand nur, dass du aus dem Anwesen gewiesen wurdest und jetzt nach Hause willst.«

»Also gut, ich habe zwar auch noch nicht alles kapiert, was da eigentlich geschah. Es klingt etwas bizarr«, begann sich Marianne zu entspannen und berichtete Theo in allen Einzelheiten von den Geschehnissen.

»Das gibt es doch nicht, klingt ja fast nach einem Überfall«, staunte Theo. »Sollten wir nicht die Polizei alarmieren?«

»Nein, nein. Das ist nicht notwendig.« Sie fuhr sich, noch immer leicht zitternd, mit der Hand durchs Haar und fort: »Das ist aber wirklich so geschehen, du kannst mir das glauben.«

Nach einer nachdenklichen Pause fuhr sie fort: »Ich denke, ich versuche, Andreas anzurufen. Ihm sagen, dass ich nicht mehr im Landhaus bin.« Sie kramte ihr Telefon aus der Schürzentasche und merkte erst jetzt, dass sie noch die Küchenschürze trug. Peinlich. Als nach Längerem Warten der Rufton abbrach, und die Meldung ertönte, dass der Teilnehmer zur Zeit nicht erreichbar sei, wurde ihr klar, dass Andreas nicht mit ihr sprechen wollte. Warum nur ließ er sie auf diese seltsame Art wissen, dass es mit ihnen zwei vorbei sei? Ein klärendes Gespräch hätte doch allemal gereicht.

»Hat er nicht geantwortet?«, fragte Theo nach.

»'Zur Zeit nicht erreichbar' kam, nachdem es zuerst einige Zeit geläutet hatte.«

»Dann hat er es abgestellt, wollte nicht gestört werden«, vermutete Theo.

»Ich schreibe ihm eine SMS, damit er Bescheid weiß, wenn er wieder zuschaltet. Dann kann er Rückfragen, wenn es ihn interessiert«, entschied Marianne und begann, eine Meldung zu tippen.

Sie brauchte längere Zeit, bis sie alles eingetippt hatte. Zuletzt war es gar nicht viel, aber sie hatte immer wieder gelöscht und neu geschrieben. Hatte überlegt, ob, was und wie sie es ihm schreiben soll. Schließlich schickte sie den Text ab. Sollte er doch nachfragen, wenn er mehr wissen wollte und genau genommen hoffte sie, dass er nachfragen würde. Andreas war ihr nicht wirklich egal, sie wollte wissen, was in Wahrheit hinter diesem Rausschmiss steckte. Eigentlich neigte sie stark dazu, das was

Andreas ihr gesagt hatte, zu glauben, aber das selbstbewusste, rigorose Auftreten der beiden hatte sie jetzt trotzdem unsicher gemacht. Vor allem auch der Umstand, dass die beiden Krähen so auf dem Laufenden waren.

Als sie das Telefon wieder in die Schürzentasche steckte, berührten ihre Finger den Schlüsselbund. Sie zog ihn raus und streckte ihn sofort Theo entgegen.

»Hier habe ich noch die Schlüssel vom Haus, die mir Andreas gegeben hatte. Würdest du sie zu dir nehmen und Andreas wieder geben, wenn er zurückkommt. Ich wollte sie nicht einfach da lassen.«

»Wenn ich zurückkomme, fahre ich direkt zum Haus. Mal sehen, wenn niemand mehr da ist, kann ich alles schließen. Oder haben die Schlüssel?«

»Ich glaube nicht, aber es wäre gut, wenn du noch vorbeischaust. Unter den Androhungen getraute ich mich nicht mehr, die Verandatür zu verschließen. Die hätten mich womöglich skalpiert, so giftig wie die sich aufführten.«

Danach verlief die Fahrt ohne viel Gespräch. Marianne versank wieder ins Grübeln und Theo merkte offenbar, dass er nicht weiter über das Vorgefallene reden sollte und konzentrierte sich auf den zunehmenden Stadtverkehr.

Kapitel 21

Gespannt auf das, was er von der Witwe Lindner gleich erfahren würde, kurvte Andreas auf den Parkplatz der Gartenbaufirma. Sein ehemaliger Arbeitsort, an dem er satte zwanzig Jahre mit viel Herzblut gearbeitet hatte. Der Betrieb welcher, wollte er den aufgeregten Worten der Witwe am Telefon glauben, vor dem Abgrund stand.

Sie hatte ihn in das Wohnhaus eingeladen. Mochte dieses Gespräch nicht im Büro der Firma führen. Also stieg er aus seinem Wagen und lief über den großen Vorplatz in Richtung des Hauses.

»Hallo Andreas!«, kam ihm auf halbem Wege, Steffen entgegen. »Ganz doll, dass du kommst, um uns zu retten«, und schlug ihm kameradschaftlich auf die Schulter.

»Hallo Steffen. Wieso retten? Ich muss zuerst mal hören, was überhaupt los ist, bevor wir über eine Rettung nachdenken können.«

»Aber wir haben Angst, unsere Arbeitsplätze zu verlieren.«

»Ja, das verstehe ich doch, aber ich muss jetzt erst zu Frau Lindner. Ich komme nachher bei dir vorbei. Bist im Büro?«,

»Ja. Danke Andreas. Bis später«, rief ihm Steffen, erleichtert klingend, nach.

Die Witwe empfing ihn an der Haustür und führte ihn sofort an den großen Tisch im Wohnzimmer.

»Vielen Dank, Andreas, dass Sie gekommen sind. Bitte setzen Sie sich doch.«

Andreas war schockiert vom Aussehen der Witwe. Sie schien völlig aufgelöst zu sein. Ihr Haar, sonst immer korrekt frisiert, stand wirr in alle Richtungen, das Gesicht bleich und mit vielen Falten durchzogen, wie es Andreas noch nie bemerkt hatte. Der Kragen der Bluse war verdreht und nicht alle Knöpfe geschlossen. Fahrig wischte sie mit zittrigen Händen vermeintliche Krümel vom Tisch und blickte ihn hilfesuchend an.

»Frau Lindner, ich helfe ihnen gerne, soweit es meine Möglichkeiten zulassen. Aber könnten Sie mir bitte zuerst erzählen, was genau Geschehen ist und wo es Probleme gibt?« Andreas hatte sich vorgenommen, das Thema möglichst in einem ruhigen und sachbezogenen Ton anzugehen. Die Witwe musste etwas zur Ruhe kommen. Es brachte ja nichts, über die Fehler ihres Sohnes zu wettern. Das würde sie nur noch tiefer in Gewissensnöte treiben.

»Tja, wo soll ich anfangen«, begann sie nachdenklich um sich dann aufzuraffen. »Sie erinnern sich vielleicht, dass ich Ihnen am Telefon erzählt habe, wie sich alte, gute Kunden bei mir beschwert haben, weil die Arbeit schlecht oder gar nicht ausgeführt wurde. Solche Beschwerden hatten wir vorher nie. Ich habe natürlich meinen Sohn daraufhin angesprochen, aber er ließ nicht mit sich reden. War richtig wütend und schrie mich an, dass er genug hätte von dieser Schufterei und der dauernden Meckerei der Kunden. Gestern Vormittag ist er plötzlich an der Haustür gestanden, wollte nicht hereinkommen, hat mir einen ganzen Bund Schlüssel und einen Umschlag in die Hände gedrückt mit den Worten: 'Hier, diese Scheißfirma gehört jetzt dir allein. Ich habe meinen Erbanteil herausgenommen und gehe weg. Verkauf den Saftladen, wenn du kannst. Adieu'. Ohne mir auch nur die Hand zum Abschied zu geben, machte er kehrt und lief zum Parkplatz, wo er beim Auto von seinem Freund Klingler erwartet wurde. Dann rasten die Zwei wie irre davon.«

Die Witwe fuhr sich mit beiden Händen über das Gesicht und verdeckte für einen Moment die ihr über die Wangen laufenden Tränen. Mit offensichtlich letzter Kraft hatte sie von diesem grässlichen Augenblick gesprochen und Andreas fürchtete, dass sie womöglich ohnmächtig vom Stuhl fallen könnte. Längere Zeit beobachtete er sie, getraute sich nicht, sofort etwas darauf zu erwidern. Hatte selbst Mühe, das eben gehörte als Tatsache zu akzeptieren.

Das Handy von Andreas läutete. Doch nicht ausgerechnet jetzt, ärgerte er sich, holte das Telefon heraus und stellte es, ohne darauf zu blicken, kurzerhand ab.

Die Witwe zog sich ein Taschentuch aus dem Ärmel, trocknete ihre Tränen und reckte sich aufrecht. Sie schien sich wieder gefangen zu haben und redete weiter.

»Nun steh ich da mit dem Betrieb meines verstorbenen Mannes und habe keine Ahnung, wie ich das Ganze weiterbetreiben kann. Ich hatte doch nie etwas mit dem Geschäft zu tun. Das hat alles mein Mann erledigt. Und zuletzt Sie.« Hilflos warf sie dabei ihre Arme hoch.

Andreas raffte sich ebenfalls auf. Er musste jetzt versuchen, der armen Frau etwas Hoffnung zu geben, aber so von Heute auf Morgen war ein solcher Schlamassel nicht auszuräumen. Er brauchte erst mal mehr Informationen über die Situation.

»Wenn ich das richtig gesehen habe, sind die Zwei, also Ihr Sohn und dieser Klingler, nur organisatorisch betätigt gewesen. Sind denn alle anderen, welche die Arbeiten ausführen, noch da, die Gärtner und Hilfskräfte?«

»Ich weiß es nicht genau, aber ich glaube ja.«

»Haben Sie mit Steffen Eicher gesprochen, wie ich Ihnen gestern empfohlen habe?«

»Ja ich habe ihn angewiesen, die Arbeiten zu beaufsichtigen.«

»Gut. Dann haben Sie doch bereits das vordringlichste eingeleitet. Das Wichtigste ist ja, dass der augenblickliche Betrieb weitergeht. Auf Herr Eicher können Sie sich verlassen. Das klappt schon und ich werde nachher mit ihm reden.« Andreas bemerkte mit Freude, dass sich die Miene der Frau jetzt etwas entspannte.

»Aber der Betrieb muss doch geführt werden, die Büroarbeit, Rechnungen, Offerten und weiß ich, was da alles dazugehört. Das kann ich nicht. Könnten Sie nicht wieder bei mir arbeiten, sie haben doch das Ganze erledigt, als mein Mann krank war, und auch danach.«

Dass diese Frage kommen würde, davon war er ausgegangen. »Dass ich ihnen Helfe, die Firma wieder auf Kurs zu bringen, ist klar, aber Sie wissen vielleicht, dass ich ein Landgut geerbet habe und jetzt daran bin, dort alles zu übernehmen und weiterzuführen. Da kriege ich nicht alles unter einen Hut.«

»Ja, ich versteh schon. Aber es muss doch weitergehen hier, ich möchte das Lebenswerk meines Mannes nicht einfach verkaufen.«

Andreas überlegte, was hier zu tun war. Er musste sich mehr Überblick verschaffen, um zu erkennen, was notwendig war. »Wissen Sie was? Ich gehe jetzt mal rüber ins Büro, rede mit Herrn Eicher und versuche, mir ein Bild zu machen über den Stand der Büroarbeiten und vor allem über den finanziellen Zustand. Sie erwähnten doch, dass Ihr Sohn sich seinen Anteil genommen hat.«

»Ja, leider. Das wäre freundlich von Ihnen, Andreas«, meinte die Witwe mit einem Seufzer der Entspannung. Andreas erhob sich und ging hinaus.

Nachdem er sich bei Steffen über alles Aktuelle informiert hatte, wandte er sich dem Chefbüro zu, um sich die Unterlagen, die der junge Schnösel hinterlassen hatte, durchzusehen. Das würde ihn einige Zeit beschäftigen.

Bald drei Stunden später sass er wieder bei der Witwe und erstattete ihr Bericht über das, was er herausbekommen hatte. Es half nichts, sie weiter zu verschonen, er musste klar über die Fakten sprechen.

»Herr Eicher hat die laufenden Arbeiten und die Planung für die nächste Zeit im Griff. So viel zum aktuellen Betrieb. Bei den Akten bin ich in der kurzen Zeit noch nicht ganz durch, aber kann mir schon ein ungefähres Bild machen. Aufträge sind nur wenige vorhanden, da muss man aktiv werden. Mehrere Offerten sind abgelehnt oder noch offen, woran die hohen Preise schuld sein dürften, die Ihr Sohn veranschlagt hat. Aber was mich vor allem beunruhigt, ist der finanzielle Stand. Auf den Firmenkonten ist so gut wie kein Bargeld mehr vorhanden, Ihr Sohn hat in den letzten Tagen alles abgehoben. Aber jetzt ist Ende Monat und damit die Löhne und einige Zahlungen fällig, wir brauchen dringend Bargeld. Könnte man vielleicht von der Bank einen Zwischenkredit bekommen?«

»Mein Gott, das klingt aber nicht gut. Aber es muss doch noch meine Hälfte, die ich geerbt habe, da sein.«

»Ich vermute mal, dass Ihr Anteil in Form der Betriebsanlage, Maschinen, Geräte und Materialien da sind, aber nicht in flüssiger Form. Da müssen Sie die Bank um Unterstützung bitten.« Der lausige Sohn hatte doch tatsächlich alles Barvermögen für sich abgezweigt und ließ seine Mutter einfach auf dem Trockenen sitzen. Stände der jetzt vor ihm, er würde ihm kurzum den Hals umdrehen, ärgerte sich Andreas maßlos.

»Wie wäre es, wenn ich dafür was von meinem Privatkonto nehme?«

»Das wäre natürlich Ideal, wenn Sie das auf die Schnelle machen könnten. Als privates Darlehen gäbe das im Moment am wenigsten Aufwand und wir wären in der Lage, die aktuellen Verpflichtungen zu erfüllen. Dann müssten wir nur festlegen, wie wir das später wieder an Sie zurückführen.«

Der Umstand, dass die Witwe selbst etwas tun konnte, um der Firma auf die Füße zu helfen, wirkte bei ihr wie eine Vitaminspritze. Sie begann wieder Energie und Tatkraft auszustrahlen. Andreas tat es ebenfalls gut, zu sehen, wie langsam etwas Optimismus bei ihr aufkam.

Sie begannen eifrig, über die ersten vagen Vorschläge von Andreas, wie sie die Firma retten konnten, zu diskutieren. Erst nach weiteren zwei Stunden beendeten sie die Besprechung und Andreas verabschiedete sich, den Kopf voll wirbelnder Ideen und einem knurrenden Magen, von der Witwe Lindner.

Jetzt hatte er ein ordentliches Bündel an Problemen zu überdenken, wie alles genau angegangen werden sollte. Auf dem altbekannten Arbeitsweg fuhr er zur Wohnung. Er musste in der Stadt bleiben und das ins Laufen bringen, was jetzt dringend notwendig war. Die Witwe hatte ihm sogar den Vorschlag gemacht, sich als Teilhaber in die Firma einzubringen, falls ihm das eventuell möglich wäre. Sie wäre glücklich darüber, aber er hatte im Moment keinerlei Vorstellungen, wie er alles, gleichzeitig mit dem Landhaus zusammen, auf eine Reihe bringen könnte. Er wollte ganz pragmatisch, einfach Schritt für Schritt, vorwärtsgehen.

Das Landhaus ging ihm noch immer durch den Kopf, als er gegen zwanzig Uhr die Wohnung betrat, und brachte ihm ins Bewusstsein, dass Marianne doch dort war und ihn zurückerwartete. Er musste sie anrufen. Rasch griff er zu seinem Handy und schaltete es ein. Kaum war es hochgefahren, wurde schon eine Nachricht gemeldet. Von Marianne, erkannte er, und öffnete die Meldung. Mit immer größer werdenden Augen las er, was sie ihm da geschrieben hatte.

Hallo Andreas,

Ich hatte versucht, dich anzurufen, aber du hast nicht abgenommen. Willst vermutlich nichts mehr mit mir zu tun haben.

Wollte dich nur über folgendes orientieren: Deine Ex-Frau Helga und diese Karla sind mit einem Architekten hier zum Landhaus gekommen. Haben klar gestellt, dass ich hier nichts verloren habe, dann mich beschimpft, bedroht und weggejagt. Zum Glück konnte ich Theo rufen. Er hat mich nach Hause in die Stadt gebracht. Die Schlüssel habe ich ihm gegeben. Er wollte später am Haus vorbeischauen, ob alles IO ist.

Wenn du noch was wissen willst, kannst du ja anrufen, falls es dich noch interessiert.

Marianne

Andreas setzte sich völlig entgeistert, sein Puls begann zu rasen. Verdammt, was war denn da geschehen? Gaben die zwei Weiber denn nie Ruhe? Hatten die Frechheit, Marianne von seinem Grundstück davonzujagen? Unglaubliche Gemeinheit! Sofort versuchte er, Marianne anzurufen, doch er hörte nur die 'Nicht erreichbar'-Meldung. Wahrscheinlich hatte sie das Telefon abgestellt. Was meinte sie nur mit '… falls es dich noch interessiert.' Sicher interessierte ihn das, und wie. Er wollte es später oder Morgen früh nochmals versuchen, aber schickte ihr schon mal eine Meldung, dass er sie sprechen will. Dann rief er den Theo an. Der konnte ihn zum Glück beruhigen. Es war niemand mehr da gewesen, als er gegen Abend dort nachgesehen hatte. Es war alles in Ordnung und er hatte das Haus verschlossen. Über das Geschehen konnte ihn Theo aber auch nicht weiter aufklären. Er wusste nur das wenige, das die völlig verstörte Marianne kurz erwähnt hatte.

Niedergeschlagen und restlos durcheinander schob er sich eine Pizza in den Ofen. Er musste endlich etwas

Essen. Seit dem frühen Mittagessen hatte er, außer einem Kaffee bei der Witwe, nichts mehr gehabt. Während er hungrig ass, versuchte er, seine rasenden Gedanken herunterzufahren. Er konnte kaum noch klar denken, nach all dem Wirbel in der Gärtnerei. Und jetzt das mit Marianne. Wäre toll gewesen, wenn Moritz hier wäre, aber der hatte vermutlich Dienst. So wollte er, hundemüde wie er war, sich danach gleich ins Bett legen. Erst einmal drüber schlafen, alles sich ein wenig setzen lassen. Morgen war wieder ein neuer Tag.

Wie gerädert erwachte Andreas aus einem unruhigen Schlaf. Lange hatte er wach gelegen, sich hin und her gewälzt, hörte, wie Moritz nach Hause kam. Er hatte aber keine Lust mehr gehabt, nochmals aufzustehen. Dann war er irgendwann endlich eingeschlafen aber immer wieder aufgewacht. Albträume hatten ihn geplagt.

Er raffte sich auf, schlurfte ins Bad und dann in die Küche, um sich einen starken Kaffee zu brauen. Er musste wach werden. Von Moritz war nichts zu hören, entweder schlief er noch oder war bereits wieder weg. Während er das heiße Gebräu in kleinen Schlucken trank, holte er das Telefon und versuchte, Marianne anzurufen. Es war schon fast neun Uhr, da war sie sicher bereits aufgestanden.

»Seibold?«, kam die matte Stimme von Marianne durch den Hörer.

»Guten Morgen Marianne, ich bin's, Andreas«, meldete er sich.

Ein paar Sekunden lang blieb es still, dann hörte er

ihre zaghafte Stimme: »Guten Morgen Andreas!«

»Entschuldige, wenn ich dich geweckt habe.«

»Nein. Ich bin schon länger wach.«

»Und ich konnte kaum schlafen wegen deiner Nachricht über den Überfall im Landhaus.«

»Ging mir auch so. Deine Ex hat überzeugend geredet, dass du dich doch zum Verkauf des Hauses entschieden hättest und kam demonstrativ mit einem Architekten daher. Sie klang sehr glaubhaft. Und die Kulturtante Karla versicherte mir, dass du doch jetzt wieder im Gartenbau arbeiten wirst und ihr zwei deshalb auch wieder öfter zusammen sein werdet. Ich kam mir ganz schön für dumm verkauft vor. Das war hart, wie ein ungeliebter Hund vom Feld gejagt zu werden. Als ich dann bei dir nachfragen wollte, hast du nicht auf meinen Anruf reagiert, sondern einfach abgestellt. Was sollte ich nun vom Ganzen halten?«

»Marianne! Ich muss das jetzt ganz klar stellen! Was auch immer die zwei geldgierigen Weiber dahergeschwatzt haben, es entspricht mit Sicherheit nicht der Wahrheit. Weder verkaufe ich das Landgut, noch gehe ich wieder mit Karla aus. Das war, ist und bleibt so. Bitte glaube mir das.«

»Aber es hat so echt und bestimmt gewirkt, wie sie aufgetreten sind. Sie wussten, dass du in der Gärtnerei bist«, meinte Marianne, nicht mehr ganz so mutlos klingend.

»Ich weiß. Vor allem Helga hat das gut drauf und Karla nicht viel weniger. Mir schwant da jetzt etwas, aber da möchte ich lieber später mit dir persönlich darüber reden. Ich muss wegen der Gärtnerei zwei, drei dringende Sachen abklären. Sag, könnten wir uns nicht zu einem Kaffee treffen? Ich möchte dieses Missverständnis unbedingt und endgültig aus dem Weg räumen.«

»Ja gut, wann?«, stimmte Marianne jetzt wieder unverzagter zu.

Sie vereinbarten den Treffpunkt und Andreas würde sich nochmals melden, sobald er die Abklärungen für die Gärtnerei erledigt hatte.

Mit einem Seufzer der Erleichterung hatte er das Gespräch beendet. Er konnte mit Marianne reden und ihre Zweifel an ihm aus dem Weg räumen. Das war ihm ausgesprochen wichtig.

Doch was ihm da während des Gesprächs plötzlich durch den Kopf gegangen war, war der Umstand, dass Helga und Karla offensichtlich unter einer Decke steckten. Deshalb hatte Helga immer so schnell gewusst, was bei ihm geschah. Karla hatte sich doch stets fürsorglich nach seinem Befinden erkundigt. Jetzt wusste er warum. Diese Teufelsweiber hatten ihn unter Kontrolle genommen. Wahrscheinlich logierte Helga sogar bei Karla, nachdem sie von Moritz nicht in ihre ehemalige Wohnung gelassen worden war.

Das wollte er doch gleich mal abchecken und wählte Karlas Nummer.

»Wegener?«

»Hallo Karla, hier ist Andreas.«

»Oh hallo Andreas, schön dich zu hören«, kam es süßlich zurück.

»Bitte ruf mir doch rasch die Helga ans Telefon«, forderte Andreas sie kurzerhand auf.

»Ja klar. Helga!«, hörte er Karla rufen. »Dein Mann

möchte dich sprechen.« Bingo, seine Vermutung war richtig gewesen.

»Andreas?«, kam die resolute Stimme seiner Ex-Frau durch. »Hast es dir überlegt?«

»Was denn«, stellte sich Andreas begriffsstutzig.

»Dass du dieses Ziegenhaus verkaufst. Gemäß dem Architekten, der es sich angeschaut hat, ist es zusammen mit dem Land, sicher eine gute halbe Million wert. Sei nicht so blöd und verkauf den Stall. Dann kannst du mir meine Hunderttausend und noch ein bisschen was dazu …«

»Stopp!«, schrie Andreas. »Ich sag es dir nochmals ganz langsam und deutlich zum Mitschreiben: Ich verkaufe niemals! Du bekommst rein gar nichts! Verschwinde endlich aus meinem Leben! Du hast Hausverbot!« Er hörte, wie sie aufschrie. »Ach ja, und sag deiner lieben Kumpanin: Das Verschwinden aus meinem Leben und das Hausverbot gilt auch für sie! Ihr bekommt es schriftlich!« Wütend beendete er das Gespräch.

Das war doch unglaublich, wie unverfroren hartnäckig sie auf Geld aus war. Wenn er beim Anwalt einen Termin bekam, würde er gleichzeitig dafür sorgen, dass die zwei ein amtliches Hausverbot erhielten. Aber vordringlicher war jetzt, dass er sich beraten ließ, ob und wie er eventuell bei der Gärtnerei Lindner eine Beteiligung eingehen könnte. Vielleicht sollte er doch einsteigen. Er hatte da so eine Idee, wie es möglich wäre, Gartenbau und Landhaus unter einen Hut zu bekommen.

Nachdem er endlich gefrühstückt und wieder ruhiger

geworden war, hatte er das nächste Telefonat mit dem Anwalt Breuer geführt und erfreulicherweise einen ersten Kurztermin für Heute dreizehn Uhr bekommen. Nur eine Viertelstunde, die Details wollten sie dann am kommenden Dienstag festlegen.

Jetzt hatte er noch Zeit seine Ideen vorzubereiten, die mit dem Anwalt zu besprechen waren. Der hatte ja die Testamentsabwicklung nach Tante Hannis Tod vorgenommen und wusste über das Grundstück Bescheid.

Ein grosses Stück befreiter fühlte sich Andreas, als er gegen Abend wieder nach Hause kam. Er hatte ein gutes Vorgespräch mit dem Anwalt geführt, das ihn motivierte, weiter zu planen. Was ihn am meisten freute, war die Reaktion von Marianne, die ihm wieder voll vertraute und angeboten hatte, zurück zum Landhaus zu fahren und bis Dienstag zu bleiben, damit er sich hier um die dringenden Arbeiten in der Gärtnerei kümmern konnte. Das war typisch die selbstlose, hilfsbereite Marianne, die er so mochte. Er hatte sie zum Landhaus gebracht, ihr kurz gezeigt, was täglich zu tun war und besprochen, was sie tun sollte, falls die zwei verrückten Weiber nochmals auftauchen würden. Er glaubte zwar nicht mehr daran, aber sicher sein konnte man bei denen nicht wirklich.

Er wollte Morgen Vormittag in der Gärtnerei die Lohnzahlungen vornehmen, die Witwe hatte Geld bereitgestellt. Mit Steffen hatte er eine Zeit vereinbart. Er musste mit ihm alles Betriebliche durchsprechen.

Der Hunger trieb ihn jetzt in die Küche. Kaum hatte er etwas zusammengetragen, kam Moritz herein.

»Ah, da bist du ja. Hatte mich schon gefragt, ob du wieder auf dem Land bist und Blümchen zählst.«

»Hallo Moritz, nein, bin die nächsten Tage hier, Notfallplanung. Erzähl dir später in Ruhe davon. Aber du kommst genau richtig. Ich wollte mir eben was zubereiten.«

»Aha? Dann mal los«, meinte Moritz verwundert.

Während die beiden das Essen vorbereiteten, frotzelte Moritz mit gekünstelt vorwurfsvoller Stimme: »Eigentlich wäre ich dir dankbar, dass du vorankünden könntest, wenn du hierher kommst.«

»Ach ja? Willst du jeweils vorher Putzen und Aufräumen, bevor der Hausherr kommt?«

»Nein, aber es wäre mir peinlich gewesen, wenn ich gestern Abend mit einer Begleitung heimgekommen wäre. Ich hatte zuerst gar nicht realisiert, dass du da bist. Nicht auszudenken, wenn du plötzlich aus deinem Zimmer gekommen wärst und uns beim Vergnügen überrascht hättest«, meinte er mit einem Grinsen im Gesicht.

»Das wäre mir allerdings peinlich gewesen, meinem Freund den Abend zu verderben«, grinste Andreas zurück.

»Dann müssen wir uns etwas ausdenken, wie wir erkennen können, dass der Andere zu Hause ist.«, sagte Andreas, als sie beim Essen sassen. »Ich werde in der nächsten Zeit doch häufiger als geplant hier schlafen.« Er erzählte alles Rund um den ereignisreichen Donnerstag bezüglich der Gärtnerei und vergaß auch nicht, über den Rauswurf von Marianne aus dem Landhaus zu berichten.

Moritz hatte aufmerksam zugehört und dann sich entrüstet: »Das war jetzt wirklich eine Riesenfrechheit von dieser Xanthippe. Das darfst du so nicht hinnehmen, musst was dagegen unternehmen, sonst wirst du nie Ruhe haben vor ihr.«

»Mach ich auch nicht. Ich war heute Mittag beim Anwalt. Die zwei werden ein amtliches Schreiben erhalten, mit dem ihnen absolutes Hausverbot erteilt wird. Meine Ex bekommt zusätzlich ein Schreiben, in dem ihr mitgeteilt wird, dass ich eine Rückforderung auf den anlässlich der Scheidung an sie ausgezahlten Geldbetrag vorbereite. Ich werde das zwar nicht wirklich tun, aber das wird sie vermutlich dazu bringen, endlich von ihren Geldgelüsten abzulassen.«

»Bravo, machst du gut. Und was planst du mit der Gärtnerei? Hast deinen tollen Landsitz. Kannst aber nicht gleichzeitig überall sein.«

»Da habe ich eine Idee, wie ich alles auf die Reihe bringen könnte. Hängt aber noch von einigen Abklärungen ab«, meinte Andreas. »Ich habe mich beim Anwalt darüber schlaugemacht, welche Möglichkeiten ich habe mit dem Landhaus als Sicherheit im Rücken. Das Ganze dort ist ja völlig schuldenfrei dank der Sparsamkeit von Tante Hanni.«

»Dann stehen dir ja alle Türen offen, mindestens aus finanzieller Sicht.«

»Ja, ist so. Ich erklär dir mal, was ich mir vorstelle und du sagst mir dann ehrlich deine Ansicht dazu. Also: Ich könnte einen Kredit aufnehmen, mit der Sicherheit des Landhauses kein Problem, meinte der Anwalt und mich damit als Teilhaber in der Gärtnerei einkaufen. Somit wäre der Betrieb aus finanzieller Sicht weiter gewährleistet. Dann das Operationelle. Ich würde den Betrieb administrativ leiten. Die eigentliche Planung und Abwicklung der Aufträge könnte Steffen Eicher übernehmen. Er ist absolut befähigt dazu und ich vertrau ihm. Dann müsste ein neuer Gärtner eingestellt werden, der die bisherige Arbeit von Steffen übernimmt. Da ich aber nicht Vollzeit im Betrieb sein kann und möchte, versuche ich, meine Tochter dazu zu bringen, den ganzen administrativen Krempel zu betreuen. So wie ich das sehe, wäre das aber nur ein Teilzeitjob für sie, den man zum Großteil von extern erledigen könnte, ihr aber ein sicher gern angenommenes Zusatzeinkommen bieten würde.«

»Wie soll das denn gehen? Immer mit Akten hin und her rennen?«, unterbrach Moritz nachfragend.

»Natürlich nicht. Da wäre Modernisierung angesagt. Stichwort elektronisches Büro. Dazu möchte ich die heutigen modernen Möglichkeiten nutzen. Serverrechner im Betrieb mit der Gelegenheit, dass ich und Jule von außerhalb zugreifen und arbeiten könnten.«

»Und du könntest damit das Meiste von deinem schönen Landsitz aus verrichten. Raffiniert!«

»Bis alles wieder den gewohnten Gang läuft, muss ich sicher vermehrt im Betrieb sein, aber das dürften ein, zwei Wochen sein, danach sollte sich das reduzieren auf die Aufgaben, welche nicht elektronisch erledigt werden können. Ein oder zweimal die Woche eine Fahrt in die Stadt ist ja kein Problem.«

Da Moritz in Gedanken über das gehörte versunken war, setzte Andreas nach: »Und? Was meinst du, du

Hotelorganisator?«

Der richtete den Blick auf Andreas. »Wenn ich das so höre, denke ich, dass das ein guter Ansatz ist. Allerdings sind einige Investitionen dafür notwendig, die sich aber vermutlich im Laufe der Zeit auszahlen werden.« Moritz erhob die Hand zum Abklatschen. »Andi, das ist ein Superweg. Mach das und du bekommst damit den berühmten 'Groschen und das Brötchen'.«

Sie klatschten sich ab.

»Dann ruf ich jetzt rasch Steffen und Jule an. Ich möchte mit den zweien möglichst morgen schon darüber reden. Nachher nehmen wir eins drauf und können weiter diskutieren.«

Steffen und Jule hatten zugesagt am Nachmittag zu kommen. Das kam ihm entgegen. Er wollte vorwärtsmachen, nicht herumtrödeln. Er hatte Lust, das Ganze rasch auf die Beine zu stellen. Am Vormittag hatte er mit Steffen im Betrieb etliches erledigt und aufgeräumt. Langsam bekam er den Überblick und der bestätigte ihn darin, dass er sich auf dem richtigen Weg befand. Die Witwe war überglücklich, als er ihr in Aussicht stellte, dass er vermutlich Teilhaber werde. Steffen hatte er noch abgewimmelt, ihn wollte er erst heute Nachmittag, zusammen mit Jule, über seine Absichten informieren.

Aufgeregt stellte er Getränke und Knabbereien bereit, als es an der Tür läutete. Steffen war da und kaum hatten sie sich begrüßt, trat auch Jule nach kurzem Anklopfen, ein.

»Schön, dass ihr kommen konntet. Bitte bedient euch«, hieß er die beiden Willkommen. Jule blickte etwas skeptisch drein, hatte er ihr doch nicht gesagt, dass auch Steffen da sein würde. Und die altbekannte Schwäche von ihr kam sofort durch.

»Papa, du machst mich wieder einmal neugierig. Ich wusste gar nicht, dass wir mehrere sind. Kommen noch mehr?«

»Nein wir sind vollzählig.« Andreas schmunzelte, als er sah, wie Jule durch das herumfingern an ihrem Armband, ihre Nervosität zeigte.

»Ja, dann will ich euch mal nicht länger auf die Folter spannen.« Andreas beschrieb ausgiebig die Situation der Gärtnerei Lindner und die notwendigen Maßnahmen, um den Betrieb wieder auf gesunde Füße zu stellen. Dazu aber würde er sie beide und ihre Zustimmung und Unterstützung brauchen, schloss er seine Ausführungen.

Zum Zerreißen gespannt hatten die zwei sich alles angehört und sassen jetzt völlig überwältigt vom gehörten, sprachlos da.

»Aber Papa, du weißt schon, dass ich an meinem jetzigen Arbeitsplatz ganz zufrieden bin. Ich möchte da im Moment nicht weg«, kam der Einwand seiner Tochter.

»Das verstehe ich. Du siehst, es ist vorläufig nur eine Teilzeitbeschäftigung, so um die dreissig Prozent, stelle ich mir vor. Wenn die Automatisierung aufgebaut ist, wird es wahrscheinlich fast zur Hälfte werden. Ich könnte natürlich irgendwen einstellen, aber im Moment wäre es mir gelegen, dich dabei zu haben. Ich weiß, wer und wie du bist, du bist eingefuchst in EDV-gestützte Verarbeitung und vor allem, ich habe volles Vertrauen zu dir und bin sicher, dass du die Arbeiten fast mit der linken Hand erledigst.«

»Paps, jetzt bringst du mir aber tüchtig den Schmus.«

»Ich sage nur meine Meinung. Außerdem ergäbe das für dich einen netten Nebenverdienst«, hängte er als Lockmittel an. Sie hatte ihn 'Paps' genannt, das war immer ein gutes Zeichen.

Jule lehnte sich jetzt im Stuhl zurück und begann zu überlegen, während Steffen seinerseits sich zu Andreas vorbeugte. »Glaubst du wirklich, dass ich deinen ehemaligen Job schaffe? Ich hab keine spezielle Ausbildung in Gartenbautechnik. Alles was ich weiß, habe ich von dir gelernt.«

»Gerade weil ich weiß, was du kannst, glaube ich daran, dass du das schaffst. Und über eine Weiterbildung können wir gerne reden. Stell dein Licht nicht unter den Scheffel. Oder hast du keine Lust dazu?«

»Natürlich habe ich Lust. Wenn du meinst, ich kann das, dann bin ich dabei, aber sag mal …«

Was jetzt anstand, war ein Frage- und Antwortspiel über alles was den Betrieb, wie ihn Andreas organisieren wollte, betraf. Es war klar, dass die beiden genau wissen wollten, auf was sie sich da einlassen würden, ehe sie sich entschieden. Andreas gab ihnen Bedenkzeit bis Dienstagmorgen. Dann musste er zum Anwalt, um seine Beteiligung endgültig einzuleiten. Er war mittlerweile davon überzeugt, dass mit diesen Zwei, einem zusätzlichen Gärtner und der Büroautomatisierung das Ganze gelingen würde.

Kapitel 22

Mit herzhaftem Gähnen trat Andreas auf die Veranda. Herrlich, wie er geschlafen hatte. Diese Ruhe und Frieden hier auf dem Land bekamen ihm ausgezeichnet. Er hatte wieder jede Menge Lust, zu arbeiten, ob das hier auf dem Gelände, in der Küche oder am Computer für die Gärtnerei war.

Sehr zufrieden erinnerte er sich an die vergangenen fünf, sechs Wochen zurück. Am Anfang war es arg stressig zugegangen. Steffen hatte ihn noch am gleichen Tag angerufen, und zugesagt. Auch Jule hatte zugestimmt, allerdings unter Vorbehalt. Sie hatte Bedenken, ob sie die anfallende Arbeit, neben ihrem eigentlichen Job, auch wirklich schaffen konnte. Aber sie war bereit, ihrem besten Papa der Welt zuliebe, wie sie es formulierte, alles zu geben.

Andreas hatte Wert darauf gesetzt, die elektronische Datenverarbeitung so schnell wie möglich aufzubauen. Sein Ziel war, dass er es kurzfristig erreichen konnte, nicht mehr täglich in die Gärtnerei fahren zu müssen, sondern sich im Landhaus tummeln zu können. Wichtig war ihm, dass Jule den größeren Teil ihrer Aufgaben ebenfalls von zu Hause aus erledigen konnte.

Die vergangenen Tage hatte er besonders genossen, war doch Marianne nochmals für mehrere Tage zu ihm gekommen. Fast jeden freien Tag den sie gehabt hatte in den letzten Wochen, konnte er sie mitnehmen zum Landhaus. Da er häufig, anfangs täglich, hin und her gefahren war, ging das bequem. Zumal es immer weniger mit dem Marmeladenkochen wurde, jetzt begann die Zeit, die verschiedenen Apfelsorten zu ernten und für den Marktverkauf oder die Einlagerung zu verarbeiten. Das Ganze empfand er kaum als Arbeit, denn es machte einfach Spaß und Freude, alles mit Marianne zusammen tun zu können. Sein Leben war endlich so geworden, wie er es sich immer vorgestellt hatte. Selbst die zwei bitterbösen Telefonate von Helga und Karla, als Reaktion auf die Schreiben von seinem Anwalt, konnten ihn nicht aus der Fassung bringen, das war Geschichte. Vermutlich war Helga wieder irgendwo in einer Künstlerklause verschwunden, denn Steffen, der bei Karla einen Auftrag erledigt hatte, meinte, dass dort niemand mehr zu Gast gewesen sei. Sie hatte endlich eingesehen, dass es bei ihm nichts mehr zu holen gab.

Er schrak aus den Gedanken hoch, als sich zwei Arme von hinten um seinen Bauch legten. Er hatte sie gar nicht kommen hören und drehte sich rasch zu ihr um: »Guten Morgen, Murmeltier.« Er küsste sie zärtlich auf den Mund, was sie sofort in die Länge ziehend, genoss. Das war das absolut Tollste, was in der letzten Zeit geschehen war. Sie waren sich deutlich näher gekommen. Sehr Nahe.

»Guten Morgen, Andi«, murmelte sie noch etwas verträumt.

Andreas strich ihr zärtlich über die Wange. »Na? Wie wär's? Ich bringe dem Federvieh das Frühstück und du richtest das Frühstück für uns? Dann können wir es noch ein wenig genießen, bis wir zurück in die Stadt fahren müssen.«

»Deal«, hauchte sie und gab ihm einen weiteren Kuss, ehe sie sich von ihm löste.

Als die beiden kurz danach, mit Blick in den Baumgarten, beim Frühstück sassen, konnte es für sie romantischer fast nicht sein.

»Was denkst du, wann du wieder kommen kannst?«, unterbrach Andreas die friedliche Stille. Am liebsten hätte er ihr gesagt: Komm, bleib doch immer da. Ich brauche dich. Mit dir ist mein Leben perfekt. Aber er wollte sie nicht drängen. Sie sollte es selbst wollen.

»So wie mein Arbeitsplan aussieht, wirst du in der nächsten Zeit Ruhe vor mir haben«, meinte sie neckisch. Andreas wollte etwas einwenden, doch sie kam ihm rasch zuvor. »Nein. Der Wirt braucht mich, meine Kollegin hat auch gern freie Tage.«

Bildete er sich das nur ein, oder klang es da eher betrübt durch, als sie das gesagt hatte? »Ich hasse diese Art von Ruhe. Mit dir zusammen macht es viel mehr Spaß. Wenn es nach mir ginge, solltest du immer hier sein.« Mist. Jetzt war es ihm doch rausgerutscht. Hoffentlich fühlte sie sich nun nicht bedrängt.

»Ach, das würde mir schon passen hier, aber ich muss doch arbeiten und Geld zum Leben verdienen.« Mit einem leichten Seufzer wandte sich Marianne wieder ihrem Kaffee zu.

Das klang doch alles andere als genötigt, freute sich

Andreas. Konnte er ihr vielleicht zu verstehen geben, dass sie das Geld verdienen nicht mehr unbedingt brauchte, wenn sie zu ihm zog. Er gab sich einen Ruck und setzte sich aufrecht hin..

»Marianne«, sprach er sie an. Sie sah etwas verwundert von ihrem Teller auf. »Könntest du dir vorstellen, für immer hierher zu ziehen? Mit mir zusammen in diesem Landhaus zu Leben?« Überraschung und Freude spiegelte sich sogleich auf dem Gesicht von Marianne.

Da sie sprachlos dasaß, ihn nur bewegungslos anblickte, fuhr Andreas sofort fort: »Natürlich kannst du es dir überlegen, brauchst nicht gleich Antwort zu geben. Ich möchte nur, dass du weißt, dass ich dich sehr gerne bei mir hätte und du mich damit glücklich machen würdest.«

Verlegen lehnte sich Marianne langsam im Stuhl zurück und blickte auf ihre Hände herunter. Andreas glaubte schon, dass er zu direkt geworden war, als sie wieder zu ihm hinaufsah und meinte: »Das ist ja ein leicht verschleierter Heiratsantrag, den du mir da machst. Das freut mich, um ehrlich zu sein, aber das ist ein grosser Schritt für mich. Lass mir bitte etwas Zeit, um darüber nachzudenken.«

»Selbstverständlich«, erwiderte Andreas sofort, »Nimm dir so viel, wie du brauchst. Ich bin ohnehin gut beschäftigt mit der Gärtnerei und dem allem hier«, und zeigte in die Umgebung.

»Ja danke, dann machen wir uns doch langsam bereit, zurückzufahren. Der Wirt erwartet mich gegen Mittag und du musst doch in die Gärtnerei«, versuchte Marianne, die Spannung zu lösen.

»Das sollten wir dann wohl. Ich freue mich, dass ich jetzt immer weniger hinfahren muss, meine Idee mit der Fernarbeit beginnt zu greifen.«

Während sie langsam das Frühstück beendeten und dann begannen, alles abzuräumen, fragte Andreas: »Wie sieht es bei dir genau aus? Kannst du auf das kommende Wochenende wieder herkommen?«

»Bin mir nicht sicher, ich muss den Plan studieren, wenn ich dort bin. Aber ich meine, dass ich das nächste Wochenende Dienst habe. Ab Dienstag habe ich wieder frei, glaube ich.«

Scheiße, ärgerte sich jetzt Andreas. Er hatte so gehofft, dass sie am Samstag wieder kommen könnte und sie beide gemeinsam seinen Geburtstag feiern. So schade. Dann würde er ihn eben für dieses Mal einfach vergessen. War ja ohnehin nur ein zerquetschtes Jahr zwischendurch. Sein rundes, halbes Jahrhundert war erst in einem Jahr.

Andreas hatte den täglichen Aufwacher-Kaffee getrunken, dann die Hühner versorgt und wollte soeben sein Frühstück auf die Veranda tragen, als das Handy klingelte. Seine Tochter war dran.

»Guten Morgen Jule. Schon wach am freien Samstagmorgen? Sehr ungewöhnlich bei meiner Tochter. Oder ist etwas geschehen?«

»Ja, es ist etwas geschehen«, meldete sich Jule ungewohnt munter. »Guten Tag, mein lieber Paps.«

»Was denn?«, fragte Andreas beunruhigt. 'Paps' hatte sie ihn genannt.

»Du bist ein Jahr älter geworden. Ich gratuliere dir

ganz fest zu deinem Geburtstag und wünsche dir für das neue Lebensjahr nur Freude, viel Gesundheit und jede Menge Glück. Ich liebe dich, mein Paps.« Sie schickte ihm einen lauten Kuss zu.

Andreas war total gerührt, dass sie ihn nicht vergessen hatte. »Danke vielmals, mein Schatz. Schön, dass du daran gedacht hast. Ich werde meinen Geburtstag dieses Jahr friedlich zusammen mit den Hühnern und Gänsen feiern. Die haben mir heute Morgen als Erste ein lautes Konzert gegeben«, meinte er lachend.

»Schade, dass ich schon was vorhabe, aber wir holen das nach, sobald wir uns treffen. Versprochen.«

»Natürlich, gerne«, antwortete Andreas, aber doch etwas enttäuscht. Bei Marianne ging es nicht, seine Tochter war verhindert und Moritz würde vermutlich ohnehin arbeiten müssen. »Wir holen das nach«, schob er nach und gab sich Mühe, keine Enttäuschung durchklingen zu lassen.

»Also, mach dir einen ganz relaxten Tag da draußen. Ich muss jetzt, Papa. Wir sehen uns sicher ganz bald.«

Nachdem sie sich verabschiedet hatten, legte Andreas leicht enttäuscht das Handy ab. Doch kaum wollte er sich abwenden, klingelte es erneut. Hatte sie noch etwas vergessen? Nein, sein Nachbar Theo war am Draht.

»Guten Morgen Theo. Na, auch schon munter?«, begrüßte ihn Andreas herzlich.

»Hallo Andreas. Ja munter und unter Druck, oder besser gesagt drucklos.«

»Brauchst du Hilfe?«

»Wenn du eine große Luftpumpe für ein Autorad hast, wäre mir sehr geholfen.«

»Ja hab ich. Was ist das Problem?«

»Als ich wegfahren wollte, stelle ich fest, dass ich am Auto einen Plattfuß habe. Natürlich rasch das Ersatzrad montiert, aber das hat so wenig Luft, dass man damit nicht fahren kann. Aber wie es so geht, meine alte Luftpumpe ist defekt. Könntest du mir deine vorbeibringen?«

»Klar. Ich komme sofort.« Schnell holte er die Pumpe aus der Scheune und lief über den Feldweg zu Theos Haus.

Dort angekommen, traf er auf einen verlegenen Theo.

»Entschuldige, das tut mir jetzt leid, aber ich hab den Schaden schon beheben können. Mir ist plötzlich in den Sinn gekommen, dass ich ja vor einiger Zeit eine neue Pumpe gekauft hatte. Ich wollte dich zurückrufen, aber du hast nicht abgenommen.«

»Ich habe mein Handy nicht mitgenommen. Aber dann ist ja jetzt alles okay und ich habe wenigstens meinen Morgenspaziergang absolviert. Zur Hälfte«, meinte Andreas belustigt.

»Darf ich dir einen Kaffee anbieten? So viel Zeit habe ich noch, bis ich weg muss.«

So kam Andreas zu einem zweiten Kaffee an diesem Morgen und zu einem kurzen Plausch mit dem Nachbarn.

Als er eine gute halbe Stunde später wieder zum Haus zurückkam, stutze er. Was war da so bunt an der Veranda? Jetzt erhob sich auch jemand und kam herunter, ihm entgegen. Ein freudiger Schock durchfuhr ihn, das war doch Marianne. Ein paar Schritte vor der Veranda blieb sie unschlüssig stehen.

»Marianne!«, rief er freudig. »Das ist aber eine Überraschung.« Er lief auf sie zu und schloss sie, die Luftpumpe fallen lassend, in seine Arme. Lange und innig küsste er sie auf den Mund.

»Alles Liebe und Gute zu deinem Geburtstag, Andreas«, hauchte Marianne etwas atemlos.

Er blickte über ihre Schulter zur Veranda. Mit bunten Girlanden und Lampions war sie geschmückt. Wenn er es richtig erkannte von da unten, dann lagen da auch mehrere bunte Pakete auf dem Tisch, daneben standen Flaschen und Gläser. »Da warst du aber fleißig in der kurzen Zeit, wo ich weg war.«

Marianne löste sich sachte aus seiner Umarmung und streckte ihm eine geschmackvoll verpackte Flasche entgegen. »Hier schon mal eines meiner zwei Geschenke für dich.«

Andreas nahm sie an sich und sah weiter erwartungsvoll auf Marianne. Als sie nicht reagierte, ihn nur lächelnd ansah, meinte er: »Ich habe gerne Geschenke. Du hattest von zwei geredet!«

»Das Zweite musst du dir erfragen«, sagte jetzt Marianne herausfordernd.

»Erfragen? Wie meinst du das?«

Ihr warmes Lächeln verstärkte sich. »Erinnerst du dich an unser letztes Frühstück hier auf der Veranda? Da hattest du mich was gefragt, einen Wunsch gehabt, und keine Antwort erhalten. Versuchs doch nochmals«, forderte sie ihn auf.

Andreas musste nicht überlegen. Das konnte nur eines sein. Kurz entschlossen kniete er sich vor ihr auf den Boden, die Flasche neben sich ablegend. Sein Puls begann zu rasen. Die flach zusammen gelegten Hände bittend ihr entgegenstreckend, sprach er mit festem Blick zu ihr hoch: »Marianne! Wärst du bereit, bei mir auf dem Landhaus einzuziehen und mit mir zusammen das Leben hier zu verbringen, als meine Frau?« Sein Herz war zum Zerreißen gespannt.

Marianne schien, ob seiner bewusst theatralischen Darbietung, ein Kichern nur mühsam unterdrücken zu können. Wollte sie ihn noch ein wenig zappeln lassen. Nein, das wäre nicht ihre Art.

»Ja, ich will!«, antwortete sie mit lauten, festen Worten.

Mit einem Schrei schoss er auf, umarmte Marianne wie wild, drückte sie an sich und verteilte seine Küsse überall auf ihrem Gesicht. Er wollte gar nicht mehr aufhören, bis ihm bewusst wurde, dass da jetzt ein ganzer Chor schrie.

»Bravo! Juppiieee! Gratuliere! Ein Hoch auf die Zwei!«

Völlig irritiert wandte sich Andreas, ohne sie aus den Armen zu lassen, von Marianne ab. Da traten doch tatsächlich hinter dem Buschwerk an der Seite des Hauses Leute hervor. Er glaubte zu träumen. Allen voran wild hüpfend seine Tochter Jule, dann Moritz und schließlich auch noch Steffen in Begleitung der Witwe Lindner. Er war sprachlos, wie sie da lachend, singend und johlend ihm entgegenkamen. Jetzt musste er Marianne doch aus seinen Armen entlassen, um nacheinander alle mit Umarmung zu begrüßen. Er war noch nicht ganz durch, als auf dem Parkplatz, ein kleiner Lieferwagen einfuhr und Theo ausstieg.

Diese verflixten Schlitzohren. Das Ganze war eine abgekartete Aktion gewesen. Da hatten sie ihn aber tüchtig reingelegt. Eine echte Geburtstagsüberraschung.

Vor dem Hintergrund von Gegacker und Gequake der Hühner und Gänse, die auf das ungewöhnliche Geschrei der Menschen aufgeregt reagierten, hieß Andreas seine lieben Freunde laut willkommen: »Kommt her, ihr Schlaumeier, setzen wir uns. Ich möchte endlich mal Frühstücken, sonst kippe ich an meinem Geburtstag vor Schwäche noch aus den Pantoffeln.«

Ende

Wali Farmer
Verborgene Kräfte

Was Thomas in der Jugend noch spielerisch zu seinem Vorteil benutzte, wird mit zunehmendem Alter immer mehr zu einer Belastung. Er nimmt ungewollt die Emotionen von Personen wahr, wenn er sein Gegenüber betrachtet. Als sich nach einem Unfall diese Wahrnehmung noch gravierend verändert, gerät sein Leben endgültig aus den Fugen. Eines Tages ist er gezwungen, das bisher streng gehütete Geheimnis preiszugeben. Jetzt nimmt sein Leben eine krasse Wende. Er sitzt in der Falle, kann sich allein nicht mehr selbst helfen, geschweige denn, sich vor den Bedrängnissen schützen. Es beginnt ein Spießrutenlauf zwischen Behörden, Medien und seinen Freunden. Dabei wünscht er sich doch nur eines, ein freies, ungestörtes Leben mit einer Partnerin und guten Freunden.

356 Seiten. ISBN 978-3-7347-9999-0
Auch als E-Book erhältlich

BoD – Books on Demand, Norderstedt